FYNN JACOB

BRENNENDES WATT

Kriminalroman

Ein Fall für Jaspari und van Loon

WILHELM HEYNE VERLAG
MÜNCHEN

Penguin Random House Verlagsgruppe FSC® N001967

Originalausgabe 03/2025
Copyright © 2025 dieser Ausgabe
by Wilhelm Heyne Verlag, München,
in der Penguin Random House Verlagsgruppe GmbH,
Neumarkter Str. 28, 81673 München
produktsicherheit@penguinrandomhouse.de
(Vorstehende Angaben sind zugleich
Pflichtinformationen nach GPSR)

Dieses Werk wurde vermittelt
durch die Agentur EDITIO DIALOG,
Dr. Michael Wenzel (www.editio-dialog.com).
Redaktion: Catherine Beck
Umschlaggestaltung: bürosüd, www.buerosued.de
Satz: satz-bau Leingärtner, Nabburg
Druck und Bindung: GGP Media GmbH, Pößneck
Printed in Germany
ISBN: 978-3-453-44250-4

www.heyne.de

Für Dich. Danke für die Reise! (Du weißt schon.)

01

Ein unförmiger schwarzer Punkt lag am Strand, in der kleinen Bucht unterhalb des Holzbohlenpfads, der vom Deich über den Dünenkamm führte, er war im rot-goldenen Licht des frühen Morgens auch über die Entfernung hinweg gut auszumachen. Bastian kniff die Augen zusammen. Ob da mal wieder irgendein Unrat angeschwemmt worden war? Das kam leider öfter vor, als ihm lieb war, hier war zwar ein Naturschutzgebiet, aber der Schifffahrtsweg der Außenems war nicht weit weg. Das, was da lag, war doch ziemlich groß … Ein Schwarm Möwen kreiste darüber, ab und zu landeten einige von ihnen, hoben dann wieder ab. Er musste schlucken, als er eine Ahnung bekam, was dort liegen könnte.

»Ach du Sch…« Neben ihm hatte Hagen durch das Teleobjektiv seiner Kamera auf das Motiv gehalten und nah herangezoomt. Es klickte, als er den Auslöser bewegte. Deswegen waren sie ja hier, um Fotos zu machen. Wenn auch von anderen Motiven. »Das ist keine Robbe oder so. Das … das sieht aus wie ein …« Er schluckte. »Das könnte ein Mensch sein.«

»Hin!« Bastian bemerkte, dass sein Herz schneller schlug. Ein Betrunkener, der gestern nicht mehr den Weg nach Hause gefunden hatte? Wie ging noch mal Erste Hilfe? »Wir müssen da hin!«

»Ja, ja.« Hagen legte den Schutzdeckel auf das Objektiv und verstaute hektisch die Kamera in der Fototasche. Bastian fiel in einen Laufschritt, die Bohlen unter seinen Turnschuhen boten guten Halt. Hinter gelbem Strandgras und flachen Büschen schaute die Bucht hervor, trocken gefallenes Watt, dunkler Sand, Priele, in denen sich glitzernd die Sonne spiegelte. Der Gezeitenwechsel war gerade vorbei, es war kurz nach Niedrigwasser, das Meer war weit weg. Leichter Wind zog von Süden zu ihnen herüber. Hinter sich hörte er Hagen, bereits außer Atem.

Er erreichte den Strand. Nach wenigen Metern sprang er über den Spülsaum, über Algen und Kleinstmüll, den die letzte Flut angeschwemmt hatte. Jetzt war das Ziel schon besser zu erkennen, es war tatsächlich ein Mensch, ein Mann, er lag auf dem Bauch, das Gesicht von ihnen weggedreht, auf halbem Weg zum Wasser. Am Hinterkopf war trotz der Haare eine Wunde zu erkennen, wie eine Art Kerbe, als wäre der Schädel eingedrückt worden. Schwarze Kleidung, offenbar eine feste, lange Hose, eine schwarze Weste über einem schwarzen Shirt, die bloßen Arme lagen verdreht am Körper. Nicht gut. Bastian beschleunigte ein weiteres Mal die Schritte, der Sand unter ihm war noch nass und schlickig. Ihm graute vor dem, was er sehen könnte. Die Kleidung, wie die Uniform von … Ja, das sah aus wie die Uniform von diesen Security-Typen, mit denen sie in Eemshaven aneinandergeraten waren.

»Nicht anfassen!« Hagen kam in deutlich langsamerem Laufschritt hinterher.

Bastian bremste ab, als er den Mann erreicht hatte, eine letzte Möwe, die noch auf dessen Schulter gesessen hatte, spreizte die Flügel und hob ab. Tot, wusste Bastian. Keine Frage. Grauschwarze Haarsträhnen klebten an der aufgedunsenen Gesichtshaut, in der Wange und in den Augenhöhlen waren Wunden zu erkennen, blutleer, seltsam abstrakt. Er schlug sich die Hand vor den Mund.

»Das ist …«

Auch Hagen war jetzt neben ihm angekommen, stützte sich japsend auf seiner linken Schulter ab.

»Ja.« Bastians Magen verkrampfte sich. Er hatte genug gesehen, mehr als genug. Und vor allem wiedererkannt.

»… der von … letztens«, vollendete Hagen trotzdem seinen Satz.

Ja, genau. Tausend Gedanken rasten durch seinen Kopf. Genau hier. Das konnte doch gar nicht wahr sein, aber da lag er. Sein Körper angespült von der nächtlichen Flut, in einer letzten Lache Meerwasser, das sich in der Kuhle unter ihm gesammelt hatte, in der einsamsten Bucht von Borkum.

Einsam …

Waren sie noch allein? Hektisch drehte er sich um. Niemand zu sehen. »Lass uns abhauen!«

»Was …?« Hagen schaltete langsamer. »Wir müssen …«

»Schnell!«, unterbrach Bastian seinen Kumpel und schubste ihn von der Leiche weg. »Lass uns abhauen!«

Er rannte, so schnell es irgendwie ging, zum Wanderweg. Schlug nicht die Richtung ein, aus der sie gekommen waren, sondern zum Krüppelwäldchen der Greunen Stee. Hier war die Chance besser, niemandem zu begegnen. Er betete, dass er mit seiner Annahme recht hatte. Vögel flogen unweit von ihnen auf, während sie durch die einsame Landschaft aus wilden Wiesen, Prielen und flachen Büschen und Bäumen hasteten.

02

Marten Jaspari teilte das faustgroße Stück Snirtjebraten vorsichtig mit dem Messer, es glitt beinahe hindurch, das Fleisch war ganz zart. Seine Mutter lächelte ihn von der anderen Seite des Tisches stolz an. Seitdem seine Eltern wegen der Beförderung von Papa damals aus Hannover hierher nach Aurich gezogen waren, war es eines ihrer Hobbys gewesen, die ostfriesische Küche zu perfektionieren. Die beiden hatten ihn eingeladen; er sollte an seinem Geburtstag nicht allein sein, hatte ihm Mama geraten, sie würde auch kochen. Es war eine Art Befehl gewesen. Tatsächlich lief ihm das Wasser im Mund zusammen. »Es sieht super aus, Mama.«

»Danke!« Sie rang sich ein Lächeln ab.

»Ich finde das nicht gut, Marten.« Sein Vater schaute missbilligend zu ihm rüber, während er Soße über Kartoffeln und grünen Bohnen verteilte. »Hast du dir das auch gut überlegt?«

Was für eine Frage. Marten merkte, wie bereits der Ärger in ihm hochkochte.

»Oder ist das auch wegen, also, äh, weil du jetzt nicht

11

mehr mit Katharina …« Mama klang so unglücklich, wie sie aussah.

»Es ist noch gar nichts entschieden.« Er atmete tief durch. Keinen Streit, nicht heute. »Ich schaue mir einfach an, welche Möglichkeiten mir offenstehen.«

Besteck klapperte auf den Tellern. Die Lampe über dem Tisch verteilte ihr altes gelbliches Licht, wie immer schon. Am Essplatz befand sich kein Fenster, sodass das Tageslicht nur gedämmt vom Wohnzimmer herüberschien und sich zwischen den Eichenholzmöbeln und den dunklen Bildern verlor. Seinen dreiunddreißigsten Geburtstag hatte er sich anders vorgestellt, und jetzt standen auch noch die Pfingstfeiertage an. Zum Feiern war ihm eh nicht zumute, eigentlich wäre er am liebsten allein geblieben. Das Gespräch verlief zäh, weil Papa stets alles bewertete, was er tat und sagte. Und Marten lag daran, ihm nicht allzu viel Gelegenheit dazu zu geben. Vielleicht hätte er ihnen nicht von seiner Bewerbung auf die Stelle beim Verfassungsschutz in der Kölner Zentrale erzählen sollen. Er wusste, dass er gute Chancen hatte. Jan, sein Kontakt dort aus alten Tagen, hatte das schon angedeutet. Es wäre ein Neuanfang. Raus aus dem Polizeidienst, neue Aufgaben, neue Kollegen, vor allem eine neue Umgebung. Neue vier Wände.

»Aber das ist doch herumeiern. Erst das BKA, dann das. Hü und hott.«

Es war aus Papa herausgeplatzt, Marten hatte schon erkennen können, dass es in ihm gearbeitet hatte.

»Man weiß doch, was man selbst möchte. Und danach handelt man dann. So einfach ist das.«

Ja, so einfach war das. Papa war immer Polizist gewesen, durch und durch, und zielstrebig. Noch immer sprachen die Kollegen ehrfürchtig von dem Herrn Polizeidirektor, auch wenn er schon seit ein paar Jahren in Pension war. Martens Wechsel zum Bundeskriminalamt letzten Herbst hatte er nur schweren Herzens gutheißen können, weil sie aufgrund des höheren Gehalts einer Beförderung gleichkam.

»Oder willst du von uns weg? Wie Ben?« Mama hatte diese Stimme aufgesetzt, die erst ganz normal klang, am Ende dann aber, als würde sie nur mühsam verschleiern können, dass ihr Herz gerade brach. Das war zwar durchschaubar, aber trotzdem unfair. Sein jüngerer Bruder lebte inzwischen in den USA und kam nur sporadisch zu Besuch nach Europa. Mama merkte, dass sie übertrieben hatte. »Jedenfalls läufst du weg. Und mir fällt es ebenfalls schwer, das gut zu finden.«

Aber er fühlte sich nun mal nicht mehr wohl hier in der alten Heimat, auf eine gewisse Art falsch. Natürlich war es wegen Katharina. Sie waren seit dem Ende der Schulzeit zusammen gewesen, hatten eine gemeinsame Wohnung gehabt und eigentlich auch eine gemeinsame Zukunft. Aber es hatte irgendwie nicht mehr gepasst. Jetzt wohnte sie in Hamburg, sie hatten sich im März getrennt, na ja, letzten Endes hatte sie es vielleicht eher gemerkt als er. Schon letzten Sommer ihre Affäre in London ... Er hatte es zuerst nicht wahrhaben wollen.

Jetzt musste er die Situation endlich annehmen, wie sie nun einmal war. Einen Neuanfang machen. Entscheidungen treffen. Was eignete sich besser dafür als ein neues

Jahr, wenn nicht ein neues Lebensjahr? Okay, er hätte es den beiden vielleicht schonender beibringen können. Fingerspitzengefühl war nicht immer seine Stärke. Es vibrierte in der Hosentasche, dann kam der bekannte Klingelton. Das Diensthandy?

»Das Büro?« Er wunderte sich, er hatte auf »Nicht stören« eingestellt, nur wenige Nummern wurden durchgestellt. Umständlich beförderte er das Handy hervor.

»Hast du doch vergessen, den Urlaubsantrag für heute einzureichen?« Papa und Vorwürfe, das war eine Symbiose.

»Jaspari. Was gibt es?«

Der Kollege am anderen Ende der Leitung verband ihn mit einem externen Anrufer. Hauptkommissar Stephanus, der auf Borkum die Wache leitete, Marten hatte ihn einmal zu einer Tagung in die Niederlande begleitet. Direkt an der Grenze gelegen, ergab es sich des Öfteren, dass Stephanus mit den Kollegen aus dem Nachbarland zusammenarbeitete. Heute Morgen hatten sie wohl die Leiche eines niederländischen Staatsbürgers geborgen, der seit zwei Tagen vermisst worden war. Die Spurensicherung hatte Gewalteinwirkung mit einem stumpfen Gegenstand am Hinterkopf festgestellt, der Bericht der Pathologie stand aber noch aus. Und für die länderübergreifende Zusammenarbeit bei ungeklärten Todesfällen und schweren Straftaten war das BKA zuständig, ganz konkret er selbst. Er zwang sich, geduldig zuzuhören, bis Stephanus fertig war.

»Danke. Sichern sie den Fundort, ich komme mit der nächsten Fähre vorbei.«

»Ich denke, Sie müssen sich nicht beeilen.« Stephanus

musste sich räuspern, vielleicht, um ein Schmunzeln zu unterdrücken. »Der ist wieder überflutet. Die Spurensicherung ist schon wieder auf dem Rückweg. Im Moment kann ich Ihnen lediglich ein paar Fotos anbieten.«

Okay, das war aus Stephanus' Bericht nicht herauszuhören gewesen. Sie besprachen die weitere Vorgehensweise. Marten entschied, dass er erst einmal zusammen mit den Kollegen aus den Niederlanden die Details zu dem Fall aufnehmen würde, danach konnte er sich immer noch überlegen, ob ein Besuch vor Ort auf der Insel notwendig war.

Als er auflegte, sah Mama ihn ärgerlich an. »Wenn du schon so unhöflich bist, bei Tisch den Anruf anzunehmen, hättest du wenigstens uns in Ruhe essen lassen können.«

»Entschuldigt, bitte.« Hektisch schlang er das restliche Essen hinunter. Der Urlaub war gerade beendet worden. Hoffentlich konnte er Iska schnell erreichen. Wahrscheinlich schon, sie hatte die spiegelgleiche Position bei der niederländischen *Nationale Politie* wie er beim BKA, und eigentlich war sie immer im Dienst. Sein Ärger war verflogen.

»Viel Erfolg, Junge.« Der Ärger von Papa offensichtlich auch, ein gewisser Stolz oder zumindest Genugtuung waren deutlich herauszuhören.

Borkum. Katharina. Erinnerungen stiegen hoch. Er war lange nicht mehr da gewesen.

03

Iska van Loon umfasste mit der linken Hand unsicher den Kopf von Manou Seymore, genannt Manou Raand, den diese gegen ihre Schulter gepresst hatte. Schluchzend lag die Frau trotz ihrer fünfundvierzig Jahre in ihren Armen wie ein hilfloses Baby, nachdem sie und Marten ihr die Nachricht vom Tod ihres Mannes überbracht hatten. In ihrer gesamten Dienstzeit war ihr das noch nicht passiert, sie hatte bisher so etwas immer für eine schamlose Übertreibung in Fernsehfilmen gehalten. Aber jetzt war es real. Oder spielte die Frau ihnen etwas vor? »Es ist in Ordnung. Es ist in Ordnung.«

Das Wohnzimmer, in dem sie sich befanden, war modern und hell eingerichtet, ein riesiger Fernseher beherrschte den Raum, umgeben von zwei hohen gläsernen Vitrinen. Randlose Drucke auf Acrylglas, bestimmt zwei mal zwei Meter in der Abmessung, zeigten Schwarz-Weiß-Fotografien von New York: das Empire State Building, die Brooklyn Bridge. Auf den Bildern waren keine Menschen zu sehen, auch nicht von Manou oder Luuk, obwohl sie erklärt hatte, dass sie die Aufnahmen selbst angefertigt habe.

Es wirkte seltsam steril. Die weiße Ledercouch, auf der sie saßen, war riesig, auf dem Wohnzimmertisch davor stand ein Strauß künstlicher Frühlingsblumen.

Sie spürte etwas Nasses am Hals. Tränen. Vorsichtig streichelte sie Manou Raand über die gelockten Haare. Das hatte sie zuletzt bei Maaike gemacht, als ihre Tochter von ihrem ersten Freund verlassen worden war, diesem Mistkerl. Unwillkürlich schweiften ihre Gedanken ab. Hoffentlich klappte es noch mit dem gemeinsamen Kurzurlaub mit Maaike und Marc, mit ihrem Ex-Mann Daniel und dessen Freundin. Erika hieß die, sie hatte sich fest vorgenommen, sich den Namen zu merken. Der erste Urlaub als Patchworkfamilie. Maaike und Marc lebten schon seit Jahren bei ihrem Vater, eigentlich waren nur die drei die eigentliche Familie und sie selbst eine Art Gelegenheitsmutter, jedes zweite Wochenende. Sie hatte Distanz zu ihnen gehalten, erst im letzten Jahr hatte sich der Kontakt wieder normalisiert. Der Kurzurlaub sollte so etwas wie eine Generalprobe sein, ob das auch zukünftig öfter möglich war. Sie hatte sich fest vorgenommen, es nicht zu vermasseln. Dieser Todesfall passte eigentlich gar nicht in ihre Planung.

Luuk Raand war von Manou Raand bereits am Dienstagabend vermisst gemeldet worden, als er von der Arbeit nicht zurückgekommen war. Iska hatte sich die Fallakte der örtlichen Kollegen kommen lassen. Bisher hatten sie nur die Grundzüge des Falls aufgenommen. Als Mitarbeiter des Sicherheitsunternehmens AllSecure war er auf dem schwimmenden LNG-Terminal von *Noordzeegas* in Eemshaven eingesetzt, offensichtlich hatte er seine Schicht zwar begonnen, aber nicht beendet. Raands Auto, ein neuer Tesla Model 3, stand noch immer auf dem Parkplatz vor *Noordzeegas*. Eine sofort eingeleitete Suche war ergebnislos verlaufen, auch sein Handy konnte nicht geortet werden. Raand blieb verschwunden, wie vom Erdboden verschluckt. Zwei Tage lang … und jetzt war er in Borkum wiederaufgetaucht, wortwörtlich. Sie stemmte die weinende Ehefrau behutsam nach oben. Es reichte langsam.

Manou Raand wischte sich mit der Hand über die geröteten Augen. »Ich bin peinlich, oder?«

»Nein, nein. Nichts könnte in dieser Situation peinlich sein. Wir möchten helfen.« Iska suchte nach den richtigen Worten. »Schaffen Sie ein paar erste Fragen? Damit wir mit den Ermittlungen anfangen können.«

Manou Raand nickte, holte ein Taschentuch hervor, tupfte zuerst über ihr Gesicht und putzte sich danach die Nase. »Ja. Natürlich. Fragen Sie!« Sie reckte das Kinn, holte tief Luft.

»Ihr Mann, Luuk Raand. Kam es öfter vor, dass er … länger wegblieb? Dass er eine Zeit lang nicht auffindbar war?«

»Nein. Nein, nicht.« Sie schluckte. »Ich meine, natürlich, jeder von uns hat sein eigenes Leben, und wenn er sich mit seinen Kumpels oder Arbeitskollegen traf, dann bin ich normalerweise nicht dabei gewesen. Das kam öfter vor, aber ich hab mir nie Sorgen gemacht oder so, er hat mir immer Bescheid gegeben, wenn es mal etwas länger wurde.«

»Gut, danke.« Iska war froh, dass die Frau sich so schnell gefangen hatte. »Hat ihr Mann in der letzten Zeit etwas erwähnt, dass er sich Sorgen machte? Wirkte er beunruhigt oder so?«

»Ich weiß nicht.« Manou Raand blickte nach schräg links oben. »Nicht direkt. Er war ein wenig verschlossener als sonst. Wir … wir hatten einen kleinen Streit, na ja, ich weiß es nicht.« Sie presste die Lippen aufeinander. Es war ihr anzusehen, dass sie es bereute, den letzten Satz ausgesprochen zu haben.

»Darf ich fragen, um was es in dem Streit ging?«

»Es war etwas Privates.« Manou Raand hielt die Luft an, hob die Hand. Nickte sich selbst in Gedanken zu. »In Ordnung. Er wollte, dass wir es noch einmal mit Kindern versuchen. Aber ich habe mich zu alt dafür gefühlt, er wollte es nicht wahrhaben. Es war ein leidiges Thema. Nichts Neues.«

»Danke.« Iska nickte. Fürs Erste wollte sie es dabei belassen, vielleicht musste man später noch einmal darauf zurückkommen. »Ihr Mann … wissen Sie denn, ob er vielleicht mit jemand anderem Streit hatte? Gab es irgendwelche Konflikte mit Nachbarn, mit Kollegen, mit wem auch immer?«

Es war ihr anzusehen, dass sie über den Themenwechsel erleichtert war. »Nein, nicht wirklich. Ich meine, Luuk ging einem Konflikt eigentlich nicht aus dem Weg.« Sie musste auflachen. »Das wäre in seinem Beruf ja auch schlecht gewesen.«

»Mit Kollegen und so kam er auch klar? Mit den Chefs? Geriet mal mit irgendwem aneinander?«

»Ja … Warten Sie. Wie war das noch mal?« Sie schob die Haare nach hinten. »Mir fällt es jetzt erst wieder ein.

Er hat letztens von so einem Vorfall erzählt. Er ist da mit einer Demo oder so aneinandergeraten.«

»Kam das öfter vor?«

»Nein, gar nicht. Eigentlich ist der Job bei *Noordzee-gas* extrem ruhig. Da passierte nie was, Überwachungskameras im Auge behalten, Rundgang, acht Stunden, fertig. Deswegen fiel das so auf.«

»Was war denn?«

»Umweltschützer. Von *Blue Home* meine ich, sie wissen schon.«

Die Gruppe war europaweit für ihre teilweise spektakulären Aktionen bekannt. Aus Protest gegen die Steigerung der Erdölimporte hatten sie erst letzte Woche in Berlin den Potsdamer Platz mit schwarzer Farbe geflutet, die erst Tage später wieder vollständig entfernt werden konnte. Als entschieden wurde, dass Kerosin für Flugzeuge weiter subventioniert wird, verteilten sie mehrere Bombenattrappen auf Flughäfen und legten damit große Teile des Luftverkehrs lahm.

»Die sind mit einem Boot in den Hafen eingedrungen. Sind ganz nah dran an das Terminal, was total gefährlich ist. Er musste mit einem Kollegen ebenfalls in ein Boot steigen, um die Wahnsinnigen zu vertreiben. Es gab wohl auch Handgreiflichkeiten, die haben richtig zugelangt, so hat er mir das jedenfalls geschildert. Es dauerte, bis die Aktivisten aufgegeben haben. Er war richtig wütend darüber.«

»Wie lange ist das her?«

»Ach, das war vor Kurzem, vielleicht vorletztes Wochenende oder so ...«

»Hat sich das noch mal wiederholt? Oder hat sich etwas daraus ergeben?«

»Nein, nichts. Jedenfalls hat er davon nichts mehr erzählt.«

»Wurde denn die Polizei nicht informiert?«

»Das weiß ich nicht. Da müssen sie seine Chefs fragen.«

»Gut. Das werden wir klären.« Sehr ungewöhnlicher Vorfall. Zufall? »Gab es ansonsten noch Ungewöhnliches, Besonderheiten, einfach Sachen, die anders waren als sonst?«

Manou Raand überlegte einen Augenblick. »Nein, tut mir leid, da kann ich ihnen nicht weiterhelfen.« Sie blickte zwischen ihr und Marten, der bisher schweigend danebengesessen hatte, hin und her.

»Eine letzte Frage, wenn sie gestatten …«, schaltete sich ihr deutscher Kollege doch noch ein.

Martens Niederländisch hatte sich verbessert, auch wenn der Akzent unverkennbar war. Normalerweise unterhielt sie sich mit ihm auf Deutsch, da fühlte er sich wohler.

»Ihr Mann wurde auf deutschem Staatsgebiet gefunden. Hatte er Kontakt nach Deutschland? Früher oder erst in jüngerer Zeit?«

Die Frau des Verstorbenen schüttelte den Kopf. »Nein, nicht dass ich wüsste.«

»Danke sehr.« Sein Blick wanderte von der Befragten zu ihr, nickte ihr zu. Nein, er hatte auch keine weiteren Fragen.

Iska stand auf, bedankte sich, wünschte Manou Raand viel Kraft. Dann erhoben sie sich.

Die Witwe begleitete sie in den Flur, nickte ihnen in der Eingangstür ein letztes Mal zu, bevor sie diese verschloss. Gemeinsam mit Marten lief sie den kurzen Fußweg durch den Vorgarten, links und rechts kleine Apfelbäume, eine akkurat geschnittene Hecke. Überhaupt war alles sehr gepflegt.

»Wilde Geschichte, mit den Aktivisten«, murmelte Marten neben ihr.

»Hm.« Sie wusste noch nicht, was sie davon halten sollte. Irgendetwas störte sie in dem Haus, das sie gerade verlassen hatten. Es war unpersönlich gewesen. Als hätten sie ein Haus aus dem Katalog betreten. Sie konnte sich nicht an Schnappschüsse, Fotos von Freunden, nicht einmal an ein Hochzeitsfoto erinnern.

Als Marten schon wieder auf dem Weg nach Aurich war, wies sie die üblichen Routinetätigkeiten an. Befragungen von Nachbarn und Freunden, Auswertung der Daten von Raands Mobilfunkprovider. Erst mal die ersten Ergebnisse abwarten, überlegte sie.

Es könnte schwierig werden mit ihrem Urlaub.

04

»Klappt es mit unserem Wochenende?« Seine Stimme kam leicht verzerrt aus den Lautsprechern. Sie konnte heraushören, dass es ihm unangenehm war nachzufragen. Wahrscheinlich wuschelte er sich jetzt wieder durch seine immer noch dunklen, nur an den Schläfen ergrauten Haare, sodass sie aussahen, als wäre er gerade erst aufgestanden. Sie mochte das.

»Ich weiß es nicht, Daniel. Ich weiß es nicht. Es tut mir leid.« Iska räusperte sich. »Du, ich habe einen Kollegen hier bei mir, wir sind gerade unterwegs.«

»Ja, klar.« Sie wusste, dass er gerade die Stirn in Falten legte. »Du, das ist kein Problem, das weißt du, oder? Aber sag bitte Bescheid, sobald du abschätzen kannst, ob es klappt, in Ordnung?«

»Ja klar. Ich melde mich.«

»Um vier endet die Schule der beiden.«

»Bis dahin weiß ich Bescheid, versprochen.«

»Gut. Danke dir.« Er machte diese Pause, in der er sein Lächeln aufsetzte. »Viel Erfolg, Iska.«

»Danke dir.« Sie atmete aus, dann beendete sie das

23

Gespräch. Vom Beifahrersitz blickte sie Marten skeptisch an. Es wäre ihr lieber gewesen, er hätte das Gespräch mit ihrem Ex nicht mitgehört. Sie nahm die erste Abfahrt des Kreisverkehrs und lenkte den Wagen auf das Hafengelände. »Ich konnte es ihm noch nicht sagen.«

»Verstehe.«

Das bezweifelte sie. Eigentlich hatte sie Daniel einfach nicht absagen wollen, nicht vor Marten ein Beziehungsgespräch führen wollen oder so was in der Art. »Der richtige Zeitpunkt, etwas mitzuteilen … Es hört nicht auf. Es ist eigentlich genauso wie in einer Beziehung. Also eine Art Beziehung, die man führt und doch nicht führt.«

»Ich mag es, wenn du sarkastisch bist.« Marten grinste. »Das gibt mir ja Hoffnung für die Zukunft.«

»Es hört nie auf.«

Gedankenversunken fuhren sie durch den Energiepark Eemshaven, einem der wichtigsten Zentren der niederländischen Energieversorgung. Hier befanden sich ein Kohlekraftwerk, ein Gaskraftwerk sowie mit dem Windpark Westereems auch ein Vorreiter und bedeutender Produzent regenerativer Energie. Nicht zufällig hatte sich hier auch eines der wichtigsten Rechenzentren Europas angesiedelt. Ein reines, riesiges Gewerbegebiet ohne feste Einwohner, das um vier große Hafenbecken herum entstanden war. Sie erreichten das östlichste Becken, in dem die beiden riesigen LNG-Terminals schwammen, die von *Noordzeegas* betrieben wurden. Unförmige Blöcke, aus den roten Schiffsrümpfen ragten komplizierte Aufbauten und Rohrsysteme in Weiß hervor.

Iska hielt auf dem Besucherparkplatz direkt neben dem

Eingang. Nur ein paar Plätze weiter stand der Tesla von Raand, sie hatte bereits die Spurensicherung angewiesen, sich den Wagen vorzunehmen. Zusammen mit Marten stieg sie aus und ging zu dem einfachen Backsteingebäude, an das sich zu beiden Seiten der mit Stacheldraht gesicherte, massive Zaun anschloss, der das Betreten des unmittelbaren Hafengebiets verhinderte. Ihr Kommen war angekündigt, die Tür öffnete sich, ein jugendlich wirkender Mittvierziger in schwarzem Anzug, weißem Hemd und mit hellblauen Augen reichte ihnen die Hand.

»Ole Sigurdson, ich bin der Betriebsleiter des Terminals hier.«

»Es freut mich, Sie kennenzulernen.« Iska erwiderte den knappen, aber festen Händedruck, stellte erst sich und dann Marten vor.

Sie folgten ihm in ein kleines Büro, dessen runder Tisch bereits mit fünf Kaffeetassen gedeckt war. Tanya Hendriks in einem grauen Blazer stellte sich als Geschäftsführerin von AllSecure vor. Ein Herr aus der Rechtsabteilung mit einer markanten Hornbrille und gestutztem Bart gesellte sich zu ihnen und schenkte ein, während sie die üblichen Begrüßungsfloskeln austauschten. Dann wechselte sie in einen schärferen Ton. »Herr Sigurdson, wie kann es sein, dass Herr Raand einfach während seiner Schicht verschwinden konnte? Und wie und wann ist sein Verschwinden aufgefallen?«

»Tja.« Der Betriebsleiter knetete verlegen die Hände, sah zum Tisch und erst dann zu ihr zurück. »Herrn Raand war in der Woche seines Verschwindens die Nachtschicht zugeteilt, also von 22 Uhr bis 6 Uhr morgens. Nachts sind nur wenige Mitarbeiter operativ am Terminal tätig, vielleicht zwanzig. Sie können das Betriebsgelände über ihre Zugangsausweise betreten, Herr Raand hat eigentlich keinen direkten Kontakt zu ihnen.«

»Also, Herr Raand hat seine Schicht begonnen, und erst, als er abgelöst wurde, ist sein Verschwinden bemerkt worden?«

»So ist es. Morgens um sechs Uhr.« Hendriks hatte geantwortet. »Die Nachtschicht wird nur von einer Person wahrgenommen, im Gegensatz zu den Tagesschichten, weil wir da auch noch Pförtneraufgaben übernehmen. Ich bin zutiefst besorgt über diese Geschehnisse. Bis zu der tragischen Nachricht von seinem Tod konnte das Verschwinden von Herrn Raand nach wie vor nicht erklärt werden.«

Iska bemerkte den Unterton in der Antwort der Leiterin. Wollte sie ihnen einen Hinweis geben, dass hier etwas verschwiegen werden könnte? Gut, also behutsam Fakt für Fakt einsammeln. »Welche Aufgaben umfasst denn die Tätigkeit von Herrn Raand?«

»Die Sicherheit der Betriebsanlage«, antwortete nun wieder Sigurdson. »Das heißt, eingehende Alarme aufnehmen und bewerten. Die Monitore in seinem Büro zeigen die Livebilder der Überwachungskameras, außerdem gibt es Bewegungsmelder auf dem Gelände und an Bord des Terminals. Des Weiteren sind zwei Rundgänge pro Schicht zu neuralgischen Punkten des Terminals vorgesehen. Und natürlich, falls ein Alarm ausgelöst wird, nachsehen, was genau los ist.«

»War das denn in der betreffenden Nacht der Fall?«, nahm Iska den Ball auf.

»Nein, es gab keine Alarme. Es war durchgehend ruhig, wie eigentlich fast immer.«

Eigentlich? Iska beschloss, direkt darauf einzugehen. »Fast immer? Eigentlich fast immer?«

Sigurdson knetete weiter seine Finger, biss sich auf die Unterlippe. Als der Rechtsanwalt beinahe unmerklich nickte, sprach er weiter. »Es gab in den letzten Wochen Zwischenfälle mit Aktivisten von *Blue Home*. Diese Umweltschützer, Sie wissen schon. Sie haben zweimal versucht, sich unbefugt dem Terminal zu nähern.«

»Was genau ist passiert?«

»Das erste Mal versuchten sie, den Zaun zu überwinden, um ans Hafenbecken zu gelangen. Das zweite Mal sind sie mit einem Großschlauchboot in das Hafenbecken gelangt und haben sich den Terminals genähert. Das ist aus Gründen der Betriebssicherheit verboten, aber auch zu ihrem eigenen Schutz. Dieses kleine Boot inmitten dieser riesigen Schiffe. Die Leute befanden sich in akuter Lebensgefahr.«

»Und dann?«

»AllSecure hat beide Situationen professionell gemeistert. Die Aktivisten haben beide Male das Betriebsgelände wieder verlassen.«

»Einfach so? Oder kam es zu Handgreiflichkeiten?«

»Beim ersten Mal nicht. Als Herr Raand die Stelle in der Umzäunung erreicht hatte, gaben die Aktivisten nach Aussage von Herrn Raand ihren Versuch sofort auf.«

»Und beim zweiten Mal?«, stellte Marten die offensichtliche Frage.

»Die Situation war durchaus heikel.« Hendriks übernahm die Antwort. »AllSecure unterstützt nicht nur *Noordzeegas*, sondern auch andere Unternehmen im Energiepark mit Sicherheitsdienstleistungen. Unter anderem steht uns dazu auch ein kleines offenes Boot zu Verfügung. Herr Raand und ein weiterer Kollege, der für den Hafen arbeitet, haben das Boot genutzt, um das der Aktivisten … abzudrängen.«

»Wie kann ich mir das vorstellen? Abdrängen?«

Der Rechtsanwalt zuckte mit den Schultern. »Nun, es wurde … physisch daran gehindert, weiter zu den Terminals vorzudringen.«

»Physisch … Sie haben es gerammt?«

»Wie genau vorgegangen wurde, entzieht sich unserer Kenntnis. Jedenfalls wurde die Situation bereinigt, es kamen nach meiner Kenntnis auch keine Menschen zu Schaden.«

Sigurdson und die Leiterin von AllSecure nickten.

»Haben Sie die Polizei eingeschaltet?«

»Wir haben sie erst nachträglich über den Vorfall informiert. Uns ist daran gelegen, die Sache zu deeskalieren.« Er räusperte sich, setzte ein schiefes Lächeln auf. »Diese Aktivisten, ich denke, sie handeln im guten Willen. Wir möchten vermeiden, dass ihnen Unannehmlichkeiten bereitet werden.«

Eine Lüge, so plump, dass sie sich darüber ärgerte. Was war wirklich passiert? »Weswegen waren die Aktivisten denn da? Was genau wollten sie überhaupt genau erreichen?«

»Wir wissen es nicht.« Der Anwalt faltete die Hände auf dem Tisch. Es war offensichtlich, dass er mehr nicht preisgeben würde.

»Gab es oder gibt es Anschuldigungen von *Blue Home* gegen Sie?«

»Wir würden Umweltschutzauflagen nicht einhalten. Das, was allen LNG-Betreibern vorgeworfen wird. Aber ich kann ihnen sagen, da ist nichts dran. Wir bewegen uns in absolut legalem Fahrwasser, wenn ich das so sagen darf. Leider sind wir trotzdem zum Feindbild geworden.« Er legte den Kopf etwas schief. »Können wir denn noch etwas zu ihren Ermittlungen zum Tod von Herrn Raand beitragen?«

Sie nahm die Spitze gegen sie durchaus wahr, wollte ihn aber noch nicht ganz vom Haken lassen. »Diese Vorfälle, von denen sie sprachen – fanden die nachts statt?«

»Nein, tagsüber.«

»Aber beide Male war Herr Raand an den Vorfällen beteiligt?«

»Ja, unsere Mitarbeiter wechseln alle zwei Wochen ihre Schicht«, sagte Hendriks nickend. »Ich möchte aber noch hinzufügen, dass Herr Raand sich bisher stets einwandfrei verhalten hat. Seine Personalakte ist tadellos. Er arbeitet seit knapp vier Jahren hier, und uns sind keinerlei Fehlverhalten oder auch nur Beschwerden über ihn bekannt.«

Gut, erzählen konnte die Leiterin viel. »Wir müssen trotzdem in die Personalakte Einsicht nehmen, reine Formalität. Außerdem benötigen wir eine Aufstellung aller Mitarbeiter, mit denen Herr Raand in den letzten drei Monaten gemeinsam Dienst hatte.« Sie wandte sich an den Betriebsleiter. »Und wir möchten gern mit allen Mitarbeitern sprechen, die am Tag seines Verschwindens hier am Terminal gearbeitet haben.«

»Natürlich.« Sigurdson griff in die Innentasche seines Jacketts und holte einen gefalteten Papierbogen heraus. »Wir haben diese Anfrage erwartet.«

»Danke.« Sie nahm den Bogen entgegen, faltete ihn auseinander. Eine ausgedruckte Excel-Liste. Vollständiger Name, Tätigkeit, Adressangaben. Dem Namen nach ausschließlich Männer. Sie nickte, das war gut vorbereitet. Dann kam ihr ein Gedanke. »Nur um sicherzugehen: Waren außer ihren Mitarbeitern noch weitere Personen an Bord des Terminals?«

»Nein. Unseres Wissens nicht.«

»Ihres Wissens?«

»Die Mitarbeiter können mit ihrem Dienstausweis die Zugangstür öffnen. Wir können ihnen gern die Logdateien der Zutrittsverwaltung geben. Aber grundsätzlich wäre es natürlich möglich, dass Herr Raand weiteren Personen die Tür geöffnet hat.«

Marten räusperte sich. »Also wissen wir nicht genau, wer sich zum Zeitpunkt seines Verschwindens hier aufgehalten hat?«

»Nicht mit absoluter Gewissheit, nein.«

Marten sah zu ihr herüber. Die Angelegenheit bekam langsam einen gewissen Beigeschmack. Mal sehen, was sie noch erwartete. »Außerdem möchten wir das Büro von AllSecure einsehen. Und dann zeigen Sie uns bitte den Weg, den Herr Raand auf seinem nächtlichen Patrouillengang genommen hat.«

Sigurdson erhob sich, atmete aus, während er sein Jackett zuknöpfte. »Gern.«

Das Büro der Sicherheitsleute befand sich nur ein Zimmer weiter. Ein bulliger Mann erhob sich grußlos von seinem Schreibtischstuhl, als sie den Raum betraten. Vielleicht zehn Quadratmeter, ein Schreibtisch, davor zwanzig Monitore, ein Festnetztelefon, ein Haken in der Wand, an dem eine orange Warnweste hing, drei Spinde, die aussahen, als ob sie von der *krijgsmacht* aussortiert und dann von AllSecure übernommen worden. Die Auflösung der Überwachungskameras war überraschend gut. In den letzten Jahren hatte sich die Qualität da erheblich verbessert. Sie versuchte, dem Mitarbeiter etwas zu Luuk Raand zu entlocken, aber der brachte kaum ein Wort heraus, ohne zu seiner Chefin zu gucken.

»Wie war Herr Raand denn so im persönlichen Umgang?«

»Luuk war schwer in Ordnung.« Er überlegte kurz. »Mit ihm konnte man abends immer gut feiern gehen. Da ging eigentlich immer etwas.«

»Wie, da ging immer etwas?«

»Na …« Er verstummte erneut für einen Augenblick. »Er war halt ganz beliebt.«

»Bei wem?«

»Na, bei allen.« Mehr fiel ihm nicht ein.

Sigurdson reichte ihnen einen weißen Helm und Besucherausweise, die sie an ihre Jacken klemmen sollten. Dann betraten sie über eine überdachte Gangway das schwimmende Terminal. Er führte sie durch schmale Gänge, die ganz in Weiß gehalten waren, unter ihren Schritten hallte das Metall.

»Können Sie mir ganz grob erklären, wie eigentlich ein LNG-Terminal funktioniert?« Iska holte zu Sigurdson auf, der Gang war genau breit genug, damit sie nebeneinanderlaufen konnten. Zum einen interessierte sie das tatsächlich, zum anderen schien er derjenige ihrer drei Ansprechpartner zu sein, dem am ehesten Informationen zu entlocken waren.

»LNG ist ja Gas, das in flüssiger Form von Tankern bis zu diesem Terminal gebracht wird. Hier erwärmen wir es vorsichtig, um es dann in das Gasnetz einzuspeisen.«

»Steht das Gas dann nicht unter ungeheurem Druck, wenn es angeliefert wird?«

»Nein, das genau nicht.« Der Mann blühte sichtlich auf. »Das Gas wird lediglich heruntergekühlt, auf minus 164 Grad Celsius. Bei dieser Temperatur wird Erdgas flüssig. Und flüssiges Erdgas hat dann nur ein Sechshundertstel des vorherigen Volumens. Damit ist es weitaus einfacher zu transportieren. Die LNG-Tanker sind sozusagen riesige umherfahrende Eisschränke.« Eine Wendeltreppe führte nach oben, er ging voraus. Nach drei Etagen konnte Iska wieder neben ihn treten.

»Ist es nicht sehr gefährlich, das LNG wieder … aufzutauen? Also, ist das kompliziert?«

»Nein, das ist im Grunde ein ganz einfaches physikalisches Wärmetausch-Verfahren, umgekehrt zu einem Kühlschrank. Im Prinzip wärmen wir das LNG vorsichtig wieder auf, dazu nutzen wir das Meerwasser, das die entsprechenden LNG-Tanks umspült, und etwas kälter wieder ins Meer zurückgegeben wird.«

»Und das passiert alles hier an Bord?«

»Ja. Das Terminal ist mehr oder weniger autark. Alles, was für den Betrieb der Anlage notwendig ist, befindet sich auch hier. Deswegen sind auch keine weiteren Betriebsstätten an Land notwendig.«

Sie kamen an einigen Büros vorbei, in einigen wenigen brannte Licht, nur vereinzelte Mitarbeiter waren zu sehen, die meisten trugen Jeans und Hemd. »Das Operating« erklärte Sigurdson kurz.

Die nächste Tür führte zum Außendeck. Eine heftige Böe schlug ihr ins Gesicht, als sie nach draußen traten. Weiß lackierte Stahlröhren führten aus den Unterdecks hinauf, verzweigten über ihnen, führten in Tanks unterschiedlicher Größe und wieder heraus. Links von ihr, hinter einem brusthohen Geländer, befand sich das Flachdach des Backsteinbaus, das mit Kieseln bedeckt war, davor konnte Iska ihr Auto erkennen.

»Was genau soll AllSecure hier bewachen?«, fragte Iska.

»Es geht mehr um eine Art Sichtkontrolle. Dass offensichtlich keine äußeren Schäden zu erkennen sind und sich keine Unbefugten hier befinden. Deswegen müssen hier alle den Ausweis offen tragen, aber man kennt sich natürlich auch.«

Sigurdson ging weiter, zur anderen Seite des Oberdecks. Hier war hinter dem Geländer das Hafenbecken zu sehen. Vorsichtig neigte sie den Kopf nach unten. Tief unter ihr klatschten Wellen gegen den Rumpf. Ein Stück Treibholz schwamm dort, es sah aus wie ein Rest einer Europalette. Recht zügig wanderte es unter ihnen her.

Marten tat es ihr gleich, dann sah er sie nachdenklich an. »Ziemliche Strömung da unten.«

Iska nickte, sie wusste, was er andeuten wollte.

»Ja, zurzeit ist Ebbe. Wir befinden uns mitten in der

Emsmündung. Der Gezeitenstrom ist durchaus stark«, bestätigte Sigurdson ihren Gedanken, ohne dass sie ihn ausgesprochen hatte.

Dann führte sie Sigurdson wieder in das Innere des Schiffs.

*

Es war bereits fünfzehn Uhr, als sie das Betriebsgelände von *Noordzeegas* wieder verließen. Im Rückspiegel wurde der Besucherparkplatz immer kleiner.

»Arbeitshypothese.« Marten sah zu ihr hinüber. »Was immer genau passiert ist, ein Unfall oder was auch immer, es ist hier auf dem Terminal passiert. Vielleicht auf seinem Rundgang. Er fiel über die Reling ins Wasser und wurde danach bis nach Borkum getrieben, wo er zwei Tage später angespült wurde.«

»Klingt plausibel. Wir sollten das mal checken lassen, ob das von den Strömungen her überhaupt möglich wäre.« Energisch schaltete Iska vom dritten in den vierten Gang hoch. Viel zu schnell für die Straße, sie nahm den Fuß wieder vom Gas, ließ den Wagen weiterrollen. Sie atmete schwer aus. Tatort in den Niederlanden, das hatte sie befürchtet. Das hieß, sie würde den Großteil der Ermittlungen leiten müssen. Eigentlich eine Aufgabe, die sie gern übernommen hätte – aber nicht jetzt. Nicht dieses Wochenende.

In Gedanken ging sie die Liste ihrer möglichen Stellvertreter durch, aber nein, nicht am Anfang der Ermittlungen. Da wurden die wichtigen Weichen gestellt. Sie konnte es sich schlicht nicht leisten, jetzt nicht an Bord zu sein. Die

Kapitänin durfte nicht fehlen. »Ich rufe nachher Daniel an, dass ich dieses Mal nicht dabei sein kann.« Sie hatte es in den Raum hineingesagt und erwartete auch keine Antwort von Marten. Es musste nur raus. Sie schluckte die Enttäuschung hinunter.

»Und wenn es am Ende nur ein dummer Unfall war? Willst du deswegen wirklich das Wochenende aufgeben?«

»Ich hab das Gefühl, da steckt mehr dahinter«, wehrte sie ab. »Und ich kenne dich gut genug, um zu erkennen, dass du das auch denkst.«

Marten hatte die Arme verschränkt, sah nachdenklich nach vorne. »Okay, okay, nehmen wir mal an, es wäre kein Unfall.« Er nahm sein Smartphone heraus und begann zu tippen. »Von den Auffälligkeiten her ... *Blue Home* ist doch unsere wesentliche Spur, oder?«

»Vielleicht. Wir wissen noch nicht viel über Luuk Raand und sein Verhältnis zu Kollegen und so weiter.« Skepsis hin oder her, sie sollte Marten recht geben. Die Vorfälle mit den Aktivisten waren das Einzige, was sie im Moment in der Hand hatten. »Vielleicht. Ja, denke schon, da sollten wir reingehen.«

Die flache Landschaft zog an ihnen vorbei. Felder, Wiesen, Schafe, einige wenige Bäume und Sträucher, gelegentlich ein Bauernhof. Riesige weiße Windräder und Hochspannungsleitungen, die sich gegen den dunkelgrau bewölkten Himmel abhoben. Noch immer dieses regnerische Wetter, auch für das Wochenende war Nieselregen angesagt. Aber sie hatten ja ein tolles Haus bekommen, mit drei Schlafzimmern. Eins für sie, eins für Maaike und Marc, eins für Daniel und Erika. Er war jetzt seit gut zwei Jahren mit ihr zusammen, und Maaike hatte durchblicken lassen, dass die beiden überlegten zusammenzuziehen. Nicht alles in diesem Urlaub würde einfach für sie werden, wusste Iska.

Na ja. Da musste sie jetzt durch, wenn sie diese Zeit mit Marc und Maaike haben wollte. Wenn es ein neues Normal werden sollte, mehr Zeit miteinander, auch im Alltag, musste sie es akzeptieren. Aber es schmerzte. Bisher hatte sie es ausgeblendet, nicht daran denken wollen. Sie wusste nicht, ob sie das konnte. Vielleicht war der ganze Patchwork-Urlaub doch von Anfang an eine ziemlich dumme Idee gewesen. Und warum hinauszögern, was bereits entschieden war? Sie bog von der N33 in die N360 ein, die nach Delfzijl führte.

»Du, ich muss gleich mal Daniel anrufen, bevor wir die weiteren Schritte planen, in Ordnung?«

»Okay.« Marten blickte von seinem Handy auf. Er schien einen Moment zu überlegen. »Wusstest du, dass *Blue Home* seit ein paar Wochen auf Borkum Aktionen und Kundgebungen macht?«

»Wie bitte?«

»Gegen eine neue Ölbohrplattform, die nordwestlich der Insel gebaut wird. Auf dem Campingplatz im Ostland scheinen sich mehrere Aktivisten einquartiert zu haben. Stephanus, der Leiter der Borkumer Wache, nennt es nur noch das Camp. Er hat mir gerade geschrieben.«

»Eine Art Campingurlaub für die gute Sache?« Sie warf ihm einen Seitenblick zu. »Du willst dahin, oder?«

»Mich würde schon interessieren, ob die etwas zu den Vorfällen hier in Eemshaven zu sagen haben. Außerdem wollte ich mir eh den Fundort noch persönlich ansehen.«

»Wir, nicht du«, widersprach sie ihm.

»Nein, ich, nicht wir.« Marten lächelte sie an. »Dafür brauche ich dich nicht. Und die Kollegen in Delfzijl können die Kollegen und Freunde von Luuk Raand auch ohne deine Anleitung befragen. Du hast ein lang geplantes Wochenende vor dir ...«

»Wir hatten das eben schon, das lasse ...«

»Meine Ermittlungen, meine Regeln.« Er grinste, wurde dann ernst. »Dieser Urlaub ist dir wichtig, Iska. Ein paar Aktivisten kann ich auch ohne dich befragen. Und, wie gesagt, vielleicht ist alles nur ein blöder Unfall gewesen.«

Sie sagte nichts, blickte stumm geradeaus. Marten meinte es gut. Und in Deutschland wäre sowieso er offiziell derjenige, der die Ermittlungen führte. Aber es widerstrebte ihr, dass er, knapp zwanzig Jahre jünger als sie, sich anschickte, Entscheidungen über sie zu treffen. Andererseits ... Sie steuerte die Wache in Delfzijl an. Hm. Trotzdem. »Nein.«

»Doch.« Martens Stimme hatte sich gesenkt. »Es geht mich nichts an. Aber ... mach das nicht kaputt, Iska.«

»Das geht dich wirklich nichts an.« Wütend lenkte sie den Wagen in die Parkbucht, machte den Motor aus. »Halt dich da raus.«

»Deine Kollegen erledigen die Routineaufgaben. Es sind nur zwei Tage. Die brauchen wir eh, um die wesentlichen Fakten zusammenzusuchen.« Er sah sie Hilfe suchend an. »Ich fahre allein nach Borkum. Du lässt das Handy an, bist für alle erreichbar. Und wenn wirklich irgendetwas Dringendes sein sollte, sagen wir Bescheid, und du brichst den Urlaub ab. Einverstanden?«

Sie spürte den Knoten im Magen und wie er sich langsam löste. Ja, wenn es wirklich nur ein Unfall gewesen war, dann hätte sie alles umsonst über den Haufen geworfen. Marten hatte sie überzeugt. Vielleicht war es der letzte Satz gewesen. »Einverstanden.«

Es tat gut. Statt Wut und Ärger verspürte sie nun Anspannung und Vorfreude. Ja, sie hatte sich richtig entschieden. Marten hatte etwas gut bei ihr, dafür, dass er sie überredet hatte. Der manchmal etwas unbeholfene deutsche Kollege war über das letzte Jahr zu einem richtigen Freund geworden, auch wenn sie gar nicht so viel persönlichen Kontakt hatten.

Zufrieden stieg sie aus. Das Handy summte, eine Nachricht war eingegangen. Von Daniel. Hektisch las sie die wenigen Zeilen.

Es ist leider etwas anders als geplant. Ruf mich bitte an, wenn es bei dir passt.

05

Borkum. Samstag, 23. Mai

10:00 Uhr

»Innerhalb von zwei Tagen von Eemshaven nach Borkum? Puh, keine Ahnung ... Kleinen Moment, ich gucke
mal nach ... Also, wir hatten in den letzten Tagen eine
starke Tide und Wind aus Süden und Südwesten. Tja, ich
würde mal sagen, das könnte möglich sein, ja. Aber das
ist eher eine Vermutung als jetzt ein wissenschaftliches
Gutachten oder so.«

Marten bedankte sich und beendete das Gespräch mit
dem meteorologischen Dienst, bevor er auf die Fähre stieg.
Die Arbeitshypothese war also weiter stabil.

Spurensicherung und Rechtsmedizin hatten an der Leiche keine wesentlichen Befunde machen können. Todes-
zeitpunkt ungefähr zwei Tage vor dem Auffinden, Todesursache zwei dicht beieinanderliegende stumpfe Schläge
gegen den Hinterkopf. Also eher kein Unfall. Ansonsten wurden keine weiteren Auffälligkeiten festgestellt, die
nicht durch den längeren Aufenthalt im Wasser zu erklären
waren.

Am Fundort allerdings waren frische Fußabdrücke
gesichert worden, eine Fußspur, die vom Strand bis zur

Leiche führte und nicht von dem Familienvater stammte, der die Leiche am frühen Morgen bei der Hunderunde entdeckt und gemeldet hatte.

Als Marten die Fähre verließ, war es wie bei seinem letzten Besuch auf der Insel. Leichter Nieselregen, Wind aus Südwest, der einen die Augen zukneifen ließ und beständig die Kapuze vom Kopf wehte. Mit einem Seufzer setzte er die graue Mütze auf. Katharina hatte sie damals hier gekauft, für ihn und gegen seinen Willen, und sie hatte gesagt, er sei ein Spinner, wenn er die nicht endlich anziehen würde, strubbelige Frisur hin oder her. Ihr erster gemeinsamer Urlaub, im Sommer nach dem Abitur. Eine Woche in der kleinen Ferienwohnung in der Norderstraße. Sie hatten ihre Koffer durch die halbe Innenstadt ziehen müssen.

Tausend kleine Erinnerungen waren auf der Fahrt hierher wieder hochgekommen, das Läuten der Kirchglocke unweit der Wohnung, das Licht des Neuen Leuchtturms in der Nacht, Krokant-Frieseneis an der Promenade, die Bank, auf der sie in den Sonnenuntergang schauend Zukunftspläne geschmiedet hatten. Die Wanderung zu dieser Aussichtsdüne ganz im Osten, das Picknick ganz in der Nähe, bei diesen alten Bunkerresten, wind- und blickgeschützt … Und diese eine große Erinnerung an das Hochgefühl, das sie damals durch diesen Urlaub getragen hatte. Viel zu schnell waren die Tage vergangen, wie im Rausch. Danach hatte er gewusst, dass sie zusammengehörten.

»Jaspari?« Stephanus stand in der offenen Fahrertür seines Einsatzfahrzeuges. Mit dem grauen Vollbart wirkte er deutlich älter, obwohl er Marten nur zehn Jahre voraushatte. Mit einer Hand hielt er die Schirmmütze fest. »Steigen Sie ein!«

»Danke für den Fahrservice.« Marten warf einen letzten Blick zurück zu der Kleinbahn, in die die meisten anderen Passagiere einstiegen. Wie damals er und Katharina. Er erinnerte sich an die harten Holzbänke.

»Sie haben sich die richtige Zeit für eine Morduntersuchung ausgesucht. Genau zu Pfingsten.«

»Noch ist es einfach ein ungeklärter Todesfall.« Zumindest offiziell. »Ist viel los auf der Insel?«

»Sie machen Witze, oder?« Stephanus steuerte auf die Reedstraße, die die kleine Siedlung am Fähranleger mit dem Dorf verband. Sie fuhren parallel zur Eisenbahnstrecke, nach den letzten Häusern fiel zu beiden Seiten das Gelände zum Watt hin ab, trockene Wildwiesen gingen in sumpfige Salzwiesen über, dahinter braune Wasserflächen. Irgendwelche Vögel hoben über dem Naturschutzgebiet ab. »Das halbe Ruhrgebiet ist gefühlt hier. Jazztage. Und heute Abend wird ja auch der Baum aufgestellt.«

Er erzählte von der alten Tradition, dass der Borkumer Junggesellenverein einen Baum in der Form eines rahgetakelten Mastes schmückt, der dann in der Süderstraße aufgestellt wird. Ganz oben befinde sich in einem Korb ein gestohlener Hahn – dass der gestohlen ist, sei wichtig, schmunzelte Stephanus. Wenn der Hahn morgens an den Feiertagen kräftig krähe, dann gebe es eine gute Fangsaison.

»Ich glaube Ihnen kein Wort«, lachte Marten.

»Doch, doch. Auch auf den westfriesischen Inseln gibt

es so ähnliche Traditionen«, gab Stephanus trocken zurück, und Marten wusste nicht, ob der Kollege ihn gerade aufs Glatteis führte oder nicht. »Jedenfalls ist die Insel proppenvoll. Wir haben schon zwei Kollegen als Unterstützung vom Festland hier, diese Nacht wird groß gefeiert, es könnte etwas lebhafter werden.«

»Kein Problem. Ich will nur mal mit den Leuten von *Blue Home* sprechen und mir außerdem den Fundort einmal selbst ansehen. Konnten Sie bereits etwas zu den Fußspuren herausfinden?«

»Nein, bisher nicht direkt. Wir haben allerdings mögliche Zeugen aufgerufen, sich bei uns zu melden, sofern sie beim Fundort oder in der Nähe Leute gesehen oder Ungewöhnliches wahrgenommen haben sollten. Aber wenn sie mich fragen ...«

»Ja?«

»Nun, Sie wollen ja eh mit *Blue Home* reden ...« Stephanus murmelte etwas in seinen Bart. Es klang nach einem Fluch. »Da in der Nähe ist ein wichtiges Vogelschutzgebiet, und da treiben die sich natürlich auch herum. Vielleicht ...«

Das kam überraschend. Marten hatte seinen Kollegen als besonnenen Polizeibeamten in Erinnerung, diese Anschuldigung ohne gesicherte Erkenntnisse passte so gar nicht zu ihm. »*Blue Home*. Machen Ihnen die Leute Ärger?«

»Ich sag mal so ...« Stephanus wägte seine Worte ab, dann war es ihm offensichtlich egal. »Ja.«

»Inwieweit?«

»Junge Leute, ich hab ja für vieles Verständnis, aber

der Zweck heiligt nicht immer die Mittel. Einige sind ja ganz okay, das sind so Naturliebhaber, aber es gibt auch welche, die haben die Moral für sich gepachtet und machen einfach Stress. Letztens haben sie rote Lebensmittelfarbe in der Bismarckstraße verteilt. Blut würde an unseren Händen kleben, warum genau, weiß ich jetzt nicht.« Er bremste kurz ab, um zwei Radfahrern vor ihnen das Überqueren der Straße zu ermöglichen. »Vor allem protestieren sie gegen die neue Bohrplattform im Nordwesten. Es hatte angefangen, als sie vor ein paar Wochen über Nacht so ein riesiges Banner oben am Neuen Leuchtturm befestigt hatten. Es hatte Stunden gedauert, bis wir es wieder entfernen konnten. Seitdem ist eigentlich jeden dritten Tag irgendetwas. Vorgestern gab es eine Sitzblockade auf der Promenade, danach ein *gemeinsames langsames Spazierengehen*, untergehakt, versteht sich, bei der sie die Fußgängerzone praktisch lahmgelegt haben. Überall finden sich Flyer von ihnen. Letztens haben sie die Waggons der Kleinbahn mit ihren Slogans beschmiert. *Nein zu Öl, nein zu Gas.*«

»Nicht gerade kreativ. Stoßen sie denn auf Zustimmung bei Einwohnern? Und Urlaubern?«

»Das ist es ja. Eigentlich sind es ja offene Türen, die sie einrennen. Aber sie tun das auf so eine nervtötende Art, dass es mir jedenfalls echt zu viel wird. Und das geht nicht nur mir so. Es gab schon ein paar Prügeleien, weil sich einige von ihnen persönlich angegriffen fühlen. Mit einem Bier mehr intus geht das ganz schnell.«

»Konnten sie denen denn was nachweisen?«

»Nichts Gerichtsfestes« sagte Stephanus nach einer kurzen Pause. »Es gibt eine Wortführerin, mit der bin ich ziemlich aneinandergeraten. Wanda Biek. Sie lebt hier bei ihren Eltern, studiert aber eigentlich wohl Meeresbiologie in Bremen, auch wenn sie jetzt dort irgendwie auf Jura umgestiegen ist, wenn man ihrem Instagram-Profil glaubt, na ja, zurzeit wohl außerhalb des Hörsaals. Jedenfalls wissen die von *Blue Home* genau, wie weit sie legal gehen können. Aber ich bin mir ziemlich sicher, dass sie auch hinter den illegalen Aktionen stecken. Warten Sie, ich zeig Ihnen was.« Er griff mit der rechten Hand nach hinten auf den Rücksitz, langte nach einem dünnen Heftchen. Der Wagen kam kurz ins Schlingern.

Marten nahm das Heft entgegen.

Blue Home bewahren. Eine Handreichung.

»Okay. Was ist das?«

»Eine Art Manifest. Offiziell natürlich nicht von ihnen, den Autor oder die Autorin kann man nicht feststellen. Es geht ihnen um Provokation. Um Störung. Gewalt gegen Sachen ist legitim, wenn es dem Ziel dient, heißt es unter anderem darin. Wie verhalten bei Polizeieinsätzen, passiver Widerstand.« Der Mann redete sich in Rage.

Wenn Provokation das Ziel war, dann hatte *Blue Home* es erreicht.

Das Display im Armaturenbrett zeigte einen eingehenden Anruf an: »Wache«. Erst kurz darauf ertönte der Klingelton. Stephanus nahm den Anruf an. Ein Einbruch in einer Ferienwohnung, meldete der Kollege mit sächsischem Akzent. Wahrscheinlich ein Kollege vom Festland, der in der Urlaubszeit auf der Insel aushalf.

»Beim Wasserturm«, murmelte Stephanus. Er sah zu Marten hinüber. »Das ist etwas abseits …«

»Übernehmen Sie ruhig, ich komme allein klar.«

»Okay, ich fahre zum Objekt. Bin in zehn Minuten da«, antwortete Stephanus seinem Kollegen, dann beendete er den Anruf. »Ich lasse sie im Zentrum raus, wenn das in Ordnung ist.«

»Wo kann ich da die Aktivisten jetzt finden?«, fragte Marten.

»Sie haben einen Infostand beim Musikpavillon. Glauben Sie mir, Sie können sie gar nicht verfehlen.«

»Haben Sie ein Bild von dieser Wanda Biek?«

»Nein, tut mir leid. Auch in den sozialen Medien hat sie keine Porträtfotos eingestellt. Blonde Haare, eher dünn, so einsfünfundsiebzig groß, schätze ich. Sie werden sie schon finden.«

Marten stieg bei der Strandstraße aus. Zu seiner Rechten war der Neue Leuchtturm, der von einem begrünten Hügel inmitten der Häuser die unter ihm liegende Stadt beherrschte. Marten erinnerte sich an die Aussicht und den stetigen Wind dort oben, während er sich durch das Gedränge der Urlauber schob. Viele Familien mit kleineren Kindern, vielleicht Kindergarten- oder Grundschulalter, trotz des ungemütlichen Wetters mit Schaufeln, Eimern oder Flugdrachen ausgestattet. Vorgezogener Urlaub, bevor es im Sommer richtig teuer wurde.

Zwischen den hohen Gebäuden von Nordseeklinik und Nordseehotel trat er auf die Promenade. Der Musikpavillon, ein hellbeiges, rundes Häuschen mit zur Landseite ausgerichteten bodentiefen Fenstern lag auf halbem

Weg zum Strand. Der breite Strand dahinter war belebt, viele Menschen unterschiedlichster Größe wuselten in Jacken in allen bunten Farben umher, Drachen knatterten in der Luft. Danach folgte eine Art kleine Bucht oder tiefer Priel, auf der anderen Seite waren am Strand auch durch den Nieselregen dunkle Punkte auszumachen. Ach ja, die Seehundbank. Irgendwie tat ihm der Anblick gut.

Keine zehn Meter neben ihm entdeckte er die Gruppe junger Menschen, die sich blaue T-Shirts über dicke Fleecepullis gezogen hatten. Er trat etwas näher. Ein selbst gemaltes Schild forderte in Blau auf Weiß *Die Erde bewahren*. Ein mitgeführter Bollerwagen war zu einem mobilen Stand umgerüstet worden, bestückt mit Broschüren, die mit übergroßen Klammern an eine Art Tisch angeheftet waren, Unterschriftenlisten und Thermoskannen. In dem Becher, den eine Aktivistin in den Händen hielt, schwappte roter Tee. Sie hatte ihre blonden Haare in zwei dünne Zöpfe eingearbeitet, die einmal um den Kopf führten. Marten musste an einen Lorbeerkranz denken.

Die Frau erwiderte seinen Blick, machte einen Schritt auf ihn zu. »Hi. Möchtest Du auch unsere schöne Nordsee schützen?«

»Aber sicher« erwiderte er. Ob das schon diese Wanda war, die Stephanus erwähnt hatte? Er sah zu den ausliegenden Zetteln. »Wovor denn genau?«

»Zerstört und verschmutzt zu werden. Dass sie weiterhin für Lebewesen einen einzigartigen Lebensraum bietet …«

Er hörte nicht mehr genau hin. Auf den Zetteln waren Großaufnahmen verendeter Tiere im hellen Sand zu sehen, durchgestrichene Fotos großer Tanker oder Slogans wie *Energien von morgen statt Ressourcen von gestern* oder *Nein zu LNG!*

»Was genau ist denn das Problem?«

»Erdgas.« Sie wies nach Norden, auf die offene See hinaus. »Wenn es nach den aktuellen Plänen der Regierungen geht, bauen die Energiekonzerne da in Sichtweite von unserem Strand eine neue Bohrplattform. Krass, oder?«

»Oh. Tatsächlich?«

Sie hatte nur auf seine Reaktion gewartet. »Das wird ein schöner Ausblick werden, oder? Da ist nämlich das Gasfeld N05-A, genau auf der Grenze zwischen den Niederlanden und Deutschland. Für alle ein gutes Geschäft, aber nicht für die Tierwelt. Die wird nämlich massiv darunter leiden. Ganz davon abgesehen, dass man immer noch fossile Ressourcen fördern möchte, als ob man nie was von der Klimakatastrophe gehört hätte ...«

»Echt jetzt?« Ins Reden kommen lassen, dachte Marten. Zuhören schaffte Vertrauen. Er wartete, bis sie aufgehört hatte, von den Nachteilen der geplanten Förderplattform zu erzählen. Wahrscheinlich war die Fördererlaubnis kurz nach Ausbruch des Kriegs gegen die Ukraine erteilt worden, als die Regierungen in Europa nach neuen Bezugsquellen für Erdgas gesucht hatten, weil die Lieferungen aus Russland ausblieben. Inzwischen gab es aber Parteien im ganz linken und im ganz rechten Spektrum, die forderten, wieder günstiges Erdgas aus Russland zu beziehen, über die Pipelines *Jamal, Transgas oder Northstream 2,* der Strang B war ja anders als bei der Schwesterleitung *Northstream 1* technisch weiterhin intakt, auch nach dem damals durchgeführten Sprengstoffanschlag. Durch sie hätten auch weiterhin problemlos die Mengen Erdgas geliefert werden können. Stattdessen wurde jedoch weiterhin der Bau von LNG-Terminals gefördert. »Was halten Sie denn von diesem LNG? Ist das eine bessere Lösung?«

»Das ist sogar noch viel mehr daneben.«

So durchschaubar seine Frage gewesen war, es funktionierte trotzdem. Lang und breit erklärte sie, dass dieses Erdgas vor allem in den USA extrem umweltschädlich gewonnen würde, und der Transport per Schiff sei auch nicht wirklich effizient, vor allem gegenüber einer Pipeline. »Vor allem wird ja gern verschwiegen, dass diese LNG-Terminals nicht sauber arbeiten. Die *Höegh Esperanza* zum Beispiel, das ist das LNG-Terminal, das bei Wilhelmshaven eingesetzt wird, benötigt Unmengen an Chlor, um die Rohrleitungen sauber zu halten. Antifouling nennt man das. Dieses Chlor wird einfach ins Wattenmeer abgeleitet. Chlor ist hochgiftig! Die australischen Behörden, wo das Schiff eigentlich eingesetzt werden sollte, hatten den Betrieb auf Grund der Umweltbelastung verboten! Nur wegen der Gasknappheit aufgrund des Kriegs gegen die Ukraine hat das Terminal hier in Deutschland noch eine zweite Chance erhalten. Und jetzt kommt es: Die Chloreinleitungen in die Nordsee sind doppelt so hoch wie die, die in Australien vorgesehen waren. Wahnsinn, oder? Und auch bei den LNG-Terminals in Eemshaven, direkt hinter der Grenze, nutzen sie ebenfalls Chlor, obwohl es schon viel moderne Methoden gibt. Ich meine, Wattenmeer, Naturschutzgebiet, das ist so hochsensibel …«

»Aber das wird doch sicher alles kontrolliert und überwacht, ob die Grenzwerte ...« Weiter kam er nicht.

»Ach, einen Scheiß! Gar nichts wird da unabhängig überwacht! Das ist doch alles politisch gewollt. Das ist ja der eigentliche Skandal ...«

Marten überlegte, was er antworten sollte, während sie mit gespreizten Händen vor ihm gestikulierte. Ja, sie war ehrlich entrüstet. Wozu konnte man da fähig werden? Wenn nicht vielleicht sie direkt, dann andere, die ähnlich empört waren. Wie war das in dem Manifest, das in seiner Innentasche steckte? Gewalt gegen Sachen ist legitim? Wie weit würde man gehen, wenn man meinte, für die richtige Sache zu kämpfen?

»Und, bist du dabei?« Die junge Frau sah ihn fragend an. Nur hatte er überhaupt keine Ahnung, worum es jetzt konkret ging.

»Ich überlege es mir«, wich er aus. Ob das die richtige Antwort gewesen war? Wahrscheinlich nicht.

»Hä?«

»Ähm.« Ach, einfach geradeheraus, dachte Marten. »Vielleicht können Sie mir helfen. Ich ermittle zu einem ungeklärten Todesfall bei dem LNG-Terminal in Eemshaven.«

»Jaaa?«, dehnte die Frau ihre Frage. »Entschuldigung, ich komme jetzt nicht ganz mit, glaube ich.«

»Es gab dort wohl Vorfälle mit *Blue Home*. Können Sie mir etwas dazu sagen?«

»Und, wer sind Sie? Sind Sie von der Polizei, oder was?«

Marten kramte seinen Dienstausweis hervor. »Bundeskriminalamt. Marten Jaspari.«

Skeptisch schaute sie auf seinen Dienstausweis, den er ihr vorhielt, länger, als eigentlich nötig war, um die paar Wörter zu lesen. »Tut mir leid. Da weiß ich leider gar nichts darüber.«

Seltsam, dass sich die Zusammenstöße mit *Noordzeegas*, wenn es sie denn gegeben hatte, innerhalb *Blue Home* nicht bis zu ihr herumgesprochen haben sollten. Vielleicht wollte sie aber auch einfach damit nichts zu tun haben. »Wissen Sie, ich suche nach einer gewissen Frau Biek. Wanda Biek. Können Sie mir vielleicht sagen, wo ich sie finde?«

»Puh, ich glaube, ich habe sie heute noch gar nicht gesehen …« Sie fuhr sich nachdenklich durchs Haar.

»Es geht nur um einen kurzen Austausch. Es ist wirklich wichtig. Wissen Sie, wo ich sie finden könnte?«

»Ja, sicher, aber die war heute, meine ich, den ganzen Tag noch nicht hier. Haben Sie es denn schon mal im Camp versucht?«

»Welches Camp?«

»Der zweite Campingplatz, hinten im Osten von Borkum.« Sie sah ihm direkt in die Augen. »Sozusagen unser Treffpunkt von *Blue Home*. Da würde ich es an Ihrer Stelle mal versuchen.«

»Okay. Gut, mache ich.« Er überlegte kurz. »Entschuldigung, das habe ich noch gar nicht gefragt. Wer sind Sie eigentlich?«

»Jenny. Also eigentlich Jennifer, aber Jenny hat sich irgendwie durchgesetzt.« Sie stockte kurz. »Jennifer Krugmann, um genau zu sein.«

»Danke, Frau Krugmann.« Er nickte. Ob das jetzt ihr

richtiger Name gewesen war? Er klang ziemlich beliebig. Klar, er könnte sich jetzt ihren Ausweis zeigen lassen. Aber es gab keinen Grund, ihr zu misstrauen und die Situation eskalieren zu lassen. »Vielen Dank für Ihre Unterstützung.«

»Immer gern. Einen schönen Tag wünsche ich Ihnen, Herr Jaspari.«

Als Marten weiterging, sah er aus dem Augenwinkel, wie sie bereits den nächsten Passanten ansteuerte, der ihr auch nicht mehr ausweichen konnte.

06

Valentin Bobrow stutzte. Den Mann hatte er doch vorhin schon mal gesehen. Ganz sicher, eben, auf seinem Spaziergang am Elbufer entlang, war der an ihm vorbeigelaufen, als er kurz die Schnürsenkel hatte zubinden müssen. Er hatte sich dann auf die Parkbank gesetzt, auf die er sich selbst auch hatte setzen wollen, von der man den schönen Ausblick auf den Strand mit den Kindern und den breiten Fluss hatte, doch der Mann hatte vor ihm darauf Platz genommen.

Mit dem Alter wird man merkwürdig. Er schaute gern fremden Kindern zu, sie erinnerten ihn an Maya und Kristaps. Er sah die beiden viel zu selten, sechs Monate am Stück auf See waren üblich, und auf den langen Fahrten gab es oftmals nur eingeschränkten Internetzugriff. An Mayas fünftem Geburtstag hatte er nicht zu Hause sein können. Und wie gern würde er Kristaps mal wieder zum Fußball bringen und einfach nur dastehen und zuschauen. Nicht reinbrüllen, wie es die anderen Väter oft taten. Sondern genießen, welche Freude der Sport Kristaps machte und welche Energie sein Sohn hatte. Zum Glück sendete

Elisabeth öfter Videos der beiden. Alle zwei, drei Tage telefonierten sie, aber die Kinder hatten nicht viel übrig für Videotelefonie, und so winkten sie ihm oft nur einmal kurz zu, bevor sie wieder auf ihre Zimmer verschwanden. Oder weitertobten, wie Elisabeth ihm dann lachend erzählte.

Und jetzt hatte der Mann an dem Tisch in der Ecke neben dem Eingang Platz genommen. Zwar hatte er das Gesicht hinter der Speisekarte verdeckt, aber Valentin war sich sicher. Die gleiche lichte Stelle am Hinterkopf, dieselbe Lederjacke, die jetzt über der Rückenlehne des benachbarten Stuhls hing, die gleichen Sportschuhe, die direkt neben ihm vorbeigelaufen waren, nämlich das Modell, das er im Frühjahr beinahe auch gekauft hätte. Und Männer, die allein ein Restaurant betraten, waren immer noch die Ausnahme. Was für ein Zufall.

Die Bedienung kam mit seinem Labskaus, dieselbe Bestellung wie immer im *Alten Kontor*, er nahm noch ein zweites Pils dazu. Es war der erste freie Tag seit Wochen. Das Überwachen und Organisieren des Löschens der Ladung überließ er heute dem Ersten Offizier und der Hafengesellschaft. Morgen oder am Montag konnte er wieder übernehmen. Heute war Landgang angesagt. Allein.

Er freute sich schon auf den Abend.

07

Am Fundort der Leiche war Marten nichts Neues gegenüber den Fotos der Spurensicherung aufgefallen, geradezu unschuldig und friedlich hatte die kleine Bucht gewirkt. Aber es war trotzdem wichtig gewesen, den Strand selbst gesehen und sich vergewissert zu haben, dass er die Beschreibungen der Kollegen richtig verstanden hatte.

Danach hatte er vergeblich die Adresse der Bieks aufgesucht. Ein älteres Haus, aber offensichtlich gut gepflegt, weiße Backsteinfassade, die Fensterrahmen und die oberste Leiste des Giebels waren blau gestrichen. Auf dem kleinen Schild neben der weißen Haustür aus Holz stand nur der Familienname. Marten klingelte. Klingelte noch einmal. Niemand öffnete. Hinter den Fenstern blieb es dunkel.

Gut, dann eben das Camp. Das Wetter war besser geworden, die dunklen Wolken nur noch im Osten zu erkennen, über ihm hatte der Himmel viele blaue Flecken. Eigentlich hätte er sich den Ausflug dahin gern gespart, das waren bestimmt mindestens vier Kilometer Richtung Osten, aber so … Eine Windböe fuhr ihm durch die Haare. Er musste lachen. Warum eigentlich nicht?

Sicher, er hätte sich von Stephanus oder seinen Kollegen fahren lassen, ein Fahrrad oder Taxi nehmen oder wenigstens den Bus abwarten können. Aber warum nicht zu Fuß? Er hatte ohnehin nichts Konkretes vor.

Die Straßen wurden umso leerer, je weiter er sich von der Innenstadt entfernte. Nach der Inselschule passierte er einige Pferdewiesen und einen dazugehörigen Hof, bevor er den Weg am Seerosenteich vorbei durch die bewaldeten Bantjedünen einschlug. So hatten sie es damals auch gemacht, Katharina und er. Er dachte an Youri, Katharinas Windhund, den sie seit ein paar Jahren besaß. Dem hätte es hier gut gefallen. Puh, so melancholisch war er doch sonst auch nicht. Lass es zu, wenigstens ein wenig, jetzt war doch Zeit dafür. Von beiden Seiten beugten sich die Blätter der Bäume über den Weg, leuchteten hellgrün unter der zurückgekehrten Sonne.

Am Flugplatz vereinigte sich der Wanderweg wieder mit der Straße. Einige Sportmaschinen hoben ab, er sah hinterher. Er könnte eigentlich mal einen Rundflug machen, wenn die Zeit noch reichte. Ging das überhaupt so spontan? Damals hatte er das auch machen wollen, aber das Geld war zu knapp gewesen. Es war schön, an früher zu denken. Nicht die Erinnerung schmerzte, sondern die Erkenntnis, dass sie, er und Katharina, dieses Glück nicht hatten festhalten können. Nein, er hatte sie einfach losgelassen, als ob andere Dinge wichtiger gewesen wären, obwohl er das Gegenteil wusste. Loslassen müssen. Die Realität anerkennen. Zweimal hatte er sie nach ihrer Trennung noch besucht, in ihrer neuen Wohnung in Hamburg, und sie hatten auch miteinander geschlafen. Aber es war anders als vorher. Ihre Zeit, das Glück, war vorbei. Das war es, was wehtat.

Zeit für sich hatte er sich in den letzten beiden Monaten nur selten genommen. Genau genommen hatte er es sogar vermieden, stellte er fest. Aus gutem Grund. Er beschleunigte seinen Schritt wieder. Er war nicht drüber hinweg. Und er wollte es auch nicht sein.

Nach dem Flugplatz durchquerte er die Randdünen von Ostland und erreichte den Campingplatz, auf dem die Aktivisten ihr Lager aufgeschlagen haben sollten. Tatsächlich wehte inmitten eines Rings zusammenstehender Zelte weithin gut sichtbar eine blaue Flagge mit dem bekannten Weltkugellogo an einem improvisierten Fahnenmast. Eine Art eigener Bereich im Campingplatz.

Bei fünf der acht Zelte waren die Eingänge fest verschlossen, aus einem war ein leises Schnarchen zu hören. Eine rothaarige Frau und ein Mann begutachteten die Glut in einem kleinen Grill. Sie trugen weite Fleecepullis und Jogginghosen, der Mann hatte ein Kinnbärtchen. Ob sie Wanda gesehen hätten?

»Nein, sie ist heute am Infostand am Weststrand«, antwortete die Frau arglos. Sie fuhr mit dem Zeigefinger einmal oben um den Kopf herum. »Du erkennst sie an den beiden geflochtenen Zöpfen.«

»Falls sie dich eh nicht direkt anspricht«, lachte der Typ mit dem Kinnbärtchen.

Marten kniff sich in den Oberarm. Nicht wahr … Dann konnte er sich ein sarkastisches Lächeln nicht verkneifen. »Sagt mal, kennt ihr auch zufällig eine Jenny? Jenny Krugmann?«

»Nein.«

»Nee. Wer soll das denn sein?«

»Eine alte Bekannte«, gab er zurück. Er überlegte. Die beiden schienen, anders als die angebliche Jenny Krugmann, keine Berührungsängste ihm gegenüber zu haben. »Mein Name ist Marten Jaspari. Ist es okay, wenn ich mich kurz zu euch setze?«

»Äh, nein … okay.« Der Mann war trotzdem irritiert. Zum Glück zuckte er nicht zurück, als Marten sich als Polizist auswies.

»Es geht um das LNG-Terminal« setzte Marten schließlich an. Zumindest indirekt stimmte das ja auch. »In Eemshaven. Ich hatte gehofft, dass Wanda Biek uns etwas dazu sagen kann.«

»Oh, da ist sie echt die beste Ansprechpartnerin.« Der Mann nickte. Er erklärte, dass sie selbst eigentlich nur zur Tierbeobachtung und -forschung auf Borkum seien, *Blue Home* habe hier schon seit langer Zeit unterschiedliche Projekte laufen. Der Osten der Insel habe eine fantastische Landschaft, die pure Natur. »Aber seit letztem Jahr gibt es eine neue Bewegung innerhalb der Organisation. Sie wollen unbequemer sein, Missstände nicht nur ansprechen, sondern dagegen angehen. Wanda macht da ganz viel in die Richtung, gerade gegen die Erdgasförderung. Ob das jetzt die neue Bohrplattform ist oder die LNG-Terminals. Beides Dreckschleudern.«

»Es geht um die Chloreinleitungen«, fütterte Marten ihn weiter an. Doch der Typ hielt inne, schien zu überlegen, ob er weitersprechen sollte.

Zum Glück übernahm stattdessen die Frau neben ihm.

»Wanda glaubt den offiziellen Zahlen nicht, was die Um-weltbelastung angeht. Deswegen wollte sie selbst Wasser-proben entnehmen. Ich weiß aber nicht, ob sie damit erfolgreich war.« Sie schob sich eine Haarsträhne zu-rück. »Wanda war die letzten Tage nicht so viel hier, und wenn, dann etwas einsilbig. Kann da leider nicht weiter-helfen.«

*

Der Infostand war bereits verschwunden, als er wieder am Musikpavillon ankam. Nein, Wanda sei schon kurz nach Mittag gegangen, erklärte ihm hilfsbereit ein Akti-vist mit kurzen roten Haaren, der gerade die letzten Flyer im Bollerwagen verstaute. Morgen auf der Kundgebung vor dem Leuchtturm würde er sie bestimmt antreffen. Sie hätte sich als Rednerin angemeldet.

Marten ging ein weiteres Mal zum Haus der Bieks. Inzwischen waren die Fenster von innen erleuchtet, und es schlurfte nach seinem Läuten jemand von der ande-ren Seite auf ihn zu. Mit einem Ruck wurde die Tür ge-öffnet.

»Hallo?«

Vor ihm stand eine Dame, ungefähr fünfzig Jahre alt, in weißer Bluse und mit schulterlangen blonden Haaren, an den Ohren baumelten silberne Ohrringe. In dem Flur hinter ihr waren großformatige Fotos in Schwarz-Weiß auszumachen. Er wies sich aus. »Frau Biek?« Eine ge-wisse Ähnlichkeit zu Jenny Krugmann konnte er schon feststellen.

»Ja, die bin ich. Wie kann ich helfen?«

»Ich suche Frau Wanda Biek?«

»Sie meinen meine Tochter? Worum geht es denn?«

»Ist sie im Haus?« Er konnte die Besorgnis der Mutter förmlich fühlen. »Wir ermitteln in einem ungeklärten Todesfall, vielleicht kann sie uns weitere Informationen geben. Wir haben nur ein paar Fragen. Es dauert bestimmt nicht lange.«

»Nein, tut mir leid. Nach dem Frühstück ist sie los. Vielleicht ist sie im Camp?«

»Da hatte ich leider keinen Erfolg.« Marten folgte einem spontanen Impuls. »Entschuldigen Sie bitte, könnte ich kurz …«

»Ja?«

Er drängte sich in den Flur und betrachtete das Foto an der linken Wand knapp zwei Meter hinter ihr, mindestens DIN-A3-Größe. Ja, er hatte richtig gesehen. Es zeigte offensichtlich die Familie des Hauses, Vater, Mutter und Tochter. Ein Schnappschuss, aufgenommen vor einer hässlichen Glasfassade, in die der Schriftzug *Universität Bremen* eingesetzt worden war. An dem ausgestreckten Arm des Vaters war zu erkennen, dass er das Foto gemacht hatte. Marten zeigte auf das lächelnde Mädchen. »Nur dass wir keiner Verwechselung unterliegen. Das ist ihre Tochter, oder?«

»Ja. Das war vor vier Jahren. Am ersten Tag ihres Studiums.« Sie lächelte. »Sie hatte sich dort bereits ein Zimmer in einer Wohngemeinschaft besorgt und erste Leute kennengelernt. Alle sehr nett, ganz toll. Wir durften sie dort nur kurz besuchen und mussten versprechen, abends wieder heimzufahren.«

Wanda hatte sich nur unwesentlich verändert, fand Marten. Vielleicht hatte sie etwas härtere Züge bekommen. Keine Frage. Er hatte Wanda Biek alias Jenny Krugmann bereits kennengelernt.

»Wissen Sie, wann sie wieder hier sein wird?«

»Nein, tut mir leid. Manchmal wird es sehr spät bei ihr, oder sie übernachtet auch mal woanders ...« Die Frau schluckte. »Gibt es einen Grund, weswegen ich mir Sorgen machen müsste?«

Etwas im Unterton der Frage ließ Marten aufhorchen. »Frau Biek, sagen sie, Ihre Tochter ... haben Sie in letzter Zeit eine Veränderung an ihr bemerkt? Ist vielleicht irgendetwas vorgefallen?«

Die Mutter schlang die Arme um ihren Körper. »Ich weiß nicht. So viel bekommen wir ja nicht von ihr mit, sie ist viel unterwegs.« Sie schluckte ein weiteres Mal. Ihr war anzusehen, dass etwas in ihr arbeitete. Schließlich sprach sie vorsichtig weiter. »Vielleicht ist es nur ein Gefühl, und ich irre mich. Aber seit ein paar Tagen ... Irgendetwas beschäftigt sie. Es kommt mir vor, als ob sie sich etwas zurückgezogen hätte. Als ob sie einem Gespräch mit mir aus dem Weg geht.«

Marten überlegte einen Moment. »Bitte richten Sie ihr aus, dass sie sich bitte morgen auf der Wache melden soll. Um zehn Uhr. Sie könnte uns eine große Hilfe sein.« Er reichte ihr eine Visitenkarte. »Sie soll sich direkt an mich wenden. Rufen Sie gern an, wenn Sie Fragen haben.«

»Ja, natürlich. Ich werde ihr Bescheid geben. Ich denke, irgendwann heute Abend wird sie sicher wieder da sein.« Etwas ratlos sah sie auf das Kärtchen in ihrer Hand.

Marten wünschte ihr noch einen schönen Abend und versuchte dabei, so etwas wie Beruhigung auszustrahlen.

Jetzt musste er nur noch überlegen, wo er hier auf der Insel die Nacht verbringen konnte. Und das an Pfingsten. Zur Not würde er Stephanus fragen, ob er noch ein Notbett in der Wache für ihn übrig hatte.

08

»… fast zu perfekt.«

Fast zu perfekt? Kurz war der Moment eingefroren, Iska schmeckte den Weißwein, an dem sie gerade genippt hatte, hörte das Kichern von Marc und Daniel und lauschte dem Satz nach, den Maaike gerade so dahingesagt hatte. Sie saß in dem Korbstuhl neben ihr in dem schicken Restaurant am Jachthafen. Soeben hatten jeder von ihnen zum Abschluss als Nachtisch noch eine riesige Portion Zitronensorbet verdrückt. War es das, was sie wollte?

Ja, es war der perfekte Tag gewesen. Sie hatten sich am späten Vormittag getroffen, die Anreise hierher war ohne Probleme verlaufen, Daniel und die Kinder waren aus Sneek angereist, das war schon fast um die Ecke. Erika war nicht mitgekommen, eine schwere Erkältung hatte sie erwischt. Auch wenn sie das natürlich nicht ausgesprochen hatte: Besser hätte das Wochenende nicht starten können. Vielleicht würde sie morgen nachkommen, vielleicht auch nicht.

Oostmahorn war ein sehr kleiner Ferienort mit Hafen. Früher, als das Lauwersmeer noch nicht mit einem Deich von der Nordsee abgetrennt gewesen war, waren von hier aus die Fähren zu der Insel Schiermonnikoog abgefahren. Das Ferienhaus war klein, aber fein, sie nahm wie verabredet eines der Schlafzimmer in der oberen Etage, neben den Kindern, während Daniel im Erdgeschoss allein das große Elternschlafzimmer bezog. Sie warfen nur kurz das Gepäck aufs Bett, dann ging es auch schon zum Hafen.

Daniel hatte eine Jolle angemietet, und pünktlich zum Ende des Nieselregens, als die Sonne aus den Wolken herausbrach, konnten sie auf das Lauwersmeer segeln. Der Wind war nicht zu stark und nicht zu schwach gewesen, sodass sie gute Fahrt machen konnten, aber noch nicht die Segel reffen mussten. Im Cockpit war ausreichend Platz für sie vier, Daniel war wie sie begeisterter Segler, sie wechselten sich am Ruder ab, während Maaike und Marc das Vorsegel bedienten. Gelegentlich spritzte bei größeren Wellen die Gischt vom Bug als feiner Nebel bis zu ihnen ins Heck und benetzte ihre Gesichter. Sie genossen das Meer und das Zusammensein, sie quatschten und lachten. Erst nach dem Anlegen kam es zu einem Malheur, als Daniel seine Sonnenbrille entglitt, er sie auffangen wollte, über einen Festmacher stolperte und dann ins Hafenbecken fiel. Wie in einem billigen Slapstickfilm. Prustend kam er wieder zum Vorschein, während sie auf dem Steg standen und lachten. »Na, traut ihr euch auch?«

Wie albern, hatte sie noch gedacht. Das ist doch nicht echt. Aber dann sprang erst Maaike, dann Marc und schließlich sie selbst. Das Hafenwasser erwies sich als eiskalt, sie beeilten sich alle, wieder herauszukommen. Mit tropfnasser Kleidung waren sie zurück in den Ort gelaufen, die heiße Dusche danach hatte gutgetan.

Sie nippte noch mal am Wein. Trocken, sehr trocken. Fast zu perfekt? Nein, sie wollte mehr von diesen Tagen. Dieses Glück wollte sie nie mehr loslassen.

Kurz vor Mitternacht kam die Bedienung zu ihnen und entschuldigte sich, sie würden leider bald schließen. Sie blickten sich um – tatsächlich waren sie inzwischen die letzten Gäste im Restaurant. Iska bestand darauf, die Rechnung zu übernehmen, dann gingen sie gemeinsam auf der Deichkrone entlang zum Ferienhaus. Sie hatten eine gute Sicht über den kleinen Ort, Schafe weideten auf dem schmalen Hang unter ihnen. Aufkommender Wind ließ sie angenehm frösteln und wirbelte ihre Haare durcheinander. Maaike und Marc liefen vor, Marc hatte sich in einen neuen Jungen verknallt und fragte Maaike über ihn aus, die wohl mit dessen Schwester befreundet war. Sie sah, wie Maaike ihren Bruder in den Arm nahm. Es war eher unabsichtlich herausgekommen, dass er nicht auf Mädchen stand, und er war anfangs sehr verunsichert gewesen, wie sein Umfeld das aufnehmen würde. Letztlich hatte es aber niemanden groß interessiert, hatte Daniel ihr bei ihrem letzten Telefonat erleichtert mitgeteilt. Als ob man beeinflussen könne, wo Liebe hinfällt.

Als sie im Ferienhaus ankamen, bemerkten sie erst, wie müde sie von dem Tag waren. Maaike und Marc verabschiedeten sich direkt nach oben. Iska blickte ihren Ex-Mann an, der immer noch in der Tür zum Wohnzimmer stand. Sie wusste ganz genau, was sie wollte. Atmete tief durch. Sie wollte es nicht kaputtmachen.

»Ich gehe auch mal nach oben.« Sie umarmte Daniel, er roch genau wie früher. Spürte die Bartstoppeln und wie auch er kurz einen Arm um sie legte. Dann ließ sie von ihm ab. »Es war ein wundervoller Tag.«

»Ja, das war er.« Ein gewisser Glanz lag in seinen Augen. Aber vielleicht irrte sie sich, das Licht im Hausflur war schlecht. »Gute Nacht!«

Erschöpft ließ sie sich auf das schmale Einzelbett fallen. Alles richtig gemacht. Sie kramte das Diensthandy hervor. Sie hatte es den ganzen Tag dabeigehabt, allerdings so eingestellt, dass lediglich Dirk, ihr alter Chef und Mentor, oder Marten sie hätten erreichen können. Und tatsächlich war es stumm geblieben. Sie scrollte durch die Nachrichten, als eine E-Mail von Marten einging. Sie gab ihm recht, das Verhalten von Wanda Biek war entweder dumm oder verdächtig, aber auf jeden Fall auffällig. Warum befand sie sich noch auf der Insel, wenn sie etwas mit dem Tod von Luuk Raand zu tun hatte? Sie konnte sich nicht vorstellen, dass Umweltschützer gezielt einen Sicherheitsmann töten würden. Aber vielleicht ein Unfall, bei einem weiteren Versuch, an Bord des Terminals zu kommen? Auf jeden Fall wirkte es, als könnte sie mehr wissen, als sie bisher zu sagen bereit war.

Sie wählte die nächste Nachricht der Kollegen aus Delfzijl an. Eine Zusammenfassung der Befragungen und erste Ergebnisse. Luuk Raand hatte seiner Ehefrau fünfzigtausend Euro hinterlassen. Irritiert betrachtete sie die Unterlagen, die Manou Raand nach anfänglichem Zögern und Zurückhalten den Kollegen übergeben hatte. Sie wollte einen Teil des Gelds nutzen, um noch einmal nach Hawaii

zu fliegen, Luuk und ihr habe es dort in ihren Flitterwochen so gut gefallen. Iska las ein weiteres Mal das Vernehmungsprotokoll durch. Sie ließ das Handy sinken.
Fünfzigtausend Euro.

Nachdenklich stand sie auf, ging nach nebenan ins
Badezimmer, putzte sich die Zähne. Schon beim ersten
Besuch hatte sie sich über das doch recht gehobene Haus
und das Auto des Ehepaars gewundert, und wie ein Sicherheitsmann und die Mitarbeiterin eines Supermarkts sich
das leisten konnten, aber den Gedanken dann fallen gelassen. Vielleicht hatte Luuk mal gut geerbt? Nun würde es
wahrscheinlich an seine Witwe übergehen. Ein Motiv? Sie
ging zurück in ihr Zimmer, machte eine Notiz in die Akte,
für die Kollegen, dass sie dazu noch einmal bei Manou
nachhaken sollen. Routinearbeit.

Unter der Bettdecke war es angenehm warm. Sie spürte,
wie ihre Arme und Beine schwer wurden. Aber sie konnte
und wollte noch nicht einschlafen. Von nebenan konnte
sie die Kinder hören, die sich noch zu unterhalten schienen. Wir vier wieder unter einem Dach … Anders als
erwartet, doch zu schön, um wahr zu sein. Beinahe wie
früher, bevor es zerbrochen war. Bevor Daniel entschieden hatte, dass jeder das Recht auf ein eigenes Leben
hatte, so hatte er es ausgedrückt. Dass es okay war, dass
sie ihren Beruf dem Familienleben vorzog, um das er sich
kümmerte. Dass er ihr niemals einen Vorwurf machen
wolle. Aber dass es ihm besser erschiene, wenn sie wieder getrennte Wege gingen, in Freundschaft miteinander
verbunden, nicht mehr in Liebe.

Und sie hatte ihm zugestimmt, weil sie gedacht hatte,

dass er damit recht hatte. Aus der damaligen Sicht war es das vielleicht gewesen. Sie starrte in die Dunkelheit. Etwas rollte ihre Wange hinunter. Eine einzelne Träne, stellte sie überrascht fest. Erst da bemerkte sie, dass ihre Augen feucht geworden waren.

Nein, nicht. Nicht an damals denken. Schieb die Gedanken weg. Denk an heute, denk an morgen. Denk wenigstens an etwas anderes. Es funktionierte nicht.

Schließlich knipste sie die Lampe auf ihrem kleinen Nachttisch an und kramte das Smartphone hervor. Öffnete wieder die Ermittlungsakte und wählte das erste Vernehmungsprotokoll aus. Welch eine Ironie, dachte sie, dann begann sie zu lesen. Zwei Kollegen aus dem Operating, die Luuk Raand auf seinem Rundgang um 00:30 Uhr als Letzte gesehen hatten. Raand wäre offensichtlich gut drauf gewesen. Fröhlich, so beschrieben ihn die Techniker, vielleicht etwas hektisch. Ihnen sei aber nichts Besonderes aufgefallen.

Hektisch … Das Wort wirkte irgendwie deplatziert.

09

Die Dame ließ ihre Hüften kreisen, schob langsam den kurzen Rock mit den schwarzen Fransen nach unten, bis er auf die Bühne fiel, genau vor sein Gesicht. Er verfolgte, wie sie mit ihren Fingern die Beine entlangfuhr, über den Bauch, mit dem Rand des BHs spielte. Valentin hob den Blick, sah ihr direkt in die Augen. Ein auffordernder Blick. Er war kurz davor, ihr auch einen Schein zuzustecken, wie er es bei den anderen Tänzerinnen getan hatte. Aber der Blick war leer, er gab ihm nichts. Beinahe unmerklich schüttelte er den Kopf. Mit einer keck-beleidigten Geste wanderte sie zu dem nächsten Gast. In fünf Minuten würde sie die verbliebenen Kleidungsstücke eingetauscht haben, wie ihre Vorgängerinnen auch.

Er nahm noch einen Schluck Bier, verfolgte die Show nur noch mit halbem Interesse. Der Rausch ebbte ab, der Zauber war vorbei. Nur angucken, nicht anfassen, an diesen Vorsatz hatte er sich gehalten. Er liebte das Gefühl, dass mehr möglich sein könnte und es seine Entscheidung war, nicht weiter zu gehen. Früher hatte er mit anderen Frauen geflirtet, obwohl er mit Elisabeth zusammen war, heutzutage war es eben die käufliche Variante. Er kannte seine Schwachpunkte. Die Freundinnen vor Elisabeth hatte er allesamt betrogen. Bei ihr sollte das nicht passieren. Aber der Reiz des Spiels, ob etwas möglich war, was möglich war, er war noch immer süchtig danach. Inzwischen trug die Dame nur noch einen String. Er mochte das Wort Dame. Es verlieh Respekt. Das Bier schmeckte nicht mehr. Nein, es war genug. Er stand auf. Zeit, zurück an Bord zu gehen.

Mitten in der Bewegung blieb sein Blick an jemandem haften, den er hier nicht erwartet hätte. Ganz hinten, nahe dem dunklen Flur zum Ausgang, war die Tür zu den Toiletten aufgegangen und hatte wie ein Scheinwerfer bleiches Licht auf die Gestalt geworfen, die an dem Tisch daneben stand. Trotz Müdigkeit und aufsteigendem Alkohol erkannte er den Mann sofort. Das war doch dieser Typ, der ihm schon am Mittag mehrfach aufgefallen war. Die Tür fiel zu, und der Mann verschwand wieder im Schatten der dunklen Ecke. Drei Mal an einem Tag, an unterschiedlichen Orten, das war kein Zufall. Ob Elisabeth ihm einen Privatdetektiv hinterhergeschickt hatte? Und jetzt war er von ihm gefunden worden. Lass dir nichts anmerken, überleg, was du tun willst.

Wie in Trance tappte er weiter Richtung Ausgang. Was tun, was tun? Die Wut kochte in ihm hoch, Wut auf sich selbst und den Schnüffler. Zur Rede stellen. Er verspürte den unbändigen Drang, ihm direkt eine Faust zu geben. Nein, tu es nicht. Das musste er anders lösen. Er war nun mal in der Defensive. Kaltes Herz, Emotionen herunterschlucken, auch wenn es schwerfiel. Er würde ihm ein

Angebot machen, ihm mehr bezahlen, als Elisabeth es tat. Ja, das sollte er. Er umkurvte die Bistrotische und die Gruppe Dreißigjähriger, die sich dort verteilt hatte. Ein Junggesellenabschied, mitleidig blickte er auf den Typen im Hasenkostüm, der bereits auf seinem Stuhl eingeschlafen war. Dann drängte er sich weiter nach draußen. Je näher er dem Ausgang kam, desto stärker schlug sein Herz. Wo war der Mann, den er eben noch gesehen hatte?

Der Mann war weg. Ganz sicher, er war ihm auf seinem Weg nicht entgegengekommen, und die Toilettentür hatte sich auch nicht noch einmal geöffnet. Also musste der Mann nach draußen gegangen sein. Er flieht, schoss es ihm durch den Kopf. Hektisch beschleunigte Valentin seine Schritte.

Draußen blendete das Licht der Straßenlaterne vor dem Club. Es nieselte schon wieder, nur wenige Menschen waren auf der Straße, zwei Damen in langen Stiefeln teilten sich einen Regenschirm und riefen etwas Unverständliches zu ihm hinüber. Zur linken Seite konnte er so gerade noch eine Bewegung an der nächsten Straßenecke wahrnehmen.

Instinktiv lief er los. Der Boden war uneben, die Kanten der einzelnen Gehwegplatten standen hervor. Bald hatte er die Ecke erreicht, eine schmale Seitengasse öffnete sich vor ihm. Im Schein der nächsten Laterne ging ein Mann mit schnellem Schritt von ihm weg. Hinterher.

Er beschleunigte, rannte nun, nicht mehr weit, der andere Mann drehte sich nicht um, sondern ging weiter, bog knapp zwanzig Meter vor ihm überraschend ab, verschwand. Er kam näher, es war keine Straße, sondern ein offenes Tor, das in eine Art Innenhof zu führen schien.

Kein Zufall. Wollte der Typ hier mit ihm verhandeln? Entschlossen ging er dem Kerl hinterher. Ein Auto stand dort im schwachen Dämmerlicht, das von der Straße hereingeworfen wurde. Der Innenraum dunkel, nur ein kurzes Aufflackern verriet, dass sich dort jemand befinden musste. Vorsichtig tastete er sich weiter. Die Fahrertür des Autos sprang auf. Eine Frau stieg aus. Jeans, schwarze Bomberjacke, die blonden Haare streng nach hinten gezogen. Schwarze Handschuhe.

»Hallo, Valentin.«

»Wer sind Sie?«

»Ich bin hier, um dir einen Vorschlag zu machen.«

»Einen Vorschlag? Was für einen Vorschlag?«

»Das wird etwas länger dauern, dir das zu erklären.«

»Wollen Sie Geld? Wie viel?«

»Nein.« Sie schüttelte den Kopf. Ein mitleidiges Lächeln umspielte ihre Lippen.

Er schritt auf sie zu, fokussierte ihr Gesicht. Hörte schnelle Schritte hinter sich, zu spät, das musste der Typ sein, dem er gefolgt war. Arme griffen nach seinem Hals, ein Würgegriff, der ihn nach hinten zog. Ein schwerer Handschuh legte sich auf seinen Mund. Noch mehr Arme und Hände, die seinen eigenen rechten Arm einfingen und hinter seinem Rücken fixierten, dann den linken dazu. Das mussten mindestens zwei Leute sein. Ihm blieb die Luft weg.

Die Frau vor ihm schritt auf ihn zu. Er merkte, wie ihm kalt wurde. Angst. Eine tiefe Angst kroch von unten hervor, breitete sich im ganzen Körper aus. Sie hielt etwas in der rechten Hand, er konnte es an seinem unteren Blickfeldrand erkennen. Was?

Sie kam näher, ganz nahe heran. Die lange Nadel einer Spritze tauchte ganz kurz auf. Er wollte wegzucken, aber die Arme ließen keine Bewegung zu. Das Leder eines Handschuhs drückte seitlich gegen seinen Hals. Das Kitzeln des Aufsetzens der Nadel, der kurze Schmerz des Einstichs.

»Nein, oder?« dachte er, oder vielleicht sagte er es auch. Er konnte einfach nicht glauben, dass das gerade passiert sein sollte. Gern hätte er jetzt den Kopf geschüttelt, aber die Hände hielten ihn fixiert. Die Frau sah ihn an, sagte nichts. Ihre Augen waren böse. Was machte sie? Nichts. Sie sah ihn einfach an. Er starrte zurück. Dann wurde ihm klar, was sie tat. Sie wartete.

Er stemmte sich gegen die Hände hinter ihm, versuchte sich herumzuwerfen. Vergebens. Er musste blinzeln. Die Augen wurden schwer. Wehr dich jetzt mit aller Macht, dachte er noch, als er merkte, dass ihm die Kraft schwand. Dann wurde es dunkel.

10

Ein letztes Zimmer war doch noch frei gewesen. Natürlich im teuersten Hotel der Insel. Und es war auch kein Zimmer, es war eine Suite mit Meerblick.

Marten ahnte, dass das BKA nur einen Teil der Kosten erstatten würde, das war also jetzt eine Art Privatvergnügen gewesen. Na ja, immerhin besser als der Stress der erneuten Rück- und Hinfahrt zur Insel oder eine der Liegen in den Zellen zu nehmen, wie er es kurz erwogen hatte. Auch Stephanus hatte ihm angeboten, im Gästezimmer seines Hauses zu übernachten, aber er hatte das Gefühl, dass Stephanus das eher aus Pflichtschuldigkeit vorgeschlagen hatte, und er wollte dem Mann auch seine Ruhe lassen.

Der Meerblick war allerdings fantastisch, strahlend blauer Himmel begrüßte ihn. Als er auf den Balkon trat, segelten Möwen nur wenige Meter entfernt auf Augenhöhe an ihm vorbei. Ebenso atemberaubend war das Frühstück. Marten schaufelte sich noch mehr von dem Lachs und dem Rührei auf seinen Teller, dazu gebratenen Bacon. Zum Schluss noch eine kleine Schokoladentorte und Macarons, dazu zwei kleine Espressi. Sonst hätte er die Energie zum Aufstehen nicht gefunden.

Ein wenig amüsiert von seinem Fressanfall verließ er das Hotel. Im Gegensatz zum Vorabend war auf den Straßen um diese Uhrzeit nicht viel los, nur einige Familienväter, die sich auf den Weg zum Brötchenholen gemacht hatten. An einer Kreuzung hörte er, wie zwei ältere Anwohner sich kurz austauschten. »Und, hat er gekräht?« »Mächtig.« »Dann wird es eine gute Saison.« Schmunzelnd gingen die beiden ihrer Wege.

Auch auf der Wache war es ruhig. Zwei Betrunkene schliefen ihren Rausch aus, zwei kleinere Prügeleien hatte es gegeben, die sich bereits aufgelöst hatten, als die Kollegen eingetroffen waren. Insgesamt war es ein ruhiger Pfingstsamstag gewesen.

Um zehn Uhr war Wanda noch nicht erschienen. Ein jüngerer Kollege hatte Zeit für ein kurzes Schwätzchen an der Kaffeemaschine. Normalerweise würde er in Hannover in der Wirtschaftskriminalität arbeiten, aber jetzt habe er sich für ein halbes Jahr nach Borkum ausleihen lassen, hier müsse er alle Arten von Fällen bearbeiten, ohne Spezialisten. Außerdem würde seine Freundin hier in den Sommermonaten im Service für ein Hotel arbeiten, das würde sich prima ergänzen. Dann nahm er einen Anruf an, jemand beschwerte sich, dass der von ihm gemietete Strandkorb aufgebrochen worden sei. Ja, jemand würde gleich vorbeikommen und den Schaden aufnehmen.

Marten sah auf die Digitaluhr über der Bürotür. Zwei Minuten nach halb zehn. Ein wenig konnte er noch warten.

Der finale Bericht der Pathologie war in die elektronische Akte eingestellt worden. Er las nur das Fazit. Keine Drogen, keine bewusstseinsverändernden Stoffe. Keine Verletzungen, die auf einen Kampf hindeuten würden. Die beiden voneinander unabhängigen Frakturen im hinteren Schädelbereich waren mit Sicherheit die Todesursache. Eine Kollision mit einem Schiff oder ähnlichem würde zu Sekundärverletzungen führen, die aber fehlten. Iska hatte heute Morgen um sieben bereits *Mord!* notiert.

Außerdem hatte sie vermerkt, dass die finanziellen Verhältnisse der Raands überprüft werden sollten. Ach, Iska. Er ärgerte sich, dass seine Partnerin auch in ihrem Urlaub nicht von dem Fall lassen konnte. Ob bei ihr alles gut lief? Hoffentlich.

Der junge Kollege betrat das Büro, in das sich Marten zurückgezogen hatte. Etwas sei für ihn abgegeben worden.

»Ein Brief? Für mich? Von wem?« Er betrachtete den schmalen Umschlag. Kein Absender. Mit schwarzem Filzstift war in Druckbuchstaben *An Marten Jaspari, Bundeskriminalamt* geschrieben worden.

»Keine Ahnung. Ich hab nur mitbekommen, wie das ein junger Mann bei uns in den Briefkasten geworfen hat, der aber sofort um die Ecke geflitzt war. Also hab ich den schnell geleert, ich hatte mit irgendeiner Fundsache gerechnet«, er machte mit den Händen Anführungszeichen in der Luft, »so was wie ein leeres Portemonnaie, bei dem zwar das Bargeld fehlt, aber noch Ausweise und so weiter drin sind.«

»Okay. Vielen Dank.«

Er zog drei Papierbögen hervor, offensichtlich Kopien. Dicht beschrieben, dazu diverse Tabellen und chemische Formeln und Abkürzungen. Ein Gutachten, aber alle Hinweise sowohl Auftraggeber als auch Auftragnehmer waren geschwärzt worden. Mit schwarzem Filzstift hatte jemand *Eemshaven* auf den ersten Bogen geschrieben. Es dauerte, bis er verstand, dass es sich um die Ergebnisse einer Wasseranalyse handelte. Die relevante Information war mit einem roten Kreis markiert worden. Die Chlorkonzentration der untersuchten Probe hatte, wenn er die Tabelle richtig las, den zulässigen Grenzwert um das Zehnfache überschritten.

Tief einatmend lehnte er sich auf seinem Stuhl nach hinten. Bestimmt keine offizielle Wasserprobe der Betreiber, viel eher hatte *Blue Home* diese Wasserprobe untersuchen lassen. Wahrscheinlich hatten sie die gezogen, als sie vor wenigen Wochen von Luuk Raand vertrieben wurden. Oder als sie es noch einmal versucht hatten und dann wieder etwas dazwischenkam …

Nein, Wanda Biek würde heute nicht mehr in der Wache auftauchen. Er zückte das Handy.

»Stephanus«, meldete sich der Kollege an der anderen Seite.

»Jaspari« meldete sich Marten ähnlich unnötig, bestimmt hatte Stephanus auch seine Nummer eingespeichert. »Wurde Wanda Biek heute schon gesehen?«

»Nein, warum? Ist sie nicht auf der Wache erschienen?«

»Nein. Ich gehe jetzt zu den Bieks und frage da nach. Wenn Sie sie sehen sollten, bitte halten Sie sie fest, bis ich eintreffe. Sie ist eine wichtige Zeugin.« Und sobald er den

Staatsanwalt davon überzeugt hatte, auch eine wichtige Verdächtige.

Nur zehn Minuten später war er beim Haus der Bieks. Nein, Wanda sei nicht da, ihre Mutter schüttelte den Kopf. Heute Morgen sei sie schon um sechs Uhr aus dem Haus gegangen. Nein, sie wisse nicht, wo sie sich jetzt aufhalten würde.

Vier Stunden Vorsprung. Der Tag war gelaufen.

11

»Wanda Biek ist tatsächlich gestern untergetaucht?« Iska konnte kaum glauben, was ihr Kollege sagte. Sie hatten ein kleines Büro in der Wache in Delfzijl bezogen, auf dem weißen Sideboard neben der Tür blubberte eine Kaffeemaschine. Eine andere Welt. Sie massierte sich die Schläfen. Heute Morgen war sie noch in aller Frühe aus dem Ferienhaus in Oostmahorn losgefahren, es war ihr, als fühlte sie noch die Umarmungen von Maaike, Marc und Daniel. Sie hatte sich umgedreht und nicht mehr zu ihnen zurückgeschaut, bis sie am Auto angekommen war. Die Kinder mussten am Pfingstmontag nicht in die Schule, sie wollten erst später abreisen. Diesen Luxus hatten Marten und sie sich untersagt.

Es galt, die nächsten Schritte zu besprechen, und welche Kollegen sie dafür benötigten. Jetzt, da es nach Mord aussah, konnte sie eine größere Sonderkommission zusammenstellen. Obwohl sie eher damit liebäugelte, nur mit einem kleinen Kernteam zu arbeiten und je nach Sachlage auf spezialisierte Kolleginnen oder Kollegen zuzugreifen.

»Es sieht so aus. Sie befindet sich nicht mehr bei ihren Eltern auf Borkum, und noch ist sie auch in ihrer Wohngemeinschaft in Bremen nicht aufgetaucht. Aber ich denke, früher oder später werden wir Spuren von ihr finden«, erklärte Marten, der auf der anderen Seite des Tisches Platz genommen hatte. »Zumindest digitale. *Blue Home* ist im Internet sehr präsent. Ich habe ein Team beauftragt, mir mal ein Dossier zu ihnen zusammenzustellen. Es scheint, dass ein Teil von ihnen sich weiter radikalisiert hat. Das könnte auch erklären, warum sie untergetaucht ist. Obwohl die Vermutungen natürlich auf der Hand liegen.«

»Zumindest gibt es da eine Verbindung«, sagte sie. Iska bemerkte, wie ihr ein Lächeln über das Gesicht huschte. Martens Vorliebe, vorschnell Schlussfolgerungen zu ziehen, ohne dafür über handfeste Indizien zu verfügen, hatte sie früher als unprofessionell abgetan. Inzwischen wusste sie aber seine doch recht gute Trefferquote zu schätzen.

»Wanda Biek interessiert sich für *Noordzeegas*. Nicht unbedingt für Luuk Raand«, stimmte Marten ihr zu. Er lehnte sich zurück, blickte sinnierend zur Decke. »Warum Raand? War es ein Zufall, dass ihre Wege sich kreuzten, oder steckt mehr dahinter? Was wissen wir über ihn?«

Luuk war wohlhabend gewesen, trotz seines eher mittelmäßig bezahlten Jobs. Gleich zweimal hatte er bereits in der Staatsloterij gewonnen. Manou hatte den Kollegen, die sie vernommen hatten, die Lose gezeigt. Sie waren ordnungsgemäß in Groningen gekauft worden, einmal im Stadtteil De Hunze und einmal in der Innenstadt.

Aber reichte ein bisschen Glück für den Lebensstil der beiden?

»Was, wenn er gegen Geld Informationen weitergegeben hat?«, sprach Marten das aus, woran sie auch schon gedacht hatte. »Na ja, aber doch nicht an *Blue Home*. Die hätten wahrscheinlich nicht die Mittel dazu.«

Bei Iska klingelte etwas. In den Vernehmungsprotokollen gab es eine Anmerkung, eher beiläufig. Der Kollege hatte sie trotzdem festgehalten. Sie zog ihr Notebook zu sich heran, suchte nach dem richtigen Dokument. »Kleinen Moment, ich hab da eine Idee …«

»Ja. Lass uns den Gedanken mal festhalten. Flitterwochen auf Hawaii und Reisen nach New York, das Bargeld, das große Haus … Vielleicht … Er arbeitet bei einem Unternehmen, das interessant sein könnte … Wirtschaftsspionage …« Er hob die Hände. »Ich weiß, ich assoziiere frei. Aber da könnte doch wirklich was dran sein, oder?«

»Hier. Ich habe es.« Iska dreht das Notebook so in die Mitte des Tisches, dass auch Marten den Bildschirm sehen konnte. Es war die Abschrift der Vernehmung von Anne Vermeulen, die Wirtin des *Waterkant* in der Innenstadt, offensichtlich Raands Stammkneipe. Sie hatte angegeben, dass Raand sich regelmäßig, so zwei- bis dreimal die Woche, dort mit seinen Freunden treffe, manchmal auch mit anderen Leuten, die sie so aber nicht kennen würde, oder aber allein. Eine seltsame Formulierung. »Das kann natürlich alles bedeuten, vielleicht hat er ja auch nur mal Bekannten oder seiner Verwandtschaft die Stadt gezeigt, aber wir könnten ja zumindest mal nachfragen …«

»Ob Wanda Biek zu diesen anderen Leuten gehört«, schloss Marten den von ihr angefangenen Satz ab.

»Ich rufe mal an.« Sie hatten Glück, bereits nach zweimaligem Klingeln nahm Frau Vermeulen das Gespräch an.

*

Die Fahrt dauerte nicht mal fünf Minuten. Eigentlich hätten sie zu Fuß gehen können. Das *Waterkant* hatte bodentiefe, von dunklen Holzrahmen eingefasste Fenster, sodass es von außen wie eine Mischung aus traditionellem irischen Pub und Cocktailbar wirkte. Im verwinkelten Innern waren die schweren Bänke auszumachen, dazu eine lange Theke mit vorstehenden Barhockern. Gemütlich.

Ihnen öffnete eine Frau Ende vierzig, die Haare strähnig zu einem Pferdeschwanz zusammengebunden. Auf der Schürze waren Wasserflecken zu erkennen. Als sie hereingingen, entdeckte Iska neben der Theke einen mit Schaum bedeckten Putzeimer.

»Es geht um Luuk, richtig?« Frau Vermeulen setzte sich mit ihnen an einen der vorderen Tische. »Wie kann ich Ihnen weiterhelfen?«

»Luuk Raand war öfter hier, so haben wir das verstanden. Können Sie uns sagen, mit wem er hier zusammengetroffen ist? Oder kam er eher allein?« Iska hatte beschlossen, nicht direkt mit der Tür ins Haus zu fallen.

»Ich habe es Ihren Kollegen ja schon gesagt ... Luuk hat hier viele Leute getroffen. Freunde, sehr oft, zum Kartenspielen, mit denen hat er meist an der Bar gesessen.« Vermeulen lächelte kurz. »Aber auch andere Leute, das konnte man schon daran erkennen, dass er sich einen der Tische im hinteren Bereich ausgesucht hat.«

»Sie meinen Familie, Verwandte oder so was in diese Richtung?«

»Ich weiß nicht, er hat mit mir darüber nicht gesprochen. Nein, eigentlich sah es nicht danach aus. Eher geschäftlich, würde ich sagen. Er wirkte distanzierter, als er sonst war. Luuk ist ja eher der direkte Typ gewesen.«

»Wann war denn ungefähr das letzte Treffen dieser Art? Können Sie sich daran erinnern?«

»Ja, warten sie ... vielleicht letzte Woche? Sie saßen da vorne.« Sie deutete auf einen Tisch nicht weit weg von ihnen, der mitsamt zweier gegenüberliegender Sitzbänke in einer Art Nische stand. »Mit zwei Männern hatte er sich da getroffen. Nicht lange, vielleicht eine Viertelstunde. Die beiden hatten jeder nur ein Wasser, das weiß ich noch.«

»Wie wirkte das Treffen auf Sie? Gab es zum Beispiel Meinungsunterschiede oder sogar Streit?«

»Nein. Also, wenn Sie mich jetzt so fragen ... Nichts Besonderes. Eher wie ein Geschäftstermin. Luuk wirkte vorher ein wenig angespannt, aber davon war in dem Gespräch selbst nichts zu merken. Sehr ruhig.«

»Und die beiden Männer? Können Sie die beiden beschreiben?« Iska spürte, wie es ihr in den Fingern juckte.

»Unauffällig. Ruhig.« Die Wirtin überlegte. »Ich könnte Ihnen jetzt nicht mal sagen, wie alt die ungefähr waren. So zwischen zwanzig und fünfzig wohl. Einer hatte einen braunen Kinnbart. Ich meine, da kann ich mich täuschen, aber ich meine, ich hätte einmal den Namen Jacob herausgehört. Er klang so deutsch, deswegen war mir das aufgefallen …« Sie schluckte. »Hat das Treffen etwas mit Luuks Tod zu tun? Wurde er … wurde er ermordet?«

»Wir wissen es nicht. Wir ermitteln in alle Richtungen, wollen uns einfach ein Bild machen«, wich Iska aus. »Gab es denn andere, eher ungewöhnliche Begegnungen zwischen Luuk und anderen Gästen? Fällt ihnen eine Begebenheit oder ein Gast ein?«

Die Wirtin nahm sich ein paar Sekunden, bevor sie antwortete. »Nein, nichts Besonderes. Nicht dass ich wüsste.«

Iska entschied, dass es Zeit wurde, konkret zu werden. »Frau Vermeulen, kennen Sie zufällig diese Dame? Haben Sie sie einmal hier im *Waterkant* oder auch anderswo gesehen?« Sie zeigte das Fahndungsfoto, das Marten von den Bieks auf Borkum zur Verfügung gestellt bekommen hatte.

Anne Vermeulen betrachtete das Bild ausgiebig, doch dann schüttelte sie den Kopf. »Nein, tut mir leid, kommt mir nicht bekannt vor.«

»Haben Sie sie vielleicht in den letzten Wochen zusammen mit Luuk Raand gesehen?«

»Ach, darum haben Sie danach gefragt … Kann ich noch mal?« Wieder nahm sie sich ausgiebig Zeit. Dann kniff sie die Lippen zusammen. »Nein. Nein, an diese Frau kann ich mich nicht erinnern. Aber das heißt nichts. Wirklich, wenn sie nur ein- oder zweimal hier war und nichts Besonderes war oder vielleicht auch nicht selbst gezahlt hat, dann rutscht das bei mir einfach durch. Dafür haben wir auch zu viel Laufkundschaft hier.«

Iska lehnte sich zurück. Schade. Dabei hatte sich Anne Vermeulen offensichtlich wirklich Mühe gegeben.

»Ich …« Anne Vermeulen schluckte. »Luuk war in Ordnung. Mit ihm … es tut mir leid, wenn ich irgendetwas tun kann, um seinen Tod aufzuklären, dann sagen Sie es bitte.«

Neben ihr reckte Marten plötzlich den Kopf. »Aber Luuk Raand hat sich schon mit anderen Frauen hier getroffen, oder? So hab ich Sie eben verstanden. Also nicht, dass ich etwas unterstellen will … Es geht uns nur darum, mögliche Kontakte zu ermitteln.«

»Ja«, sagte Vermeulen gedehnt. »Ja, auch …«

Iska freute sich über den Einfall des Kollegen. »Reden wir ganz offen. Sah es aus, also könnte man es so interpretieren, als könnten das Dates gewesen sein?«

»Das weiß ich nicht. Das kann man ja auch nicht unbedingt sehen. Und Luuk ist … er war ja verheiratet.«

Iska musterte die Wirtin. Eine offene Gesprächspartnerin, es schien nicht so, als würde sie mit etwas hinter dem Berg halten. »Sagen Sie, wir haben da bisher noch nicht drüber nachgedacht, aber das Verhältnis von Luuk zu seiner Ehefrau, wie würden Sie das beschreiben?«

Anne Vermeulen holte tief Luft. Dann nickte sie. »Gut, es ist ja nicht unbedingt ein Geheimnis.« Sie suchte nach den richtigen Worten.

»Ja?« Jetzt nicht vom Haken lassen.

»Die beiden, also Luuk und Manou, sie hatten wohl Probleme. Ich glaube, Luuk wollte Kinder und Manou nicht. Eigentlich waren die beiden wie füreinander gemacht. Sie sind beide diese Art Menschen, die das Leben genießen, irgendwie jeden kennen, vielleicht mal charmant tricksen, sich so durchschlagen. Total ähnlich, als sie zusammengekommen sind, das war wie gleich und gleich, das hat einfach gepasst, von der Lebenseinstellung und so, verstehen Sie? Aber darüber, also über Kinder … das hat wohl ziemlich … das hat beide getroffen, wissen Sie?«

»Ja.« Iska sah der Wirtin in die Augen. »Wie sind die beiden damit umgegangen? Bitte, wir versuchen nur, die Lebensumstände zu verstehen. Alles kann wichtig sein. Wir werden natürlich alles vertraulich halten.«

»Gerüchte. Es sind alles nur Gerüchte.« Sie holte tief Luft. »Luuk hat so eine Jugendfreundin, eine, die er schon immer kennt, seit Schulzeiten, erst nur Freunde, dann waren sie wohl auch mal zusammen, also vor ihm und Manou. Dann hatte sie den Kontakt eingestellt, aber in den letzten Monaten … Ich hab die beiden auch mal hier gesehen, zusammen, aber wie gesagt, ich hätte gedacht, eher als gute Freunde von damals. Dass er jemanden zum Reden gesucht hat. Andere sehen das aber vielleicht anders.«

»Haben Sie einen Namen?« Iska holte einen Notizblock samt Kugelschreiber heraus. Mit Stift und Papier ging es dann doch schneller als auf ihren elektronischen Pendants.

»Valerie. Valerie Bakker. Sie wohnt etwas außerhalb, soweit ich weiß, in Farmsum. Mehr weiß ich nicht.«

»Danke.« Iska notierte sich die Angaben. »Und Manou? Wie ist sie damit umgegangen?«

»Sie ist … Ich kann verstehen, dass sie keine Kinder will. Wollte ich auch nie. Ich denke mal, dass sie sich durchgesetzt hat.«

Iska sah, wie die Wirtin sich schwertat, über das Thema

zu sprechen. »Sie hat trotzdem darunter gelitten, das konnte man ihr ansehen.«

»Gibt es auch Gerüchte über eine Affäre von ihr?«

»Sie war abends und nachts wohl mal ohne Luuk in der Stadt unterwegs. Es wurde davon erzählt. Und dass sie auch am nächsten Morgen nicht zu Hause war, das hat Luuk mir mal selbst gesagt.« Sie räusperte sich. »Aber es gibt keinen Namen oder auch nur ein Gerücht, dass sie jemanden Neues hätte.« Die Wirtin sah sie unglücklich an.

Iska dankte ihr herzlich, dann verabschiedeten sie sich.

12

Zoey hatte sich ihren Namen selbst gegeben. Neues Leben, neuer Name. Eine Grenze zum alten Ich. Damals hatte sie ihn ausgewählt, weil sie den Klang mochte und ihn irgendwie cool fand. Dass der Name Zoey die Bedeutung *das Leben* hat, passte umso mehr. Das Leben in der Bedeutung, dass etwas eine Seele besitzt, als Abgrenzung zum bloßen Sein. Ein neues Leben. Zoey, ein schöner Name. Ihren alten hatte sie nun endgültig abgelegt.

Sie sah Valentin Bobrow an und empfand kein Mitleid für ihn. Es galt zu tun, was eben zu tun war, und sie würde ihre Aufgabe ganz rational zu dem vorgesehenen Ergebnis führen. Gut, dass der Mann Jacob so bereitwillig hinterhergelaufen war, eigentlich hatte sie einen Hinterhalt am Hafen vorgesehen, aber er hatte es ihnen einfacher gemacht.

Es hatte Stunden gedauert, bis Bobrow hier im Ferienhaus wieder zu sich gekommen war. Sie und die Zwillinge hatten es für das Pfingstwochenende gemietet, schön einsam am Elbdeich gelegen. Zwei Schlafzimmer, Küche, Badezimmer, Garage, Keller. Für Leute, die Entschleunigung suchten oder einfach in Ruhe gelassen werden wollten, eine gute Wahl.

Die Dosis des Narkosemittels war hoch gewesen, es war wichtig gewesen, dass es schnell wirkt, um unnötige Risiken zu vermeiden. Darum jetzt dieses langsame Aufwachen, eher ein Aufdämmern. Orientierungslosigkeit, Bobrow hatte eine Menge unzusammenhängendes, schwer verständliches Zeug gelallt, das Sprachzentrum war wohl noch beeinträchtigt, erst in der Nacht war es besser geworden. Dann hatte er herumgeschrien, an seinen Fesseln gezerrt, kurz fürchteten sie, er könne sich selbst verletzen. Eine kritische Phase. Doch schließlich war er auf seiner Matte im Keller zusammengesunken. Die erste Kapitulation.

Ihre beiden Mitstreiter hatten ihm abwechselnd Wasser gebracht, das er gierig geschluckt hatte. Was sie denn von ihm wollten, hatte er gebrüllt. Sie hatten nicht geantwortet. Es gehörte zum Spiel. Er musste reden wollen, bevor sie es ihm erlaubten. Er musste weich sein, bevor sie den ersten Zug taten.

Die Gewalt war notwendig gewesen. Sie vermittelten ihm seine Hilflosigkeit. Und auf der anderen Seite Glaubwürdigkeit, ihre Glaubwürdigkeit. Sie blufften nicht. Sie würden durchziehen, was sie androhten. Davon musste der Kapitän überzeugt sein.

Flehend schaute der Mann sie an, stellte sie zufrieden fest. Nein, sie war nicht grausam, es war nur eine objektive Feststellung, dass sie das Ziel bald erreicht hatten. Seine Augen waren schon leer, das widerspenstige Blitzen war bereits verschwunden. Ein paar Stunden noch, dann war die Zeit gekommen. Am Ende gewann immer die Zeit.

Jeder Mensch hatte diesen Punkt, an dem er schwach wurde. Dann, wenn er sich selbst bereits aufgegeben hatte, wenn er nur noch hoffte, dass er das, was ihm am liebsten und wichtigsten war, noch schützen konnte, dann war er reif zur Ernte. Dann würde er das, was sie von ihm verlangten, mit voller Überzeugung erfüllen. Weil er das Richtige tun wollte.

13

Zumindest war in Farmsum unter dem Namen Valerie Bakker jemand gemeldet. Hoffentlich trafen sie die Dame direkt zu Hause an. Das Dorf, wie es die Wirtin schmunzelnd genannt hatte, war de facto direkt neben dem Zentrum von Delfzijl gelegen, hatte sich aber einen bäuerlichen Charme erhalten. Die Adresse entpuppte sich als nahe der Dorfmitte gelegen, unweit der Kirche. Trotzdem war die Straße schmal und eigentlich nur in einer Richtung befahrbar. Iska hielt auf einem freien Parkplatz unweit des Hauses, dann stieg sie zusammen mit Marten aus.

Ein älteres Haus, aber offensichtlich gut gepflegt. Rote Klinker, die Fenster von weißen Holzrahmen umschlossen, keine Gardinen, wie auch die Nachbarhäuser. Auf dem verrosteten Briefkasten war der richtige Nachname zu erkennen. Sie linste vorsichtig durch das Fenster neben der Tür. Eine schmale Küche war zu erkennen, auffällig war vor allem ein großer Kachelofen. Das Licht war ausgeschaltet, keine Geräusche von innen zu hören.

»Siehst du was?«

Iska schüttelte den Kopf. Bestimmt waren sie von den

Nachbarn bereits bemerkt worden. Sie ging zur Tür, betätigte den Türklopfer, der anstelle einer Klingel in Gebrauch war. Schwer fiel der Messingring, den der Löwe im Maul hatte, auf die schlichte Metallplatte, die dort auf die blau gestrichene Holztür montiert war. Sie horchte, wartete auf die Reaktion. Nichts. Sie ließ den Ring ein zweites Mal fallen. Schritte? Vorsichtig trat sie einen Schritt zurück.

Die Tür öffnete sich. Eine blonde Mittdreißigerin, in fleckiger Jeans, rot-schwarz kariertem Baumwollhemd, die Hände in Gartenhandschuhen versteckt, sah sie verwundert an.

»Kann ich Ihnen helfen?«

»Hoffentlich«, antwortete Iska.

Valerie Bakker führte sie durch das Haus auf eine Terrasse, an die sich ein kleiner Garten anschloss. Alte Fichten und hochgewachsene Sträucher säumten die Grundstücksgrenze. Ein rostiges Schaukelgestell baumelte im Wind, anstelle der Sitzfläche hing eine Pflanzenschale, von der es grün herunterrankte. Riesige Blumenkübel standen im vorderen Teil der wilden Wiese, die vor langer Zeit mal ein gepflegter Rasen gewesen sein mochte.

»Nett haben Sie es hier«, begann Marten.

Iska konnte nicht erkennen, ob er es ernst meinte oder nur etwas Konversation betreiben wollte.

»Meine Oma hat mir das Haus vor zwei Jahren vermacht. Meine Eltern waren schon vor ein paar Jahren verstorben, ich war die einzige Erbin. Hier sind viele schöne Erinnerungen, auf die ich nicht verzichten konnte.« Sie lächelte. Als selbstständige Immobilienmaklerin könne sie quasi von überall aus arbeiten. »Auch wenn ich vorher nicht gedacht hätte, dass es mich mal ins Ländliche treibt. Na ja.«

Iska bemerkte, wie Martens Lächeln gefror. War nicht seine Ex-Freundin in der gleichen Branche gewesen? Sie zog das Foto von Luuk Raand hervor. »Frau Bakker, wie ist ihr Verhältnis zu Herrn Raand?«

Sie hatte eine offene, allgemeine Eröffnung gewählt, um der Zeugin keine Richtung vorzugeben.

Valerie Bakker nickte. »Wir waren gute Freunde. Nur das. Auch wenn es anderweitige Gerüchte gibt.«

»Wie bitte?«

»Ich nehme an, deswegen sind Sie hier. Ich habe nichts zu verbergen.« Sie nahm die Glasflasche, die auf dem Terrassenboden stand, und nippte kurz daran. »Ich habe am Samstag von seinem Tod erfahren. Die letzten beiden Tage konnte ich mir überlegen, was ich Ihnen erzähle, sollten sie hier auftauchen. Fragen Sie. Ich habe nichts zu verbergen.«

»Wie kommt es zu den Gerüchten, dass sie eine Affäre mit Luuk Raand hätten?«, fragte Marten.

»Wie es halt so dazu kommt.« Sie zuckte mit den Schultern. »Ich würde es ja auch glauben, wenn man uns in den letzten Monaten beobachtet hätte. Es ist halt einfach nicht so. Luuk und ich kennen uns schon seit einer gefühlten Ewigkeit, wir sind beide in Delfzijl aufgewachsen. Ich mochte von Anfang an an ihm, dass er immer allem gegenüber aufgeschlossen ist. Er trickst vielleicht mal hier und da …«

»Wie, er trickst? Was meinen Sie damit?«

Man konnte Valerie Bakker ansehen, dass sie sich ein Grinsen verkneifen musste. »Ich sag mal so, er kennt, ich meine … er kannte immer Möglichkeiten. Man kennt und hilft sich. Sie verstehen schon.«

Iska überlegte, ein zweites Mal nachzuhaken, unterließ es dann aber.

»Aber er tut niemandem weh«, sagte Bakker. »Wir beide haben gemeinsam, dass wir jeden so lassen, wie er ist. Wir waren früher ein Paar, bis er sich in Manou verliebt hat. Wir sind aber Freunde geblieben, auch wenn wir uns nur noch selten gesehen haben. Und dann … Er brauchte jemanden zum Reden. So kam es mir vor. Verstehen Sie?«

»Worüber reden?«

»Über seine Wünsche, Träume, Ziele. Und auch über Manou und ob er sie mit ihr erreichen kann. Da bin ich dann allerdings ausgestiegen.«

»Ja«, sagte Iska. Aber so einfach wollte sie Valerie Bakker nicht davonkommen lassen. »Was ich nicht verstehe: Sie wussten, dass Luuk tot ist und dass wir ermitteln. Warum haben Sie sich nicht bei uns gemeldet?«

»Ich weiß nicht, ich …« Sie schaute traurig. »Es kam mir Manou gegenüber … ich will nicht, dass sie den Eindruck … ich weiß nicht, ich glaube, es war nicht einfach für sie mit den Gerüchten, Sie wissen schon.«

»Aber Sie haben also eine Veränderung an Luuk bemerkt? Inwiefern?«, hakte Iska nach.

Bakker presste erst die Lippen aufeinander, dann nickte sie. »Wir kennen uns so lange. Er wirkte besorgt, nervös, wollte aber offensichtlich nicht darüber reden.«

»Wie äußerte sich das? Können Sie die Nervosität an einer konkreten Situation festmachen?«

»Ja.« Sie schluckte. »Es gab einen Vorfall, der mir im Nachhinein erst so richtig komisch vorkam. Ich wollte ihn besuchen, vor drei Wochen oder so, Manou war nicht in der Stadt, hatte ihre Mutter besucht, soweit ich weiß. Ich hatte an dem Nachmittag Zeit und bin zu Fuß in die Innenstadt rüber und von da aus weiter zu ihm nach Hause, ich wusste, dass er nach der Arbeit dort sein wollte. Eine Querstraße vor seiner Adresse fiel mir ein weißer SUV in einer Parktasche auf, auch wegen des weißen Kennzeichens.«

»Ein Wagen aus Deutschland?«

»Ja. Am Steuer saß ein Mann mit Kinnbart, und ich meinte auf dem Beifahrersitz Luuk zu erkennen. Erst wollte ich ihn begrüßen, aber dann sah ich, dass die beiden heftig miteinander diskutierten. Also bin ich in einiger Entfernung stehen geblieben, um nicht zu stören.«

»Was passierte dann?«

»Ich weiß es nicht genau. Wahrscheinlich hatten sie mich bemerkt, jedenfalls parkte der Wagen aus und wendete, sodass ich die Beifahrerseite nicht mehr einsehen konnte.«

»Haben Sie Luuk später darauf angesprochen?«

»Ja, natürlich. Kurz danach trafen wir uns bei ihm zu Hause. Er hat gesagt, dass er sich bei dem Typen Geld geliehen hätte, das der jetzt kurzfristig zurückgefordert habe. Danach hat er das Gespräch recht schnell in eine andere Richtung gelenkt, es war offensichtlich, dass er nicht weiter darüber sprechen wollte.«

Iska atmete aus. Sie wusste nicht, was sie von der Geschichte halten sollte. Geldstreitigkeiten? Der kostspielige Lebensstil – es wäre eine plausible Erklärung. »Haben Sie ihm geglaubt?«

»Ja. Zuerst schon, an dem Abend.«

»Wie, zuerst?« fragte Marten.

»Na ja, Luuk … er machte mir nicht den Eindruck, dass er irgendwie knapp bei Kasse wäre, wissen Sie? Die Phasen kamen bei ihm vor, die kannte ich auch noch von früher, aber so wie damals war das nicht. Er brachte ab und zu eine Aufmerksamkeit mit und zu unseren Treffen eine gute Flasche Wein. Hätte er ja nicht tun müssen, das kam alles von ihm, ohne dass ich nachgefragt hätte. Abgesehen davon war das mit der erste Tag, an dem er mir besorgt vorkam. Nicht immer, aber manchmal, wenn seine Gedanken abschweiften. Verstehen Sie?«

Iska setzte sich auf. Irgendwie musste das alles greifbar werden. »Sagen Sie, dieses Kennzeichen … Können Sie sich noch daran erinnern?«

»Ich wusste, dass Sie das fragen würden.« Bakker lächelte, es sah ein wenig stolz aus. »Ich hatte es mir ins Handy eingetippt, als eine Nachricht an mich, als das Auto so von mir abdrehte. Man weiß ja nie, da kamen zahlreiche Assoziationen, Entführung und so weiter. Ich hab die Nachricht danach nicht gelöscht.«

Sie tippte auf ihrem Smartphone herum, dann zeigte sie ihnen das Display. »Bitte sehr.«

HH-XY-2341

Iska notierte sich das Kennzeichen. »Vielen Dank, wir werden das überprüfen. Sie haben uns vielleicht sehr geholfen.«

Als sie das Haus verließen, wusste Iska noch nicht, was sie davon halten sollte. Sie kaufte Valerie Bakker diese Freundschaftsgeschichte nicht richtig ab. Stattdessen drängte sich ihr der Eindruck auf, dass Luuk eine verflossene Liebesgeschichte noch einmal aufgewärmt hatte, weil er Eheprobleme hatte. Oder vielleicht hätte Bakker das gern, nur Luuk Raand nicht? Eifersucht war ein starkes Mordmotiv ... Geldstreitigkeiten auch. Mit zwielichtigen Partnern umso mehr. Was wohl von diesem mysteriösen Mann mit Kinnbart zu halten war?

Und was hatte das alles mit *Blue Home* zu tun? Falls es überhaupt so war.

Der Berg an Arbeit wurde zunehmend höher. Iska fühlte eine Ahnung in sich aufsteigen, dass dieser Fall größer und unübersichtlicher werden könnte, als sie zuerst gedacht hatten.

Das schöne Wochenende mit Maaike, Marc und Daniel wirkte schon wie aus einer anderen Welt.

14

Haseldorf, in der Nähe von Hamburg.
Montag, 25. Mai

14:30 Uhr

Die Handschellen lagen kalt hinter seinem Rücken. Ihm war sofort klar gewesen, dass er sich nicht aus ihnen würde befreien können. Valentin Bobrow stützte sich auf, rutschte in eine bequemere Position, wenigstens für den Moment. Sein Kopf fühlte sich seltsam leer an. Er war verschleppt worden. Mehr wusste er nicht.

Kein Warum, keine Forderungen, kein Nichts. Es hatte ihn wahnsinnig gemacht. Wütend. Das war noch okay gewesen. Doch dann war die Wut weniger geworden, und etwas anderes hatte sich Platz verschafft. Angst, schleichende, unheimliche Angst. Das Bewusstsein, nichts tun zu können. Kein Wofür oder Wogegen. Diese Machtlosigkeit …

Ein leerer Keller, insgesamt vielleicht acht Quadratmeter, darin nur er und diese alte Matratze und eine einsame Glühbirne über ihm, er bildete sich bereits ein, sie summen zu hören. Kein Fenster, der einzige Weg nach draußen war eine natürlich verschlossene Holztür. Er wünschte, sie würde sich wieder öffnen, auch wenn er gleichzeitig Angst davor hatte. Aber dieses Nichtstun zehrte an ihm.

Zwei Männer und eine Frau waren mit ihm hier, so viel wusste er. Die Frau war ihm am unheimlichsten. Ich bin hier, um dir einen Vorschlag zu machen, hatte sie in dem Hinterhof zu ihm gesagt. Was für einen Vorschlag? Er wartete noch immer auf die Antwort. Er wollte es so gern wissen.

Der Bärtige hatte ihm in den Magen getreten, als er nichts aus der angebotenen Wasserflasche getrunken hatte. Beinahe hätte er sich auf dem Boden übergeben, der saure Geschmack seines Mageninhalts hatte bereits seine Kehle erreicht. Beim zweiten Mal noch heftiger, obwohl er die Bauchmuskeln bereits angespannt hatte, er bekam erst nach Minuten wieder richtig Luft. Nach dem dritten Mal hatte er das Wasser erst zögernd, dann begierig aufgesogen, um einem weiteren Tritt zu entgehen. Es hatte klar und kalt geschmeckt und tatsächlich gutgetan.

Ein paar Minuten später bereits hatte er den Wasserdruck gespürt, doch auf sein Rufen hin hatte sich niemand gemeldet. Es hatte nicht lange gedauert, und er konnte es nicht mehr anhalten. Eingenässt. Dieser warme Fleck, der langsam kalt wurde, der stechende Geruch, es zehrte an seinen Nerven.

Er kniff die Augen zusammen, öffnete sie wieder, langsam und bewusst. Genau das wollten sie. Ihn mürbe machen. Bleib wach, mahnte er sich. Nicht von frei fliegenden Gedanken besiegen lassen! Versuch, dich abzulenken. Er blickte auf die gegenüberliegende Wand. Ja, das könnte gehen. Er begann, die rotbraunen Ziegel der alten Kellermauer zu zählen. Reihe für Reihe. Die Zahlen beruhigten ihn. Wenigstens für einen Moment. Als er unten angekommen war, begann er ohne Unterbrechung wieder in der obersten Reihe von vorne. Weiter und weiter …

Ein Quietschen. Langsam schwang die Tür auf. Die Frau schritt auf ihn zu, sie hatte etwas Flaches, Schwarzes in der Hand, ein Tablet.

»Valentin, ich möchte dir etwas zeigen.« Sie kam auf ihn zu, setzte sich neben ihn.

»Was?«

Das Display sprang an, ein Foto erschien. Er erkannte es sofort. Sein Haus in Tallinn. Was … Es kam ihm vor, als würden seine Gedanken sich weigern, den nächsten logischen Schritt zu tun.

»Schau mal genau hin.« Sie zog das Foto mit zwei Fingern etwas größer. Das Foto war offensichtlich aus größerer Entfernung aufgenommen, aber sehr hochauflösend, die Eingangstür war gut zu erkennen. Er schloss die Augen. Plötzlich spürte er einen harten Griff in den Haaren, sein Kopf wurde nach hinten und dann zur Seite geschleudert, prallte fest gegen die Kellerwand, er spürte den Schmerz und hörte das Knacken am Nasenbein. »Schau hin!«

Er tat es. Elisabeth, Maya, Kristaps. Seine Frau hatte ein neues Kleid an, ein rotes mit aufgestickten Blümchen, es musste das sein, von dem sie ihm letztens erzählt hatte, dazu einen Sommerhut aus Stroh. Maya in hochgekrempelten Jeans und T-Shirt sprang gerade in die Luft, die Arme nach oben gerissen, Kristaps lachte, seine Zähne leuchteten weiß, das Trikot, das er trug, war verdreckt. Unter seinem linken Arm hatte er einen Fußball geklemmt, natürlich, wie immer …

Was … was hatten sie mit ihnen vor? Ein Blutstrop-
fen löste sich von seiner Nase, fiel auf das Display, gefolgt
von weiteren. Sie zog das Tablet weg. Er zitterte, während er langsam den Kopf zu seiner Entführerin drehte.
»Was …?«

»Es ist eine gute Nachricht. Keine Sorge.« Die Frau
lachte ihn an. »Wenn du tust, was wir verlangen.«

»Was?«

»Sie werden bald in einer Lotterie gewinnen. Geld
wird kein Problem sein. Ich weiß, der Kredit für das Haus
drückt, es war damals die falsche Zeit, sich für Eigentum
zu entscheiden. Aber du hast eine wunderbare Familie. Es wird Ihnen gut gehen. Sehr gut. Wenn du koope-
rierst.«

»Was? Was soll ich tun?« Valentin erkannte seine eigene
Stimme kaum, so schrill und heiser klang sie. Angst war
ein viel zu geringes Wort für das, was gerade in ihm vor-
ging. Panik, rasende Panik.

»Zwei Sachen«, antwortete die Frau endlich. Sie hielt
Daumen und Zeigefinger gespreizt. »Erstens: Du behältst
bis in alle Ewigkeit unsere kleine Unterhaltung hier für
dich, egal, wer dich dazu fragen wird. Wenn jemand wissen möchte, wo du gestern gewesen bist, überlegst du dir
etwas Gutes, das nichts mit deinem Aufenthalt hier zu tun
hat. Verstanden?«

»Äh … ja, ja, natürlich.«

Er spürte die Erleichterung. Ja, er würde schweigen wie
ein Grab. Elisabeth, Maya, Kristaps. Gern hätte er noch
mal das Bild von ihnen gesehen. Er musste sie schützen
vor diesen … Leuten.

»Und wir haben eine zweite Aufgabe für dich, wenn dein Schiff am Donnerstag wieder ausläuft.« Sie riss unvermittelt an seinem Ohr, sodass er laut aufschrie. »Hör mir gut zu.«

15

Die Wohnung war kalt, wie erwartet. Im Flur regelte Marten die Fußbodenheizung auf 23 Grad, es würde noch etwas dauern, bis die Zimmer die Temperatur angenommen hätte. Er betrachtete die nichtssagenden Kunstdrucke, die hier hingen, besser gesagt die Poster von nichtssagenden abstrakten Bildern, für die er sich nach langem Überlegen entschieden hatte. Aber sie waren immerhin bunt, das mochte er an ihnen. Allemal besser als eine weiße Wand und weit besser als die Fotos von ihm und Katharina, die vorher dort gehangen hatten.

Im Kühlschrank wartete noch eine letzte Flasche Bier. Traurigerweise alkoholfrei, eigentlich für die Regeneration nach dem Sport gedacht. Nur dass er den Vorsatz mit dem Joggen genau ein Mal umgesetzt hatte. Na ja, besser als Leitungswasser.

Gemächlich ging er zum Esstisch, zu seinem Platz am Fenster, von dem man den schönen Blick auf den Auricher Marktplatz genießen konnte. Einer der Gründe, weswegen er sich damals für diese Wohnung entschieden hatte.

Marten öffnete das Notebook, es startete sofort, die Batterieanzeige zeigte 37 Prozent. Das sollte noch für das Meeting reichen. Er aktivierte den VPN-Client und öffnete die sichere Verbindung. Die beiden Kollegen erwarteten ihn bereits.

»Moin, Chef«, sagte Sven lächelnd, der Ältere von ihnen. Seit Neuestem versuchte er es trotz eher spärlichem rötlichen Haarwuchs mit einem Vollbart. Seine Kollegen hatten ihm daraufhin, in Anlehnung an eine Figur der Trickfilmserie Wickie, den Beinamen *der Schreckliche* verpasst. Er gehörte der Abteilung DI des BKA, Digitale Services und Innovation, an.

»Moin«, grüßte auch Mike, der erst vor ein paar Wochen in die Abteilung CC, Cybercrime, gestoßen war. Zusammen mit Sven kümmerte er sich für Marten hauptsächlich um Hintergrundrecherchen oder technische Analysen. An seinem Tonfall konnte Marten erkennen, dass er das Gespräch der beiden unterbrochen hatte und sie nicht vorhatten, es wiederaufzunehmen.

»Entschuldigt bitte die Verspätung.« Marten winkte in die Kamera. Nach kurzem, etwas gezwungenem Small Talk lenkte er die Sprache auf den Fall. »Konntet ihr bereits etwas zu dem deutschen Kfz-Kennzeichen herausfinden, das die Zeugin aus Farmsum angegeben hat?«

»Jedenfalls gibt es das Kennzeichen tatsächlich. Es gehört zu einer Autovermietung in Hamburg«, sagte Sven. »Wir werden uns das morgen mal näher anschauen.«

»Okay.« Bestimmt kein Zufall. Irgendwie nahm der Fall immer größere Dimensionen an. »Nein, wartet.« Eine Idee stieg in ihm hoch. »Ich übernehme das selbst. Dann nutze ich die Gelegenheit und fahre bei der Wohngemeinschaft von Wanda Biek vorbei.« Bremen lag ja auf halber Strecke, dann lohnte sich der Ausflug wenigstens. Hamburg. Ein zweiter Gedanke drängte sich auf.

Es entstand eine kleine Pause, die Mike mit einem Räuspern beendete. »Wir haben uns übrigens *Blue Home* näher angesehen, wie du vorgeschlagen hast.«

»Und?«

»Es scheint so zu sein, wie du es auf Borkum mitbekommen hast. Zum einen gibt es den alten Kern der Umweltschützer, die sich vor allem um den Schutz von Flora und Fauna kümmern, Ökos hätte man früher gesagt. Doch dazu gibt es inzwischen eine kleinere, aber sehr laute Gruppe, die in der Öffentlichkeit bekannt ist. Die diese Aktionen zu machen scheint, wie Öl und Blut an Hauswände schmieren und so weiter. Einige scheinen durchaus latent gewaltbereit zu sein. Die beiden Gruppen sind sich auch nicht immer ganz grün. Aber jetzt kommt's …«

»Was denn?«

»Wir haben uns auch im Darknet umgehört. Also, wir sind dort in einige interne Foren gekommen, die *Blue Home* zur internen Kommunikation nutzt.«

Darknet? Die Datenbanken, Webseiten und Services des Darknet waren nicht über Suchmaschinen erreichbar, sondern nur über spezielle Browser, die durch verschlüsselte Kommunikation einen hohen Grad an Anonymität boten. Das wurde vielfach für kriminelle Zwecke genutzt, allerdings auch von Journalisten und politisch Verfolgten, die so Zensur umgehen oder mit anderen Menschen über das Internet kommunizieren konnten. Aber auch von einer Naturschutzorganisation? »Ja?«

»Dort haben wir auch dieses Manifest gefunden, das dir die Kollegen auf Borkum gegeben haben. Aber nicht nur das.« Er machte eine weitere Kunstpause, dieses Mal tat Marten ihm nicht den Gefallen, ihn erneut aufzufordern.

Schließlich sprach Mike von allein weiter. »Offensichtlich ist es *Blue Home* gelungen, Wasserproben in den Sperrgebieten in unmittelbarer Nähe zu den LNG-Terminals zu nehmen. Eemshaven, aber auch Rotterdam, Brunsbüttel und Wilhelmshaven. Anscheinend liegen bereits Laborergebnisse vor.«

»Kam etwas dabei heraus?«

»Es sieht so aus, ja. Wir können nicht überprüfen, wo diese Wasserproben genommen wurden, aber es ist wohl tatsächlich so, dass die Werte für Chlor deutlich über den zugelassenen Grenzwerten liegen. Nicht nur das. Sie konnten stark erhöhte Werte auch bereits in Muscheln und Kleinstlebewesen nachweisen, die ebenfalls dort in unmittelbarer Nähe eingesammelt wurden. Wenn das so wäre, würde das bedeuten, dass das Gift bereits in die Nahrungsketten gelangt ist. Das wäre nicht nur ein gewaltiger Umweltskandal …«

»… sondern auch eine konkrete Gefahr für die Gesundheit von Menschen«, vervollständigte Sven den Satz seines Kollegen. »Vielleicht auch ein Skandal, der bis in die Politik reicht, zumindest der Verdacht der Vertuschung steht im Raum. Sie wollen, sobald die Ergebnisse noch einmal gegengeprüft wurden, die Öffentlichkeit informieren, und transparente Untersuchungen einfordern. Aber nicht nur das.«

»Was denn noch?« Marten lehnte sich zurück, verschränkte die Arme.

»Sie kündigen dort auch einige *große Aktionen* an, die dafür sorgen sollen, dass – Zitat – *dieser Wahnsinn ein für alle Mal gestoppt wird.*«

Marten atmete tief durch, seine vage Ahnung hatte sich bestätigt. *Blue Home* war irgendwie in diesen Fall verwickelt, wie oder durch wen auch immer. »Konnten wir bereits etwas Neues zu Wanda Biek herausfinden?«

»Nein. Aber es gibt noch ein weiteres Problem.«

»Welches?«

»Nicht nur Biek scheint untergetaucht zu sein. Es gibt weitere Aktivisten, die zu der Gruppe um Biek zu zählen sind und ebenfalls von der Bildfläche verschwunden sind. Jedenfalls legen das die internen Chats nahe, in denen es um einen gewissen *Bastian* und einen gewissen *Hagen* geht. So nennen sie sich jedenfalls online, eine Art Spitzname. Aber es gibt noch mehr, die wie vom Erdboden verschluckt zu sein scheinen, insgesamt sieben oder acht Personen. Wir wissen allerdings nicht, wie sie mit bürgerlichen Namen heißen.«

Eine erfolgreiche erste Recherche. Er bat die beiden, herauszukriegen, was genau diese Aktionen sein sollten, die *Blue Home* plante. Dann verabschiedete er sich. Das Fenster der Videokonferenz schloss sich, mit einem Klick kam er auf den Desktop zurück. Er scrollte noch ein paar Minuten durch die E-Mails, dann klappte er den Rechner zu. Aber in seinem Kopf arbeitete es weiter.

So langsam baute sich vor seinem geistigen Auge ein Szenario auf. *Blue Home* hatte Wasserproben im Hafen Eemshaven genommen. Dabei waren sie offensichtlich mit Luuk Raand mehrfach aneinandergeraten. Auch an dem Tag, als Raand gestorben war? Hatte es einen weiteren Zwischenfall mit den Aktivisten gegeben, der, vielleicht durch einen Unfall, tödlich geendet hatte?

Die Anschuldigungen von *Blue Home* gegen *Noordzeegas* könnten das Unternehmen viel Geld kosten, vor allem, wenn an ihnen wirklich etwas dran war. Letztlich war für *Noordzeegas* der Weiterbetrieb der Anlage in Gefahr. Vielleicht dazu Anklagen gegen verantwortliche Personen, falls die offiziellen Wasserproben fehlerhaft entnommen wurden, oder sogar Korruption, falls man sie absichtlich fehlerhaft ausgewertet hatte.

Geld war immer ein Motiv. Raand hatte deutlich großzügiger gelebt, als er und seine Frau es sich von ihren Gehältern hätten leisten können, größere Erbschaften hatte es auch nicht gegeben. Lotteriegewinne hin oder her. Ob der Wohlstand der Raands doch etwas mit dem Fall zu tun hatte?

Dieser seltsame Vorfall, von dem Bakker erzählt hatte, mit dem Mietwagen aus Hamburg. Geldschwierigkeiten, hatte Luuk ausgesagt, aber Bakker hatte ihm das nicht geglaubt. Die Geschichte reizte ihn.

Eine Autovermietung in Hamburg. Hamburg …

Der zweite Gedanke, der ihm eben gekommen war, ließ ihn nicht los. Sollte er …? Zögernd zog er das Handy hervor. Langsam, aber wie ferngesteuert, tippten seine Finger die Nachricht ein. Wie es ihr denn ging. Ob sie morgen Zeit für einen Kaffee hätte? Ohne weiter darüber nachzudenken, drückte er auf Senden, sonst hätte er sich doch wieder dagegen entschieden. Na ja, dafür mache ich mir jetzt die halbe Nacht Gedanken, ob es eine gute Idee war, ihr zu schreiben. Bis morgen dann eine nette, aber distanzierte Antwort von ihr kommen würde.

Zu seiner Überraschung dauerte es keine zwei Minuten, bis Katharina zurückschrieb.

So um 15 Uhr im Café Mahlwerk in der Erikastraße?
Ich wollte mich auch schon bei dir melden. Wir müssen mal reden.

16

Das Hochhaus des Studierendenwerks, in dem Wanda Biek ein Zimmer in einer Wohngemeinschaft besaß, reckte sich weiß-beige in den wolkenverhangenen Himmel. Um den recht modern anmutenden Klotz gruppierten sich mehrere funktionale Betonbauten, die Fassaden grau und fleckig, einige Bäume und Büsche boten als grüne Farbtupfer den Augen etwas Ablenkung. Auf dem Campus war geschäftiges Treiben, um Marten herum eilten die Leute in verschiedene Richtungen, er fing deutsche, englische und spanische Sprachfetzen auf. Alles war in Bewegung. Vielleicht sollte ich auch noch mal studieren, überlegte Marten. Noch einmal ganz neu anfangen? Ohne feste Lebensplanung, den Moment genießen, sich treiben lassen. Neue, eigene Ziele finden? Warum eigentlich nicht?

Eine Gruppe junger Frauen verließ einen Kiosk, sie trugen eng anliegende und teilweise bauchfreie Tops und weite Hosen, wie es gerade modern war, braune Pappbecher in den Händen. Auf einen Kaffee hätte ich jetzt auch Lust, überlegte er. Eine der Frauen sah zu ihm hinüber.

Die sind alle knapp zehn Jahre jünger als ich, fiel ihm auf. Er wandte den Blick ab, um nicht unangenehm zu wirken. Den Kaffee verschob er auf später.

Im Erdgeschoss des Wohnheims befand sich eine riesige Batterie an Briefkästen, aus einigen quollen Werbeprospekte der letzten Wochen hervor. Dahinter ein Automat mit Süßigkeiten, in der obersten Reihe entdeckte er Schokolade mit ganzen Nüssen. Ohne darüber nachzudenken, zog er eine Tafel und verstaute sie in der Jackentasche, für die nächste Autofahrt. Am Schwarzen Brett wurde nach Untermietern, günstigen Fahrrädern und Teilnehmern einer neuen Impfstoffstudie gesucht, daneben boten Ghostwriter und Mathe-Nachhilfelehrer ihre Dienste an. Mit dem Fahrstuhl fuhr er in die fünfte Etage. Gefliese Böden, weiß gestrichene Wände. Graue Schleifspuren zeugten von vergangenen Ein- und Auszügen. Er ging bis zu Wohnung Nummer 545, auf dem Schild neben dem Klingelknopf waren außer Biek noch drei weitere Namen angegeben.

Eine junge Frau in Jeans und Pulli öffnete ihm, lange braune Haare, die zu einem Pferdeschwanz gebunden waren. Hinter der Brille mit dem dicken Rand lagen traurige Augen. »Polizei? Schon wieder?« Sie stemmte den rechten Arm gegen den Türpfosten. Hinter ihr konnte er einen Flur ausmachen, aus einem der Zimmer auf der rechten Seite drang leise Musik. Erstaunt erkannte er *Gimme Shelter*. Die Stones waren einfach nicht totzukriegen.

Er verstaute den Ausweis wieder in der Gesäßtasche und erklärte, dass Wanda Biek als mögliche Zeugin gesucht werde.

»Ich weiß. Ihre Kollegen in Uniform waren gestern bereits hier. Wanda ist nicht hier, immer noch nicht.« Weiterhin versperrte sie den Weg ins Innere der Wohnung.

»Haben Sie zwischenzeitlich mit Frau Biek Kontakt gehabt?« Ohne Durchsuchungsbeschluss musste er improvisieren. »Eine Nachricht, einen neuen Status von ihrem Smartphone?«

Die Frau schüttelte den Kopf.

»Wir suchen nach möglichen Anhaltspunkten für ihren Aufenthaltsort. Wir machen uns Sorgen. Dürfte ich kurz hereinkommen?« Er hatte seine Stimme gesenkt, ließ die Bitte wirken.

Nach kurzem Zögern nickte die junge Frau, ließ den Arm sinken.

Marten folgte ihr in die Wohnung hinein, an der Tür zum Bad vorbei in die Gemeinschaftsküche. Sie bot ihm einen der vier Stühle an, die an den einfachen Holztisch gerückt waren. Ein Stapel ausgedruckter Kopien aus einem Fachbuch lag auf der Arbeitsplatte der Küchenzeile, jemand hatte mit Textmarker offensichtlich wichtige Stellen markiert. Macht man das also immer noch so, dachte Marten. In der Ecke neben der Küchenzeile summte ein Kühlschrank, an der Wand hing eine Leinwand, auf der eine überdimensionierte pinke Kaffeetasse in groben Zügen gepinselt war. Einfach, aber wirkungsvoll.

Marten überlegte, den angebotenen Stuhl anzunehmen, tat es aber nicht. Dies war nicht das Zimmer, in das er eigentlich wollte. Aber er wollte nicht zu fordernd wirken. »Wie gut sind Sie mit Frau Biek bekannt? Würden Sie sagen, dass sie befreundet sind?«

»Wanda ... Ich wohne hier seit einem Jahr, als ein Platz frei wurde. Wanda ist ... ich mag sie, sie ist eine starke Persönlichkeit. Ja, ich würde sagen, dass wir befreundet sind.«

»Kannten sie sich schon vorher?«

»Ja. Jeder kennt Wanda. Anfangs war sie eigentlich überall dabei. Jede Party, aber auch total sozial engagiert. ASTA und so.«

»Und das hat sich dann irgendwann geändert?«

»So ab dem fünften Semester. *Blue Home.*« Die Mitbewohnerin verschränkte die Arme. »Aber wie kann ich Ihnen denn nun weiterhelfen? Sie suchen nach ihr?«

»Es geht uns nicht direkt um sie«, wich er aus. Er brauchte mehr Informationen, und die würde er nicht in der Gemeinschaftsküche bekommen. »Es geht um einen ungeklärten Todesfall. Vielleicht um Mord, und der oder die Täter sind noch auf freiem Fuß. Je früher wir den Fall aufklären können, desto besser.« Marten atmete aus. »Könnten Sie mir Wandas Zimmer zeigen?«

»Ich weiß nicht ...«

»Es geht mir nur darum, diesen Fall aufzuklären. Möglichst schnell«, sagte Marten vorsichtig. »Sie können natürlich gern dabei zusehen. Ich habe nichts zu verbergen. Bitte vertrauen Sie mir.«

Noch immer zögerte die junge Frau. Nervös nestelte sie an ihrer Brille herum.

»Ich bin mir sicher, das ist im Interesse von Frau Biek«, dehnte Marten die Grenzen der Wahrheit. Es funktionierte.

»Sie bewohnt das hinterste Zimmer.« Sie räusperte sich. »Sie ist nur selten hier. Manchmal lassen wir dort Leute übernachten, wenn sie einen Schlafplatz für die Nacht suchen. Für Wanda ist das okay. Wir achten darauf, dass danach dann alles wieder in Ordnung ist.«

Die Tür zu Wanda Bieks Zimmer war nicht verschlossen. Auf dem großen Doppelbett war die Decke sauber zusammengelegt, keine Falte auf dem Kissen. Überraschend spießig, kommentierte Marten in Gedanken. Der Schreibtisch war leer. Marten fuhr mit dem Finger darüber, eine leichte Staubschicht blieb daran haften. »Wie lange, sagten Sie, haben Sie Frau Biek nicht mehr gesehen?«

»Bestimmt schon zwei Monate.«

Ein gerahmtes Familienfoto stand in einem Regal, professionell in einem Fotostudio geschossen. Wanda Biek in einem knielangen eleganten Abendkleid zwischen ihren Eltern. *Zum Abitur* stand am unteren Rand.

Eine Art durchsichtige Plastikgardine mit vielen Taschen, in die Polaroids geschoben worden waren, stach als Nächstes ins Auge. Marten trat näher. »Das müsste ich mir mal ansehen.«

»Tun Sie sich keinen Zwang an.«

Die meisten Bilder waren Partyfotos, offensichtlich hier in den Zimmern der Wohngemeinschaft aufgenommen. Wanda Biek war auf jedem zweiten Foto zu sehen, mal Arm in Arm mit Freundinnen, mal wild diskutierend im Hintergrund, einmal, wahrscheinlich zu Karneval, mit einer Haifischmütze auf dem Kopf. Dass man in Bremen Karneval feierte …

Die Frau trat neben ihn. »Sie hat gern mit ihrer alten analogen Kamera fotografiert. Die hatte sie schon zu Schulzeiten, sie stand darauf. Die alte Technik hätte noch Seele, hat sie mal gesagt. Suchen Sie nach etwas Bestimmtem?«

»Ich weiß es noch nicht.« Marten wandte sich wieder den Fotos zu. Die weiter oben waren schon vom Sonnenlicht verblasst. Sie waren in anderen Räumlichkeiten aufgenommen worden, zwei schmale Einzelbetten waren im Hintergrund zu sehen, auf denen sich mehrere Jugendliche befanden. Wanda Biek trug dort die Haare deutlich länger.

»Ihre Clique in Esens. Als Inselkind ist sie dort aufs Internat gegangen. Das Beste, was ihr passieren konnte, hat sie mal gesagt.«

Marten suchte die anderen Fotos nach einer guten Aufnahme ab. »Gibt es auch neuere Fotos von ihr?«

»Nein. Wie gesagt, Wanda war ja im letzten halben Jahr so gut wie nicht hier«, erklärte die Mitbewohnerin.

»Wo war sie denn in der Zeit?«

»Überall und nirgends. Auf Borkum, bei ihren Eltern, aber sie organisiert auch sehr viele Aktionen für *Blue Home* auf dem Festland. Sie war viel unterwegs.«

»Wo könnte Sie jetzt sein?« Er räusperte sich. »Wir machen uns Sorgen.«

»Ich weiß wirklich nicht, wo sie jetzt ist, habe ich alles schon zu Protokoll gegeben.« Die Frau verschränkte die Arme.

»Gibt es jemanden, der das wissen könnte? Hat sie vielleicht einen festen Freund? Oder Partner, Partnerin? Jemanden, der ihr irgendwie nahesteht?«

»Nein. Aber ich kenne zugegebenermaßen ihr Privatleben nicht so gut.« Die junge Frau zuckte mit den Schultern.

»Ein Freigeist? Im besten Sinne?«

»Ja. Das könnte man so sagen. Wanda ist … Sie hat überall Freunde. Aus der Schulzeit, Uni, *Blue Home*. Im In- und Ausland. Sie ist überall zu Hause, hat sie mal gesagt. Sie ist immer wieder mal weg, und dann kommt sie wieder, wo auch immer sie vorher gewesen ist.«

17

Iska sah aus dem Fenster in die Ferne. Den Weg in die Wache hatte sie sich für heute gespart, nachdem Marten sie über die Neuigkeiten zu *Blue Home* und *Noordzeegas* informiert hatte. Ihre Gedanken wanderten weg, ohne dass sie es wirklich bemerkte. Daniel hatte sich immer noch nicht gemeldet. Sollte sie ihm noch eine weitere Nachricht schreiben? Oder anrufen? Das Wochenende war doch so gut gelaufen, irgendwie war es komisch, dass er sich jetzt so gar nicht meldete.

Das Hotel lag zwar mitten in der Stadt, aber ihr Zimmer war in der obersten Etage, sie konnte über die niedrigen Häuser der Umgebung hinweg nach Nordosten sehen, auf das graublaue Wattenmeer der Außenems, in dem sich die Sonne spiegelte. Wie vorgestern im Lauwersmeer, sie dachte daran, wie Maaike die Gischt einer Welle erwischt und laut aufgelacht hatte, wie Marc die Augen geschlossen und den Fahrtwind genossen hatte. An den Augenkontakt zwischen Daniel und ihr. Glück. Das war es, was sie gefühlt hatte. Allein durch die Erinnerung daran spürte sie eine wohlige Wärme in sich aufsteigen.

Na ja, es gab ja auch keinen konkreten Grund, warum er sich melden müsste. Ob es Ärger mit Erika gab? Eigentlich war verabredet gewesen, dass Iska schon am Sonntagabend wieder fährt, aber es war so gemütlich gewesen, die Kinder hatten nach der letzten Ausfahrt im Ferienhaus Gesellschaftsspiele im Schrank gefunden und *Risiko* herausgeholt. Nur einmal bis zur Weltherrschaft. Natürlich hatte Marc gewonnen, und da war auch schon die Dämmerung hereingebrochen. Bleib doch noch, hatten Maaike und Marc gesagt. Dagegen hatte sie sich nicht wehren können.

Ob sie das Glück überstrapaziert und Daniel in Verlegenheit gebracht hatte? Fair sein, auch gegenüber Erika, sie hatte sich das so fest vorgenommen. Alles richtig zu machen.

Hey, ich wollte nur noch mal sagen, dass es ein tolles Wochenende mit euch war. Ich hoffe, ihr seid gut zu Hause angekommen. Liebe Grüße

Noch einmal überflog sie ihre Nachricht. Nein, nicht zu aufdringlich. Alles okay. Sie hatte ja auch keine konkrete Antwort eingefordert. Vielleicht war gerade einfach nur viel los bei ihm. Und sich weiter darüber das Hirn zu zermartern, brachte jetzt auch nichts mehr.

Sie massierte sich die Schläfen. Zwang sich, wieder an den Fall zu denken.

Marten hatte sie überzeugt. Noch gestern hatte sie vermutet, dass doch irgendwelche privaten Verstrickungen der Grund für Raands Tod waren. Eheschwierigkeiten,

Eifersucht, womöglich eine Affäre mit einer guten Freundin, die Ehe in Gefahr? Sie wussten nicht, wer alles in der Todesnacht an Bord des Terminals gewesen war. Vielleicht war Raand von seiner Ehefrau darüber zur Rede gestellt worden, was es mit seinem Verhältnis zu Bakker auf sich habe?

Aber jetzt, da diese Untersuchungsergebnisse bei *Blue Home* aufgetaucht waren, schienen zum ersten Mal mehrere Puzzleteile ineinanderzupassen. Und zwar bei *Noordzeegas*.

Geld. Nach Liebe das zweithäufigste Motiv. Letzten Endes fiel man doch in allen Ermittlungen auf eines der üblichen Motive zurück, nur die Details unterschieden sich.

Sie hatte direkt nach dem Gespräch mit Marten einen Termin mit der Staatsanwaltschaft vereinbart. Halb zwölf, zum Mittagessen, sie hatte einen Termin mit Karin van Hoog zwischen zwei Sitzungen bekommen. Noch einmal sah Iska über die Unterlagen, die Marten ihr hatte zukommen lassen, noch einmal ging sie in Gedanken ihre Strategie für das kommende Gespräch durch. Dann packte sie das Notebook ein und verließ das Hotelzimmer.

Sie nahm die N360 in südwestlicher Richtung. Eine flache Gegend, im Wesentlichen Felder, durchzogen von Entwässerungsgräben. Die Siedlungen und kleinen Städte entlang der Strecke waren meist hinter höheren Hecken und kleinen Baumgruppen versteckt. Trotzdem fielen ihr die vielen Baukräne auf, die eigentlich in jedem Dorf aus der Silhouette herausstanden. Als sie am Rand von Ten Boer, einem Ort auf halber Strecke nach Groningen, eine moderne Containersiedlung sah, erinnerte sie sich an den

Zusammenhang. Sie war im Erdbebengebiet. Hier in der Region hatte sich das größte Gasfeld Europas befunden, noch immer waren große Mengen des begehrten Rohstoffs unter der Erde. Aber die Förderung hatte zu Bodenabsenkungen geführt, verbunden mit immer mehr und immer stärkeren Erdbeben, die, anders als natürliche Erdbeben, ihren Ursprung näher an der Oberfläche hatten und damit viel stärkere Schäden verursachten. Viele Häuser waren unbewohnbar geworden oder mussten gesondert abgestützt werden. 2023 hatte die Regierung die Förderung beendet und ein Jahr später angefangen, die Förderanlagen abzubauen. Trotzdem bebte die Erde weiterhin immer wieder. Die Erdgasförderung in dieser Region hatte zwar das Land reich gemacht, aber nicht ohne langfristige Kosten.

Die verantwortliche Staatsanwältin Karin van Hoog kannte sie von früheren Fällen, als sie noch in ihrer alten Position gegen Organisierte Kriminalität ermittelt hatte. Das letzte Mal hatte sie vor gut fünf Jahren mit ihr zu tun gehabt. Karin war tough. Sie hatten einander respektiert, aber nicht gemocht. Vielleicht sind wir Frauen einfach so, dass wir uns, je höher wir nach oben kommen, gegenseitig eher als Konkurrentinnen sehen denn als mögliche Seilschaft auf dem weiteren Weg nach oben.

Die Staatsanwaltschaft lag im Süden von Groningen, direkt an einem kleinen See, der zu einem Naturschutzgebiet gehörte. Ein Schwarm Vögel flog auf, es sah malerisch aus. Gern hätte sie gewusst, welche Vögel es waren, aber sie musste sich eingestehen, dass sie sich nicht auskannte. Bisher war ihr so etwas auch nie wichtig gewesen.

Es sei denn, es wäre von Bedeutung für einen konkreten Fall. Daniel hätte das gewusst ...

Sie schob den Gedanken an ihn weg und sah auf die Uhr. Sie konnte schon mal ins Gebäude gehen und dort warten.

Karins Assistentin bot ihr im Vorzimmer einen Espresso an, den Iska dankend annahm. Er war überraschend gut. Sie hatte ihn kaum ausgetrunken, da kam Karin in schwarzem Hosenanzug und weißer Bluse herein, unter dem Arm ein flaches Notebook. »Oh, du bist schon da. Dann komm doch gleich mit.« Sie flog an ihr vorbei direkt in ihr Arbeitszimmer.

Iska stand auf und folgte ihr. Sie waren in der dritten Etage, ihnen bot sich ein fantastischer Blick auf den See, den sie eben noch entlangspaziert war. »Schön hast du es hier.«

»Immer noch.« Karin lachte. Routiniert brachten sie fünf Minuten Small Talk hinter sich, bevor Iska auf ihr Anliegen zu sprechen kam.

»*Noordzeegas*«, begann Iska. »Ich möchte sie auf links drehen.« Sie berichtete über die Untersuchungen von *Blue Home*.

Karin nickte. »Du weißt, dass dieses LNG-Terminal politisch gewollt ist? Nicht nur für uns, sondern auch für unsere Nachbarn. Als zentrale Drehscheibe für Erdgas in Mitteleuropa.«

»Das ist mir bewusst.«

»Wir müssen uns sicher sein, wenn wir da reingehen. Sind wir das?« Karin fuhr sich durch die Haare. »Wenn diese Untersuchungsergebnisse echt sind, dann sind sie eine Bombe.«

»Und zwar vor allem für *Noordzeegas*. Offensichtlich wäre dann weit mehr Chlor eingeleitet worden, als die Umweltauflagen zulassen. Das ist ein Motiv. Und es würde einige Indizien zusammenführen.« Sie erzählte von Luuk Raands überraschend teurem Lebensstil. Hatte er von der Chlorvergiftung gewusst, und wenn ja, hatte er versucht, sein Wissen in Geld umzuwandeln? Zumindest war viel Geld im Spiel.

»Und es würde erklären, dass die Aktivisten von *Noordzeegas* irgendwie damit zu tun hätten«, stimmte Karin ihr widerwillig zu. »Was hast du vor?«

»Eine Razzia. Auf dem Terminal und in der Zentrale.« Iska sah, dass Karin mit ihrer Antwort gerechnet hatte. Und wie erwartet zögerte Karin mit ihrer Antwort – eine Razzia bei einem solch bekanntem Unternehmen würde hohe Wellen schlagen. »Aber erst, wenn wir die Untersuchungsergebnisse auf festen Füßen haben. Durch eigene Wasserproben, die wir selbst nehmen und von der Kriminaltechnik untersuchen lassen.«

»Du hast dich vorbereitet.« Karin schaute aus dem Fenster, verschränkte die Arme vor der Brust, dann nickte sie, als ob sie ihrem Spiegelbild zustimmen würde. »Dann machen wir es so. Ich bereite uns den Durchsuchungsbeschluss vor. Sobald die Ergebnisse validiert sind, gehst du rein. Ohne Kompromisse.«

Iska konnte sich ein Grinsen nicht verkneifen. Besser hätte die Besprechung nicht enden können. Karin war überraschend sympathisch rübergekommen, vielleicht wurden sie doch noch ein gutes Team. Zufrieden ging sie nach draußen und auf ihren Wagen zu.

Ihr Handy vibrierte. Marten.

»Gute Nachrichten. Es läuft wie geplant, ich habe gerade mit der Staatsanwältin gesprochen«, berichtete sie ihm, aber es schien ihr, als ob Marten nur mit halbem Ohr zuhörte. Er schien eher darauf zu warten, selbst etwas zu sagen.

»Ich habe auch Neuigkeiten«, sagte er schließlich, nachdem sie die geplante Vorgehensweise auf die wesentlichsten Punkte reduziert hatte. »Ich verstehe sie nur noch nicht.«

»Ja?«

»Es scheint noch mehr Tote zu geben.« Martens Stimme klang verwirrt, als würde er selbst nicht richtig begreifen, was er gerade gesagt hatte. »Nur anders.« Dann erklärte er, was er gerade in Hamburg herausgefunden hatte.

18

Marten beendete das Telefonat. Blickte durch die Windschutzscheibe nach vorne, von der oberste Ebene des Parkhauses hinüber zum Terminal des Hamburger Flughafens, wo angeblich eine gewisse Jutta Hönigsvald einen Audi Q7 gemietet hatte.

Nein, er wusste auch noch nicht, was das alles bedeutete. Erst hatte er sich gefühlt, als wäre er in einer Sackgasse gelandet. Wieder schaute er auf das Smartphone, auf dessen Display die Antwort zu seiner Personenabfrage angezeigt wurde: Die einzige Jutta Hönigsvald aus Grünheide war bereits vor einem Dreivierteljahr im Alter von 81 Jahren friedlich verstorben. Inzwischen befand sich an der angegebenen Adresse lediglich ihre ehemalige Apotheke, aber kein Wohnhaus mehr, dort waren auch keine Personen mehr gemeldet. Und die Personalausweis-ID gehörte zu einem Herrn Josef Schmitz aus Köln.

Keine Frage. Der Personalausweis, den die zuständige Mitarbeiterin der Autovermietung pflichtgemäß eingescannt hatte, war gefälscht. Marten überlegte, ob die Person auf dem Bild Ähnlichkeit mit Wanda Biek haben

123

könnte. Na ja, beide waren blond. Ansonsten war der Scan zu schlecht, als dass er das eindeutig beantworten konnte. Die Frau auf dem Foto könnte auch etwas älter sein als die Umweltschutzaktivistin.

Blieb noch die Handynummer, die die Mieterin als Kontaktmöglichkeit angegeben hatte. Sven hatte bereits zu ihr recherchiert, sie gehörte zu einem Prepaidhandy, das aber zurzeit ausgeschaltet war. Marten hatte sie mit den Telefonnummern verglichen, die im Verbindungsnachweis von Luuk Raands Handy enthalten gewesen waren. Tatsächlich hatte es in den letzten Monaten mehrere Übereinstimmungen gegeben. Die beiden hatten insgesamt drei Mal miteinander telefoniert. Zum ersten Mal vor fünf Wochen und das letzte Mal an dem Abend, als Luuk Raand gestorben war.

Nein, das war keine Sackgasse. Ganz im Gegenteil, das war ein Durchbruch. Auf was auch immer sie da gestoßen waren, es hatte eindeutig weit mehr mit diesem Fall zu tun, als es zuerst ausgesehen hatte.

Ein gefälschter Personalausweis. Die Besitzerin verwickelt in einen ungeklärten Todesfall. Es würde ein Leichtes werden, den Staatsanwalt davon zu überzeugen, eine richterliche Erlaubnis für eine Nutzerdatenabfrage sowie Funkzellenabfrage zu der Telefonnummer der angeblichen Jutta Hönigsvald beim Mobilfunkbetreiber zu erwirken.

Marten spürte eine seltsame, beinahe kindliche Neugier darauf, was wohl dabei herauskommen würde. Der Fall Luuk Raand wurde größer und größer. Immer mehr Puzzleteile kamen hinzu, aus Richtungen, die er vorher nicht erwartet hatte. Er dachte an *Noordzeegas*, an die Razzia, die Iska dort hoffentlich bald würde durchführen können. Auf was würden sie stoßen?

Ein Passagierflugzeug kam aus Nordwesten, beschrieb einen großen Bogen, um in den Landeanflug überzugehen. Langsam sackte es abwärts, Meter für Meter, ein graues Etwas vor einem wolkenverhangenen Himmel. Auf den letzten Metern verschwand es hinter dem Terminal. Martens Blick blieb an der Fassade hängen. Ja, dachte er, so ähnlich war dieser Fall.

Er nahm die Wasserflasche aus der Halterung in der Mittelkonsole, schraubte sie auf und trank mit langsamen, bedächtigen Schlucken. Wir sehen nur die Spuren zu dem, was passiert ist. Aber wir wissen noch nicht, wohin uns die Ermittlungen führen. Wir kennen das Ziel noch nicht. Gedankenversunken startete er den Motor, setzte vorsichtig zurück und suchte die Ausfahrt vom Parkplatz. Eigentlich hatte er jetzt gar keine Zeit für seine Verabredung.

*

Katharina hatte sich mit der Erikastraße wirklich eine schöne Ecke in Eppendorf ausgesucht. Ganz in der Nähe der Außenalster, eine Allee, einspurig, prächtige Stadthäuser zu beiden Seiten, viele mit dem Charme der Gründerzeit. Eines dieser Stadthäuser war erst vor Kurzem umgebaut worden und beherbergte nun mehrere großzügige Wohnungen. Angemessen für eine Immobilienmaklerin. Nur Parkplätze zu finden, fiel hier schwer. Letztlich parkte er im Halteverbot vor einer Einfahrt, die aussah, als ob sie schon länger nicht benutzt worden war. Jedenfalls hoffte er das.

Mit unsicherem Gefühl ging er die letzten Meter zum Café Mahlwerk. 15 Uhr war es dann doch nicht geworden, zu viel gab es zu organisieren, zu viele kleinteilige Ergebnisse, zu viele Anrufe. Er hatte noch zweimal mit Katharina geschrieben und ihr Treffen verschoben, zum Glück hatte sie Verständnis gehabt.

Das Mahlwerk kannte er von den letzten Besuchen bei ihr, es war inzwischen so etwas wie Katharinas Lieblingscafé geworden. Es wirkte modern, klare Linien im Bauhaus-Stil, symmetrische Formen, helles Licht. Hohe schwarze Regale, in denen als Dekoration abgepackte Tüten mit Kaffeebohnen oder Kaffeepulver standen, alle mit dem Logo des Cafés. Das Mahlwerk hatte eine eigene Rösterei, was den Preis für den Kaffee seltsamerweise beinahe verdoppelte. Es roch sehr gut, einladend. Nahezu alle Tische waren besetzt, es dauerte ein paar Sekunden, bis er Katharina entdecken konnte, die an einem Zweiertisch saß und in einem Buch las, vor sich ein leeres, hohes Glas, in dem Reste von Milchschaum nach unten gesackt waren. Ihre blonden Haare waren offen, sie trug eine einfache Jeansjacke über einem weißen Sommerkleid. Zu ihren Füßen lag Youri, der Barsoi hatte sich unter ihrem Stuhl eingekuschelt.

»Hey, entschuldige bitte noch mal, dass ich dich habe warten lassen.« Es tat gut, sie zu umarmen. Sie roch wie immer, trug kein Parfüm. Und doch war es seltsam. Mehr als zehn Jahre waren sie ein Paar gewesen, und jetzt begrüßten sie sich wie alte Freunde. War es wirklich das, was aus ihnen geworden war? Er schob den Gedanken weg. »Gut siehst du aus!«

»Schön, dass du da bist!« Sie lächelte ihn an, aber er sah sofort, dass etwas nicht stimmte. Sie war bedrückt, irgendwie traurig ... oder grüblerisch. Ihre Augen waren gerötet, wirkten müde.

»Wie geht es dir? Ist alles in Ordnung?«

»Bin gerade etwas k. o.« Sie erzählte, dass sie sich ein paar Tage freigenommen habe, aber nicht wegfahren wolle. Währenddessen ging er in die Hocke, strubbelte Youri durchs Fell. Zufrieden genoss der Windhund den Körperkontakt und sah ihn mit großen Augen an. Mist, er hatte vergessen, Leckerli mitzubringen. Früher wäre ihm das nicht passiert.

»Also einfach mal Urlaub zu Hause? Auch mal schön.« Er beendete die Streicheleinheiten und setzte sich auf den freien Stuhl.

»Ja, so ungefähr.« Die letzten Wochen sei viel los gewesen auf der Arbeit, viel Stress, viel Verantwortung. Sie hatte eine Abteilung zu führen, und zwei wichtige Mitarbeiter hatten sich wohl verkracht. Früher, als sie selbstständig gewesen war, sei das alles weit weniger kompliziert gewesen, das habe sie an dem neuen Job unterschätzt.

Marten merkte, dass sie ihm etwas sagen wollte, aber nicht wusste, wie. Er hatte einen siebten Sinn für so etwas, und bei ihr erst recht.

Die Kellnerin kam, er bestellte einen Kaffee, schwarz. Katharina rutschte auf ihrem Stuhl herum. Ob sie ihm sagen wollte, dass sie einen neuen Freund hatte? Irgendwann musste das ja passieren. Allein der Gedanke ... Er merkte, wie sich sein Magen verkrampfte, und spürte einen Kloß im Hals. Okay, gib ihr eine Vorlage, mach es ihr einfacher.

Und dir selbst auch. »Hast du dich denn an Hamburg gewöhnt? Ein paar Leute kennengelernt?«

»Ja, schon. Aber nicht so viele.«

Also jemand von der Arbeit? Sie sprachen darüber, dass die Menschen in Städten schon anders ticken würden als in Aurich, ihrer Heimat, und dass das alles schon sehr spannend sei in Hamburg, Eingewöhnung und so. Wir tanzen um den heißen Brei herum, stellte Marten fest. Der Kaffee kam, er probierte sofort, natürlich zu heiß, beinahe hätte er sich die Zunge verbrannt. Aber der Geschmack war wirklich gut, soweit er das noch feststellen konnte.

Gestern habe es geregnet, sagte Katharina, nur ein Schauer, aber es habe gutgetan. Warum dieser Small Talk? Ich halte es nicht mehr aus, dachte Marten. »Sag mal, Katharina, so ganz geradeheraus ...«

»Ja?« Sie schien nicht zu erahnen, was er ansprechen wollte.

»Hast du einen Neuen? Jemand ... Festen?«

Sie sah ihn irritiert an, ihr Gesicht verrutschte zu einem schiefen Grinsen, dann schüttelte sie den Kopf. »Nein. Nein, nichts dergleichen.«

Marten merkte, wie der unsichtbare Ring, der sich während seiner Frage fest um seine Brust gelegt hatte, zersprang, wie wieder Luft zum Atmen da war. Und der Kaffee schmeckte gleich noch besser. Auch wenn er es schade fand, dass sie ihm etwas verschwieg. Das hätte sie früher nicht getan. Wir sind eben nicht mehr zusammen, nicht mehr wie früher. Damit musste er sich langsam abfinden.

Seine Gedanken wanderten weiter. Ob Iska die Wasser-

proben bereits entnommen hatte? Ob der Richter die Funkzellenabfrage schon genehmigt hatte? Verstohlen schaute
er auf das Display seines Handys. Fünf neue E-Mails,
drei Nachrichten, ein Anruf. Katharina sagte etwas, aber
er bekam nicht mit, was.

»Entschuldige bitte, was?«

»Du bist im Stress mit einem neuen Fall, oder?«

»Nein, nein.« Er ärgerte sich über sich selbst. Katharina hatte seine ungeteilte Aufmerksamkeit verdient. Er
entschied sich zu einer Notlüge. »Entschuldigung, das
war der Vibrationsalarm, ich hatte vergessen, ihn auszumachen.«

»Du kannst ruhig drangehen.« Sie hatte dieses ver-
ständnisvolle Gesicht aufgesetzt, das in ihm irgendwie
Schuldgefühle auslöste.

»Das war nicht wichtig. Ich habe jetzt Zeit.« Er schaltete
das Handy aus, verstaute es wieder in der Hosentasche.

Katharina lächelte. »Ich hatte gefragt, ob wir noch ein
paar Schritte gehen wollen?«

Ganz in der Nähe vom Mahlwerk war der Hayns Park.
Katharina hakte sich bei ihm unter, als sie auf den Weg
zwischen Grünflächen und Spielplätzen entlanggingen.
Kinderlachen tönte von einem Spielteich herüber. Die weit
ausladenden Blätterdächer über ihnen boten kühlenden
Schatten, und auf der Alster zogen zwei Achter-Ruder-
boote an ihnen vorbei. Youri nutzte die Gelegenheit, sich
im Wasser abzukühlen. Katharina lehnte den Kopf an
seine Schulter, sog die Luft ein.

Ohne nachzudenken, beugte er sich zu ihr hinunter,
seine Lippen suchten die ihren. Doch sie wich von ihm

weg. Er spürte, wie sie ihm die flache Hand auf die Brust legte. »Wir ... wir müssen reden.«

»Okay.«

»Ich bin schwanger«, sagte sie, und ihre braunen Augen sahen zu ihm hoch, mit einem Blick, den er nicht deuten konnte.

19

»Hm, es ist ja eigentlich klar, was los ist, Mama.« Iska hallte die Stimme ihrer Tochter noch im Ohr. »Wir haben da nicht drüber nachgedacht, aber so aus ihrem Blickwinkel stellt sich das natürlich anders dar. Wie würdest du denn reagieren, wenn du an ihrer Stelle wärst?«

»Was meinst du, Maaike?«

»Mama! Es war halt anders abgesprochen.« Eine Sekunde verging, dann eine zweite. »Sie nimmt es euch übel, das ist doch klar.«

»Das tut mir leid, das wollte ich nicht …« Selten war sich Iska so hilflos vorgekommen.

»Ist jetzt so. Das will ja niemand. Aber jetzt mal im Ernst.« Sie schluckte. »Ich kann ja schon verstehen, dass sie eifersüchtig ist.«

»Das muss man doch klären können.« Iska musste sich über die Augen wischen.

»Ich weiß nicht. Das ist etwas Grundsätzliches, glaube ich. Am Montag der Streit, der war echt heftig. Verstehst du?« Auch Maaike schien mit den Tränen zu kämpfen.

»Das wollte ich nicht«, hörte Iska sich wiederholen.

»Ja.« Im Hintergrund waren mehrere Stimmen zu hören. »Ich muss jetzt los, zur Schule. Wir hören uns, okay?«

»Klar.« Iska versuchte, geräuschlos Luft zu holen. »Ich hab euch lieb, Große.«

»Wir dich auch, Mama.« Die Verbindung wurde beendet.

Wie erschlagen lehnte sie sich zurück. Das war hart. Natürlich, gerade dass sie spontan eine Nacht länger bei Daniel und den Kindern verbracht hatte, war seiner Partnerin sauer aufgestoßen, weil es vorher anders vereinbart gewesen war. Es hatte sich halt so ergeben. Auch wenn sonst nichts passiert war, was sie sich hätten vorwerfen können. Trotzdem, sie hätte das nicht tun sollen, das war dumm von ihr gewesen. Sie spürte, wie sehr sie von sich selbst enttäuscht war.

Jetzt erklärte sich auch das Verhalten von Daniel, wenigstens ein wenig. Er wollte jetzt wohl besonders loyal zu Erika sein, darum hatte er sich nicht gemeldet. Obwohl … Neben die Enttäuschung über sich selbst trat nun auch Enttäuschung, sogar eine Art Wut auf Daniel hinzu. So kannte sie ihn gar nicht. Er war immer fair gewesen, auch ehrlich. Und er hätte ihr einfach mal antworten können. Sagen können, was los ist. Ihr war danach, ihm das jetzt zu sagen. Oder wenigstens zu schreiben. Nein, tu es nicht, sagte sie sich. Du bist zu emotional. Das würde nur eskalieren … Lass es, Iska.

Lass dir Zeit. Wenigstens vierundzwanzig Stunden vergehen lassen. Wenn du ihn dann immer noch anrufen willst, mach es. Aber nicht vorher. Sie erinnerte sich an eine ihrer Verhaltensregeln, die sie sich selbst vor langer Zeit aufgestellt hatte, nachdem sie einen Kollegen, der einen Fehler gemacht hatte, etwas zu forsch angegangen war. Dirk hatte ihr damals dazu geraten, und sie hatte diesen wie alle seine Ratschläge angenommen.

Konzentrier dich. Fokus, ermahnte sie sich. Sie zwang sich, den Ärger und die Enttäuschung gedanklich nach hinten zu schieben. Heute gab es genug anderes zu tun.

Die Ergebnisse der Wasserproben, die sie am gestrigen Nachmittag selbst genommen, verplombt und zum Labor gebracht hatte, lagen vor. Und sie waren eindeutig. Ebenso die Ergebnisse zu den Muscheln und Kleintieren, die sie in unmittelbarer Nähe zu den schwimmenden Terminals eingesammelt hatten. Durchgängig war eine deutlich zu hohe Chlorbelastung festgestellt worden. Eine Chlorbelastung, die nicht auf Basis der zur Einleitung genehmigten Mengen zustande gekommen sein konnte, so hatte es ihr der Laborleiter erklärt. Also musste es entweder andere Quellen für Chlor im Hafen geben, oder, weit wahrscheinlicher, *Noordzeegas* leitete weit mehr Chlor in die Nordsee ein, als im Rahmen der Betriebsgenehmigung zulässig war.

Letzteres zu beweisen, war der Plan von Karin und ihr. Es galt, schnell zu handeln, denn wenn sie mit ihrer Vermutung richtiglagen, hätte *Noordzeegas* sicherlich alles versucht, um entsprechende Beweise zu vernichten. Daher hatten sie als Startpunkt für die Razzia bereits morgen sechs Uhr festgesetzt. Nur dass sie die noch planen und organisieren mussten. Wenig Zeit für viel Arbeit: Das Einsatzteam musste zusammengestellt, entsprechende Spezialisten herangezogen werden. Es galt, Ablaufpläne zu

erstellen und die einzelnen Teams individuell zu instru-
ieren. Und letztlich lastete alles auf ihren Schultern.

Sie streckte sich, erinnerte sich an ihren ersten Besuch
bei *Noordzeegas* vor dem Wochenende, gemeinsam mit
Marten. Sie hatten doch beide gleich gespürt, dass die Ansprechpartner mauerten. Oder mit irgendeinem Geheimnis hinter dem Berg hielten. Kein Wunder. Ein Entzug
oder Aussetzen der Betriebsgenehmigung würde einen
gewaltigen wirtschaftlichen Schaden verursachen, von
der angekratzten Reputation ganz abgesehen. Gut, dass
Marten auf seine Nase vertraut und die Kollegen auf *Blue
Home* angesetzt hatte.

Hm. Marten war immer noch nicht zu erreichen gewesen. Seit gestern Abend war er beinahe wie vom Erdboden
verschluckt. Sie wählte seinen Kontakt und drückte auf
»Anrufen«, aber die Verbindung wurde nicht hergestellt.
Das Handy war immer noch ausgeschaltet.

20

Alles tat weh. Ich bin nicht mehr der Jüngste, stellte Marten fest. Mühsam stemmte er sich aus dem Autositz hoch. Vor ihm, auf der anderen Seite der Windschutzscheibe, bewegte sich etwas. Ein älteres Pärchen, graue Haare, in farbenfrohe Walking-Jacken und schwarze Hosen gekleidet, schaute skeptisch zu ihm hinüber. Sie wandten sich aber ab, als sie bemerkten, dass er wach war. Die sind bestimmt Großeltern, war das Erste, an das er dachte.

Und sofort waren alle Erinnerungen an den gestrigen Abend wieder da. Er sei der Vater, hatte Katharina gesagt, es gebe keine andere Möglichkeit. Wie sein Herz beinahe vor Freude explodiert war. Wie er sie umarmt, aber gefühlt hatte, dass sie diese Umarmung nicht erwidert hatte. An dieses schleichende, unheilvolle Gefühl, an das Schweigen, das plötzlich da gewesen war.

»Wir sind nicht mehr zusammen, Marten ...«

... und werden es auch nicht mehr sein, hörte er lautlos hinterher. Sie hatte seine Hände in ihre genommen. Ihn angesehen, zärtlich, aber die Lippen bitter zusammengekniffen.

»Wer weiß …« Nein, nicht so, nicht deswegen, das würde nicht gut gehen, wurde ihm auch sofort klar.

Katharina, die ihm wohl den Gedankengang ansah, schüttelte langsam, wie in Trance, den Kopf. Sie hatten ihre Zeit gehabt. Und die war vorbei, sie hatten es gemeinsam beschlossen. Nein, Katharina hatte es beschlossen, begriff er. Aber er hatte ihre Entscheidung akzeptiert, damals, und er tat es auch heute. Was anderes blieb ihm gar nicht übrig. »Was … machen wir jetzt?«

»Ich habe keine Ahnung. Mein Kopf … Es sind tausend Gedanken, aber ich kriege nicht einen zu fassen. Schon die ganze letzte Zeit.«

»Was …« Er musste sich sammeln, setzte neu an. »Seit wann weißt du es überhaupt?«

»Seit einer knappen Woche«, antwortete sie. Sie habe erst einmal für sich Klarheit gewinnen wollen, wie es jetzt weitergehen solle. Aber das habe sie auch nicht weitergebracht.

Gemeinsam gingen sie weiter durch den Hayns Park, dann an der Alster entlang, mal auf der einen, mal auf der anderen Seite. Schwiegen, redeten. Wechselten zu alten Anekdoten, wenn das vorherige Thema zu ernst wurde, lachten gemeinsam über die Erinnerung. Versuchten, ihre Gedanken zu sortieren, mal jeder für sich, mal gemeinsam. Schauten Youri zu, der den langen Spaziergang genoss. Eine Zeit lang hielt Marten ihre Hand, dann wieder nicht. Beides fühlte sich falsch an. Sie nahmen auf Bänken Platz, um auszuruhen, holten sich an einem Kiosk etwas zu trinken, gingen weiter. Es tat gut, sich zu bewegen. Sie mussten über Stunden unterwegs gewesen sein.

Schließlich blieben sie vor ihrem Haus stehen. Die Dämmerung war bereits hereingebrochen, ein kühler Luftzug umwehte sie.

»Wie soll das gehen?« Katharina legte den Kopf gegen seine Brust. »Ich weiß nicht, ob ich das Kind bekommen möchte, Marten.«

Er konnte hören, dass sie weinte, obwohl sie es verstecken wollte. Erschlagen legte er seine Arme um sie. Auch ihm kamen Tränen, er kämpfte dagegen an. Nahm alles nur noch wie in einem Kokon gefangen wahr, seltsam gedämpft. Und wusste, dass gerade alles furchtbar falsch war. »Ich bin für dich da, immer«, sagte er, und es tat weh.

Er könne gern bei ihr übernachten, falls er noch nichts anderes habe.

»Möchtest du das?«, fragte er zurück.

Sie antwortete nicht, Sekunden vergingen.

»Ich habe schon was«, log er schließlich.

»Treffen wir uns … bist du am Wochenende auch noch da?«, fragte sie. »Oder sollen wir … wir können uns auch in Aurich treffen? Ich fahre rüber. Wenn es dir passt.«

Noch keine Entscheidung. Keine finale jedenfalls. Haben wir überhaupt Möglichkeiten? Oder zögern wir nur heraus, was eh schon feststeht? Er zwang sich zu einem Lächeln, fuhr dem müden Barsoi noch einmal über den Kopf. »Hier. Am Wochenende.«

»Ich hab dich lieb«, sagte sie zum Abschied. Dann ging sie die paar Stufen zu der Haustür im Hochparterre, die Außenlaterne flammte auf. Sie schloss auf, Youri schlüpfte erschöpft als Erster ins Innere, sie drehte sich noch einmal um, sah ihn an, wandte sich ab, ging hinein, die Tür schlug zu. Das Licht verlosch.

Kurz hatte er erwogen, sich eine Flasche billigen Alkohol zu kaufen und den Schmerz auf einfache Weise zu bekämpfen. Aber das wäre so billig gewesen, so sehr plumpes Klischee, dass er beinahe lachen musste. Er war zum Auto gegangen, hatte den Strafzettel hinter der Windschutzscheibe hervorgezogen, ihn auf den Beifahrersitz gelegt und war einfach losgefahren. Schließlich hatte es ihn hierhin getrieben, ihm war nach Meer und Weite gewesen, und diesen Parkplatz hier am Elbufer hatte ihm Katharina mal als Geheimtipp genannt. Und obwohl er nicht damit gerechnet hatte, war er recht schnell auf dem Fahrersitz eingeschlafen.

Marten öffnete die Fahrertür und stieg aus. Machte ein paar Schritte auf wackeligen Beinen, streckte sich durch. Der Parkplatz lag bei einem ehemaligen Fährhaus, in unmittelbarer Nähe zum Naturschutzgebiet Wittenberge. Durch die letzten Bäume hindurch führte ein Weg zum Elbstrand, den das ältere Ehepaar nun einschlug. Aus einem spontanen Impuls heraus verriegelte er die Autotür und folgte ihnen.

Er trat auf feinen Sand, der unter seinen Sohlen zur Seite quoll. Lief weiter über den Strand auf die Landungsbrücke zu, betrat den langen Steg, ging bis zu dessen Ende. Die Elbe unter ihm, vor ihm. Das Land am anderen Ufer, das musste die Insel Neßsand sein, ein unbewohntes Naturschutzgebiet, wenn er sich richtig erinnerte. Gänse flogen schnatternd auf. Zu seiner Rechten stach ein Leuchtturm aus den Bäumen heraus, wies blinkend den Schiffen ihren Weg, zu seiner Linken sah er das Ehepaar in Richtung Hamburg am Strand entlanggehen.

Ein friedliches Bild. Langsam trieb ein schwerer Ast an ihm vorbei, er blickte ihm nach. Es war nicht still, aber ruhig. Kühler Wind zerrte an seinen Haaren. Ein Containerschiff schob sich langsam und unaufhaltsam den Strom hinauf. Er verfolgte, wie es im Gegenlicht des angebrochenen Tages auf die Hafenkräne Hamburgs zusteuerte. Das Leben geht weiter, dachte er.

Er brauchte andere Gedanken. Die bisherigen würden schon automatisch zurückkommen. Ein letztes Mal sog er die frische Luft ein, bevor er sich auf den Rückweg zum Parkplatz machte.

Das Diensthandy startete langsam. Ein blauer Kreis drehte sich, bis alle Nachrichten geladen waren, auch eine der Personalstelle vom Amt für Verfassungsschutz war dabei. Er schloss die Augen, ahnte den Inhalt, aber dafür hatte er gerade keine Kapazitäten. Er entschied sich, die anderen Mails zuerst zu öffnen.

Es gab viel zu tun. Sven hatte ihm geschrieben, die vom Provider bereitgestellten Nutzerdaten des Handys der angeblichen Jutta Hönigsvald waren ausgewertet. Die IMEI des Handys war erst seit Februar im Netz angemeldet, die gewählten und angenommen Telefonnummern von April und Mai waren einsehbar, die vorherigen bereits aus Datenschutzgründen gelöscht worden. Demnach hatte Hönigsvald lediglich Kontakt zu zwei weiteren Prepaidnummern sowie zu dem Handy von Luuk Raand und einer privaten Festnetznummer in Hamburg Haseldorf gehabt.

Am Dienstag, dem 19. Mai, war das Handy das letzte Mal im Netz angemeldet gewesen. Er überlegte, dann rief er Sven an.

»Ja, das war genau der Tag, an dem Luuk Raand verschwunden war. Nur wenige Stunden vorher«, bestätigte der.

Vorher hatte sich das Handy in Funkzellen in Stade, Hamburg Haseldorf, Dornum und Emden sowie in Delfzijl und Eemshaven angemeldet. Marten verfolgte die Standorte auf der Karte. Einmal die Nordseeküste entlang, vom Nord-Ostsee-Kanal bis zur niederländischen Grenze. Immer wieder dieselben Orte. Was hatte Jutta Hönigsvald an diesen Orten getan, weswegen war sie da gewesen? Die Gruppe um Hönigsvald, korrigierte er sich, als er an die Angaben der Wirtin aus Delfzijl und von Valerie Bakker, der angeblichen Jugendfreundin Luuk Raands, dachte. Eine Frau und zwei Männer, die über mehrere Wochen immer wieder dieselben Orte aufgesucht hatten.

Leider waren die Standortdaten relativ ungenau, es waren lediglich die Funkzellen angegeben. In Hamburg vermochte er die Standorte des Handys auf zehn Meter genau auszumachen, in Haseldorf war die Funkzelle schon dreihundert Meter groß. Dort war das Handy mehrfach über Nacht eingeschaltet gewesen, ebenso in Emden. In Delfzijl, Eemshaven und Stade war das Handy nur tagsüber online gewesen, und offensichtlich hatte die Gruppe sich ständig in Bewegung befunden.

Passte das zu Wanda Biek? Die Aktivistin war vom einen auf den anderen Tag untergetaucht. »Sven, es ist eine etwas spontane Idee … Aber könnten Wanda Biek und Jutta Hönigsvald dieselbe Person sein?«

»Puh … na ja.« Er machte eine Pause, schien zu überlegen. »Wir können versuchen, es herauszufinden. Wir haben ja immerhin die Standortspur ihres Handys und wissen, dass Bakker sie vor ungefähr drei Wochen gesehen hat. Ich … ich gebe das an Mike. Er soll das mal mit dem vergleichen, wo Wanda Biek zu den jeweiligen Zeitpunkten gewesen ist.«

»Stephanus soll euch aus Borkum unterstützen. Okay?« Hönigsvald war der Schlüssel zu dem Fall, da war er sich inzwischen sicher. Wenn sie wussten, wer Hönigsvald war, waren sie einen entscheidenden Schritt weiter.

»In Ordnung, Chef!«

Er bedankte sich bei Sven und rief Iska an.

Sie fragte nicht nach, als er ihr nicht beantwortete, wie es ihm gehe. Während sie sich mit ihm über ihre geplante Vorgehensweise zu der Razzia besprach, reifte eine Entscheidung in ihm. Er musste nachvollziehen, wo die Gruppe um Hönigsvald gewesen war. Er musste die Orte selbst sehen, versuchen zu verstehen, was sie dort gemacht haben könnten.

Außerdem brauchte er Zeit für sich. Dann öffnete er doch die Mail der Personalstelle. Eine Zusage. Er hatte es befürchtet.

21

»Wir sind bereit«, meldete der Kollege am Handy, der zeitgleich zu ihrem Einsatz die Razzia in der Zentrale von *Noordzeegas* in Rotterdam führen sollte.

»Okay. Dann geht rein. Viel Erfolg!« Iska sah zu dem Fahrer hinüber. »Es geht los.«

Der Fahrer trat aufs Gaspedal, und sie fuhren mit hoher Geschwindigkeit auf ihr Ziel zu. Im Seitenspiegel sah sie, wie vier weitere Mannschaftswagen folgten.

Wie beim letzten Mal stach hinter dem kleinen Flachdachgebäude das schwimmende Terminal hervor, an dem dieses Mal zusätzlich ein noch größeres LNG-Transportschiff festgemacht hatte. Dessen vier riesige halbkugelförmige Tanks vermittelten eine grobe Idee, wie gigantisch die Gasmengen waren, die über den Ozean transportiert wurden. Wie aufwendig der Transport per Schiff war, im Vergleich zu Pipelines.

Quer vor der niederländischen Küste wurde Erdgas gefördert und über ein verzweigtes Pipelinesystem in das europäische Gasnetz eingespeist. Die Niederlande waren in Europa einer der Hauptproduzenten von Erdgas, zusammen mit Norwegen. Aber das reichte für den Energiehunger Europas nicht aus, vor allem nicht für die Deutschen. Nicht, seit kein Gas mehr aus Russland kam. Darum kamen stattdessen nun diese riesigen Tanker über den Ozean aus den USA, wo das Erdgas unter bedenklichen Umweltschutzbedingungen gefördert wurde, oder Staaten wie Katar, in denen schwere Menschenrechtsverletzungen an der Tagesordnung waren.

Sie hielten direkt vor dem Eingang, Iska sprang als Erste heraus, ging, mit schnellem Schritt, aber nicht überhastet auf den Mitarbeiter von AllSecure zu, der ungläubig in der Tür stand. »Öffnen. Wir haben einen Durchsuchungsbeschluss.« Sie hob den unscheinbaren Papierbogen hoch, den Karin besorgt hatte. »Geben Sie bitte dem verantwortlichen Betriebsleiter Bescheid.«

Während sie auf Sigurdson wartete, liefen die Teams mit den Kollegen aus dem Dezernat Wirtschaftskriminalität bereits weiter in die Büros von *Noordzeegas*. Sie hatten den Auftrag, Wartungsunterlagen und Verbrauchsinformationen sowie entsprechende Rohdaten zu den durchgeführten Antifoulingmaßnahmen zu beschlagnahmen. Einige Spezialisten hatten außerdem die Technikräume des Terminals zum Ziel, um die Konfigurationen direkt in den Mischanlagen der Rohre festzustellen. Wenn *Noordzeegas* die Betriebsauflagen nicht einhielt, würden die Kollegen es feststellen. Derweil konnte sie das zweite Ziel der Razzia verfolgen: genau aufzunehmen, wo sich Luuk Raands an seinem Todestag aufgehalten hat.

Ole Sigurdson kam mit hochrotem Kopf auf sie zu. »Ich verstehe das nicht, Frau van Loon. Wir haben doch gesagt, dass wir in vollem Umfang kooperieren. Eine Razzia ist überhaupt nicht notwendig, sie bekommen alles von uns, was sie benötigen.«

»Super.« Sie sah ihn offen an. Dann tippte sie in der Liste der Mitarbeiter, die am Dienstag letzte Woche anwesend waren, auf diejenigen, die Raand als Letzte gesehen hatten. »Ich möchte gern noch einmal mit den Herren Vink und Koning sprechen.«

*

»Sie können sich entspannen, es ist eine reine Zeugenbefragung, es liegt nichts gegen sie vor.«

Vink und Koning saßen ihr gegenüber, in einer kleinen Teeküche an Bord des Terminals. Der Raum hätte sich auch an Land in einem Gebäude befinden können, hätte es nicht das ringförmige Bullauge anstelle eines Fensters gegeben, der Boden war aus Laminat, an den Wänden weiß gestrichene Raufasertapete, die Einrichtung funktionell aus einfachem Holz, eine hochwertige Kaffeemaschine in der Ecke. Vink, militärischer Bürstenschnitt und randlose Brille, hatte die Hände vor sich gefaltet, Koning rutschte auf seinem Stuhl herum. Den beiden Technikern war eine gewisse Unruhe anzumerken, Iska konnte es ihnen nicht verdenken.

»Es geht nur um Dienstag vor einer Woche, als Sie Herrn Raand das letzte Mal gesehen haben.«

Sigurdson, der mit ihnen im Raum war, nickte den beiden zu. »Frau van Loon hat mir zugesichert, dass es nur eine Formalie ist. Sollte es notwendig sein, werden wir die Befragung unterbrechen und Kollegen aus der Rechtsabteilung hinzuziehen.«

»Okay. Ja, wir haben ihn gesehen«, sagte Koning, offensichtlich ein wenig entspannter als vorher. Seine grauen Haare waren ungepflegt, das gleichfarbige Hemd wirkte, als habe er es schon am Vortag getragen.

»Können Sie mir noch mal die Situation schildern?«

»Natürlich. Wir … kamen gerade von hier, hatten eine Kaffeepause gemacht und wollten zurück in unser Büro, da haben wir ihn aus der Technik kommen sehen. Wir haben ihn kurz gegrüßt, er hat zurückgegrüßt, das war es.«

»Die Büros der Technik, wo sind die genau?«

»Auf dem nächsten Gang, Mittelachse. Ziemlich genau auf halbem Weg zwischen dieser Kaffeeküche und unserem Büro. Wir haben mit den Kollegen aus der Abteilung aber ansonsten nicht viel zu tun.«

»Sie sagten, er habe hektisch gewirkt.« Das hatte genau so in den Protokollen gestanden. »Inwiefern hat sich das bemerkbar gemacht? Woran haben Sie das festgemacht?«

»Ach, ich weiß nicht, habe ich das gesagt?« Koning drehte den Kopf zu Vink.

»Weiß nicht, aber wenn ich jetzt so nachdenke, ja, so etwas hektisch war er schon, wie er die Tür geschlossen hatte, das stimmt«, antwortete der.

Iska überlegte. »Sagen Sie, ist es denn üblich, dass Herr Raand auf seinem Rundgang auch in die einzelnen Büros geht?«

»Na ja.« Konig zuckt mit den Schultern. »Nicht unbedingt, aber man kennt sich halt vom Sehen, wechselt mal ein paar Worte miteinander, wenn man sich kennt. Denke mal, so wird das bei der Kollegin auch gewesen sein.«

»Wie bitte?« Iska war, als habe sie nicht richtig gehört. »Können Sie den Satz bitte noch mal wiederholen?«

»Dass man ein paar Worte miteinander wechselt, wenn man sich kennt ... wie bei der Kollegin?«

Eine Kollegin. Iska atmete tief aus, während sie die Liste der an Raands Todestag Anwesenden überflog. Von den Namen her hätte sie alle als männlich eingeordnet. »Haben Sie die Kollegin auch gesehen?«

»Ja, durchs Fenster vom Gang aus, aber nur von hinten«, sagte nun Vink. »Blonde Haare, meine ich, so halblang ...«

»Herr Sigurdson, wer von Ihrer Liste ist aus der Technik?«, wandte sich Iska an den Betriebsleiter.

Auch der sah sich die Liste nun genauer an. Er tippte nacheinander auf drei Namen. »Auf ein Wort, Frau van Loon?« Er signalisierte ihr mit den Augen, dass er sie allein sprechen wolle.

Sigurdson lotste sie in ein leeres Büro, das offensichtlich als Abstellkammer diente. Dicke Rohrleitungen hingen unter der Decke. »Das sind aber alle drei männliche Kollegen, da kann man sich auch von hinten nicht irren. Wir haben auch überhaupt nur zwei Kolleginnen in der Abteilung, und die sind beide dunkelhaarig ...« Sigurdson senkte die Stimme, obwohl sie allein waren. »Abgesehen davon gibt es eigentlich keinen Grund, warum nachts jemand in den Büros in der Mittelachse sein sollte.«

»Was ist denn dort?«, fragte Iska direkt.

»Lediglich Büros, aber die sind nicht durchgängig in Gebrauch, weil sie recht nah an den Generatoren sind. Es ist dort ziemlich laut«, erklärte Sigurdson. »Von da aus kann man jedoch auch direkt in die Maschinenräume. Wir nutzen sie vor allem, wenn die Gaseinspeisung neu konfiguriert wird.«

»Hat das was mit Antifouling zu tun?«, hakte Iska nach.

»Nein, überhaupt nicht. Hier sind wir ganz nah an unseren Kernprozessen.«

»Hm.« Kernprozesse. Warum sollte man da ...? Iska erinnerte sich an eine Bemerkung von Marten. Wirtschaftsspionage? »Würden Sie sagen, dass das ein ... sensibler Bereich ist?«

»Allerdings.«

Und an dem Abend, an dem Raand ermordet wurde, hat er genau dort eine unbekannte Frau begrüßt, die dort gar nicht hätte sein dürfen. Sie sah den Betriebsleiter ernst an, der wohl das Gleiche gedacht hatte.

22

Was hatte er getan? Das Schlimme war, er wusste es nicht. Valentin Bobrow fühlte sich, als ob er noch immer betäubt wäre. Normalerweise hätte er den Ausblick bewundert, den er von der Brücke seiner *Constantine* hatte, weit über den Fluss und die angrenzenden Häuser in die Ebene hinaus, während er auf den neuen Lotsen wartete. Heute hatte er keine Ruhe dafür.

Es hatte etwas länger gedauert, aber letztlich hatte der Hafenlotse das Schiff sicher aus dem Hafengebiet heraus und auf die freie Elbe gelotst. Hier, bei Teufelsbrück, wechselte der Lotsendienst, das Versetzboot hatte bereits den Hafenlotsen aufgenommen, für den nun der Elblotse an Bord kam, der ihn bis nach Brunsbüttel begleiten würde.

Die Tür ging auf, und ein knapp fünfzig Jahre alter Mann trat ein; er trug die klassische blaue Schirmmütze der Elblotsen, die auch Altbundeskanzler Schmidt getragen hatte. Ehrhardt war sein Name. Formal war Valentin als Kapitän weiterhin der Schiffsführer, der Lotse lediglich sein Berater. Der Weg-Sage-Mann, von *leid-sögu-madr*, das Wort stammte aus dem Altwestnordischen, Valentin mochte es.

Er kannte die Gebühren, die die Lotsenbrüderschaft erhoben, aber keine Lotsen an Bord zu nehmen kam nicht infrage, dafür hatte er sich auch persönlich bei der Reederei starkgemacht, auch wenn die *Constantine* dieses Mal kein Gefahrgut an Bord hatte. Zu eng war die Fahrrinne in der Elbe, dazu die Änderungen durch den hohen Tidenhub, zu unstet die Strömungen, vor allem dann, wenn ihnen ein anderer Frachter gleicher Größe entgegenkam.

Das Containerschiff maß dreihundert Meter in der Länge, fünfundvierzig Meter in der Breite, und hatte gerade knapp sechstausend Container geladen. Es war nicht voll beladen, bis zu achttausend Zwanzig-Fuß-Standardcontainer könnte es maximal transportieren. Das Schiff war schon zweiundzwanzig Jahre alt, inzwischen gab es weit größere Schiffe, die mehr als die doppelte Kapazität besaßen. Ihm war unbegreiflich, wie man diese riesigen Berge durch den Fluss manövrieren konnte. Schon die *Constantine* war ein schwimmender stählerner Koloss, der bei einem Bremsmanöver bei der jetzigen gemütlichen Geschwindigkeit erst nach einigen Kilometern zum Stillstand kommen würde.

Auf Höhe Blankenese kam ihnen ein Kreuzfahrtschiff entgegen. Ehrhardt legte die Stirn in Falten. Dann betätigte er mit ruhiger Hand die Knöpfe für die Manövrierantriebe, die Bugstrahlruder und Heckstrahlruder, und lenkte die *Constantine* beinahe frontal auf das entgegenkommende Schiff zu. Valentin beobachtete, wie Ehrhardt die Angaben auf den Monitoren neben dem Radar und der elektronischen Seekarte prüfte: die hoch- und runterlaufenden Zahlen, die über Kurs, Wassertiefe und Motorenleistung informierten, wie er skeptisch auf die Bilder der Kameras sah, die vorne beidseitig am Schiffsbug montiert waren.

Valentin hielt den Atem an. Er wusste, was der Lotse vorhatte, er kannte das Manöver, trotzdem war es immer wieder unheimlich. »Hier sind am Ufer Steilwände unter Wasser, die saugen die Schiffe regelrecht an«, erklärte ihm der Lotse. »Wir nehmen etwas Schwung, dann passt es.«

Dann korrigierte Ehrhardt den Kurs minimal, brachte ein zusätzliches Drehmoment hinein, das bewirkte, dass die beiden Schiffe in sicherem Abstand aneinander vorbeiglitten. Valentin atmete aus. Es war albern, aber auch nach all den Jahren sorgte er sich nun mal um sein Schiff. Heute mehr als all die anderen Tage. Irgendetwas Schlimmes würde passieren, das wusste er. Das Grausame war, er wusste es wirklich, es war mehr als eine Ahnung.

Die letzten Tage hatte er nach einer Gelegenheit gesucht, seinen Auftrag möglichst unauffällig auszuführen, und letztlich hatte er Erfolg gehabt. Ihn schauderte bei der Vorstellung, was vielleicht passieren konnte. Was genau diese Gruppe vorhatte, die ihn entführt hatte, wusste er nicht. Aber er war überzeugt, auf Menschenleben würden sie nicht achten. Als säße man auf einer schwimmenden Zeitbombe.

Er lehnte sich in seinem Sessel zurück und verfolgte, wie sich die Landschaft um ihn herum veränderte. Die Bebauung zog sich zurück. Zur Linken erstreckte sich das Alte Land mit den riesigen Obstanbaugebieten, zur Rechten die Naturschutzgebiete der Binnenelbe bei Haseldorf. Vom Hamburger Hafen bis nach Brunsbüttel brauchten sie normalerweise knapp vier Stunden, zweieinhalb hatten sie noch. In Brunsbüttel würde der nächste Lotse übernehmen, der das Schiff durch den Nord-Ostsee-Kanal führen würde. Der Kanal war die schnellste Verbindung zu ihrem nächsten Ziel, Vuosaari, dem Hauptfrachthafen von Helsinki. Anschließend würden sie noch in St. Petersburg anlegen. Die Route war erprobt und von der Crew schon oft gefahren worden.

Ehrhardt betätigte ein weiteres Mal die Heckstrahlruder, beinahe unmerklich langsam schob sich das Schiff nach Steuerbord. Die gesamte Ruderanlage, bestehend aus der Schiffsschraube am Heck und den Manövrierrudern, wurde vollständig mittels IT gesteuert. Genau darum war es seinen Auftraggebern gegangen. Er hatte tief in die operativen IT-Systeme der Schiffssteuerung eindringen müssen, als Kapitän besaß er dazu die entsprechenden Möglichkeiten. Und dort hatte er Programmdateien mit dem ihm übergebenen Programmen ausgetauscht.

Er hatte keine Ahnung, was diese Programme bewirkten. Sie waren bereits kompiliert worden, sodass der ursprüngliche Quellcode nicht mehr zu erkennen war. Aber er wusste, dass Ehrhardt nicht mehr die volle Kontrolle über sein Schiff hatte.

23

»Ja, genau, das Haus ist es.« Der Vermieter holte einen Schlüssel hervor. Der Mann war, nachdem sie am Morgen miteinander telefoniert hatten, aus Blankenese angereist. Er trug ein blütenweißes Hemd und eine nagelneue Bluejeans, die Haare waren frisch frisiert. »Das ist das Haus meiner Eltern, wir haben es nicht über das Herz gebracht, es zu verkaufen, und bieten es jetzt als Ferienwohnung an. Es war bis Dienstag vermietet, an eine Frau Hönigsvald.«

»Aber die Gäste haben Sie selbst nicht kennengelernt, haben sie am Telefon gesagt?«, fragte Marten.

»Das läuft immer alles online … Das Geld war pünktlich da.«

Sven hatte seine Angaben bereits überprüft. Das Konto, von dem die Einzahlungen stammten, gehörte offensichtlich ebenfalls einer Frau Hönigsvald. Entweder diese Spur erwies sich als gewaltiger Irrweg, oder sie hatten es hier auch mit einem umfassenden Fall von Identitätsdiebstahl zu tun.

Der Vermieter räusperte sich. »Ich hab sie nur einmal ganz kurz gesehen, im Vorgarten, mehr aus Zufall.«

»Ja?«

Der Vermieter erklärte, dass er seine Mutter in dem nahe gelegenen Seniorenheim besucht habe und mit ihr eine Runde durch den Ort gegangen sei. Weil die Mieterin gerade sehr beschäftigt gewirkt und es auch nichts Konkretes zu besprechen gegeben habe, sei er weitergegangen, ohne sich vorzustellen. So, wie er sie beschrieb, könnte es dieselbe Person gewesen sein, die auch den Leihwagen gemietet hatte. »Es wirkte, als wäre es ihr nicht so recht, dass wir sie gesehen hatten.«

»Inwiefern?«

»Das kann ich Ihnen auch nicht sagen, es war mehr so ein Gefühl, wissen Sie? Sie hat sich sofort weggedreht, etwas unnatürlich, so kam es mir vor.«

»Bitte, jeder Hinweis kann uns weiterhelfen.«

»Also, na ja, da war noch mindestens ein anderer Mann … Vielleicht … Sie wissen schon. Also, wie gesagt, wir sind einfach weitergegangen. Meine Mutter und ich, wir wollten sie nicht stören.«

»Und ein weiteres Mal haben Sie die Gäste nicht gesehen? Vorgestern sind sie planmäßig wieder abgereist?«

»Ja, genau. Am Wochenende kommen bereits neue Gäste. Es müsste darum schon alles vorbereitet sein. Ich habe eine Reinigungsfirma, die für mich arbeitet, sie müsste gestern Vormittag hier gewesen sein.«

»Okay, wir schauen einfach nur mal rein.« Marten merkte, wie die Enttäuschung in ihm aufstieg. Er hatte auf Spuren und Hinweise auf die Mieter gehofft. »Haben Sie sich zufällig mit der Reinigungsfirma ausgetauscht?

Gab es irgendwelche Besonderheiten bei den letzten Gästen?«

»Nein.« Der Mann schüttelte den Kopf. »Nein, wir haben uns nicht gesprochen. Wir arbeiten schon sehr lange zusammen, und solange es keine Beschwerden von Mietern gibt, läuft es halt.«

»Okay.« Marten folgte dem Mann in das kleine Haus. In der Tat sah alles wie frisch gereinigt aus, im Flur, im Ess- und Wohnzimmer sowie in der Küche. In den Schlafzimmern waren die Decken bereits bezogen.

»Für mich natürlich erfreulich, die Reinigungsfirma hat gut gearbeitet«, stellte der Vermieter zufrieden fest.

»Sind das alle Räume?«

»Ja. Bis auf den Keller. Das ist aber nur der Heizungskeller und ein alter Kartoffelkeller. Früher hatte meine Mutter da ihre Konserven gelagert, aber jetzt ist der leer. Manchmal nutzen die Mieter den, um ihre Koffer abzustellen, damit die nicht oben rumstehen, sonst ist er eigentlich nicht mehr in Gebrauch …«

»Dann schauen wir uns den auch noch an.« Marten wusste selbst nicht, was er sich davon versprach. Er wollte es einfach nur gründlich machen. Über die Standortdaten des Handys der angeblichen Frau Hönigsvald waren sie auf dieses Ferienhaus gekommen, das offensichtlich von der Reisegruppe genutzt worden war. Nur dass sie das zwei Tage zu spät ermittelt hatten. Immerhin waren sie ihnen auf der Spur.

Das Deckenlicht flammte auf, der Mann öffnete die alte, aber sehr stabile Holztür, die nur mit einem Riegel gesichert gewesen war. »Hm.«

»Was, hm?« Marten trat auch in den kleinen Raum.

»Hier wurde sauber gemacht«, antwortete der Vermieter. »Dabei habe ich das gar nicht beauftragt. Das war eigentlich ein leerer, aber ganz staubiger Raum …«

»Danke.« Marten führte den Mann ohne Umschweife nach draußen und versiegelte den Raum. Dann rief er die Kollegen von der Spurensicherung.

*

Für ihn gab es in Haseldorf nichts weiter zu tun. Er überprüfte die Koordinaten der anderen Funkzellen, in die das Handy eingeloggt gewesen war. In Hamburg schien sich Frau Hönigsvald im Wesentlichen bei den Hotspots für Touristen aufgehalten zu haben, tagsüber an der Elbe, im Hafen und in der Innenstadt, abends in den Straßen und Clubs von St. Pauli. Manchmal kam es ihm vor, als ob er die Spuren einer ganz normalen Touristengruppe nachverfolgen würde. Ob sie die richtigen Standortdaten erhalten hatten?

Die Koordinaten, an denen das Handy in Stade eingeschaltet gewesen war, verstand Marten noch weniger. Dort war das Handy an nur einem Tag eingeloggt gewesen. Nicht direkt in Stade selbst, sondern deutlich weiter nördlich, Balje hieß der Ort. Er musste dafür ans andere Elbufer. Die schnellste Route war über die Fähre bei Glücksstadt, so konnte er eine erneute Fahrt durch Hamburg und die ewigen Staus im Elbtunnel vermeiden.

Die Flussfähre war ein lang gezogenes, flaches Schiff, dessen Brückenhaus am Heck die offene Ladefläche wie ein Bogen überspannte. Er rollte gerade von der Mole auf die heruntergelassene Laderampe, als Katharina anrief. Unsicher nahm er den Anruf an. »Hey, du.«

»Hey, du.« Eine seltsame Stille folgte. »Ich will auch gar nicht stören … Was machst du gerade?«

Marten zog die Feststellbremse an, als er seine Position für die Überfahrt erreichte. Er sah aus dem Seitenfenster. »Ich fahre gleich mit einer Fähre über die Elbe.«

»Alles okay bei dir?«

»Ja, alles okay.« Er räusperte sich. »Und bei dir?«

»Auch …«

Wieder Stille. Hinter sich hörte er das Gemurmel von Gesprächen, auch einige Spaziergänger und Fahrradfahrer drängten auf den abgetrennten Bereich neben der Fahrspur. Früher hatten er und Katharina stundenlang telefoniert, wenn er oder sie allein unterwegs waren, einfach nur, um die Stimme des anderen zu hören. Doch jetzt war ihm sehr danach, das Gespräch zu beenden. Zwischen ihnen schwebte ein riesiges Thema, das jede Luft wegnahm, alles andere verdrängte, und doch wollte es keiner von ihnen beiden ansprechen. Er jedenfalls schaffte es nicht. »Ich bin am Samstag wieder in Hamburg«, entschied er spontan. »Sollen wir uns den Tag für uns nehmen?«

»Ja, das wäre schön.«

»Sagen wir so um elf?«

»Elf Uhr ist gut. Bei mir?«

»Bei dir«, bestätigte er. »Ich freue mich drauf.«

»Ich auch«, sagte sie, dann legte sie auf.

Wir sind nur noch ein Schatten von dem, was wir mal

waren, stellte Marten fest. Der Motor der Fähre, der bisher friedlich vor sich hingetuckert hatte, röhrte laut auf, das Schiff legte ab.

Wie waren seine Vorstellungen von seinem Leben, was wollte er? Das gemeinsame Kind, das jetzt in Katharinas Bauch heranwuchs. Er hatte nie Angst vor der Verantwortung gehabt. Aber wollte er das Kind wirklich – so? Konnte das überhaupt funktionieren? Wo sollten sie leben? Gab es einen richtigen Weg? Einen richtigen Weg für ihn, für ihn und Katharina, für sie beide und das Kind? Er schloss die Augen.

Noch hatte er auf die Zusage vom Verfassungsschutz nicht reagiert, Rückmeldung erbeten innerhalb von vierzehn Tagen, ein Hoch auf das Beamtentum. Vorgestern wäre das eine Sache von fünf Minuten gewesen. Aber so ... Es kam ihm wie Wegrennen vor. Ob ein Neuanfang überhaupt klappen konnte?

Nach wenigen Minuten erreichten sie das andere Ufer. Er rollte auf die Anlegemole, von hier waren es nur noch knapp zwanzig Minuten zu seinem Ziel.

Balje erwies sich als ein kleines, aber weitläufiges Dorf. Hinter den an der mit Bäumen gesäumten Hauptstraße gelegenen Einfamilienhäusern, fast alle hatten große Gärten, konnte er Felder und Wiesen ausmachen. Auf Höhe der Grundschule hielt er an, überprüfte die Koordinaten der Funkzellen, in denen Frau Hönigsvald angemeldet gewesen war. Sie schien keinen großen Halt im Dorf gemacht zu haben, sondern hatte sich direkt weiter nach Norden orientiert. Er wechselte auf eine Karte. Wenn er es richtig las, gab es dort einen Leuchtturm, der eine Art lokale

Sehenswürdigkeit zu sein schien. Ob der Frau Hönigsvalds Ziel gewesen war?

Durch eine Öffnung in einem alten Schlafdeich, der das nördliche Ende des Dorfs markierte, führte eine schmale, asphaltierte Straße in Richtung Elbe. Marten folgte ihr bis zu einem bestimmt fünfzig Meter hohen rot-weiß gestrichenen Leuchtturm, der hinter dem neuen Elbdeich stand. Eine lang gezogene Auffahrt führte den Deich hinauf. Oben auf dem Deich erkannte er in unmittelbarer Nähe einen zweiten, kleineren, sehr viel älteren Leuchtturm, der längst nicht mehr genutzt wurde. Öffnungszeiten zehn bis achtzehn Uhr. Ein schmaler Fußweg schlängelte sich durch die Wiesen des Deichvorlands dorthin.

Ein einfacher runder Steinturm, relativ frisch renoviert, im Innern großformatige alte Fotos und kleine Ausstellungsstücke zum Leben als Leuchtturmwärter. Von der oberen Galerie hatte man einen guten Ausblick auf die Unterelbe, gegenüber sah er die Ausfahrt aus dem Nord-Ostsee-Kanal.

Aber ansonsten war hier nichts, rein gar nichts. Und trotzdem hatte sich seine Zielperson, oder zumindest ihr Handy, mehrere Stunden hier aufgehalten. Eine Art konspiratives Treffen mit einem Dritten? Er dachte an einen alten Fall, zu dem er mit Iska noch im Frühjahr ermittelt hatte. Dafür musste man nicht hierhin in die Einsamkeit fahren. Er ließ den Blick schweifen, verfolgte einen Frachter, der aus dem Nord-Ostsee-Kanal kommend in südlicher Richtung die Elbmündung ansteuerte, erkannte deutlich die Hafenanlagen von Brunsbüttel am anderen Ufer der Elbe.

Die Hafenanlagen ... Moment ... Er öffnete erneut die Karte, kontrollierte, ob die Idee, die gerade in ihm aufgestiegen war, tatsächlich stimmen konnte.

Dann rief er Iska an.

»Hi, was gibt es?«, meldete sie sich bereits nach dem dritten Klingeln. Sie wirkte angespannt, er verzichtete auf eine umfangreichere Begrüßung.

»Ich vermute, dass sich Hönigsvald für das LNG-Terminal in Brunsbüttel interessiert hat«, erklärte er. »Es ist am mir gegenüberliegenden Ufer. Ein Schiffsterminal, genau wie im Hafenbecken von Eemshaven. Nur dass es nicht in einem Hafen, sondern offen in der Elbe schwimmt.«

»Marten?« Er merkte, wie Iska versuchte, die Erkenntnisse miteinander zu verknüpfen.

»Ja?«

»Es scheint so, dass sich hier in Eemshaven eine unbekannte Person, eine Frau, Zutritt zu einem sensiblen Bereich des LNG-Terminals verschafft hat.« Sie machte eine Pause. »Ich dachte an deine Vermutung, dass es etwas mit Wirtschaftsspionage zu tun haben könnte. Wer immer Hönigsvald ist ... es ist kein Zufall, dass sie sich auch in der Nähe vom Terminal Brunsbüttel aufgehalten hat.«

»Ja, okay. Aber warum dann hier, in der Entfernung?« Marten dachte an *Blue Home*. Hatten sie auch hier Wasserproben nehmen wollen? Ihm fiel die seltsame Formulierung *Aktionen durchziehen* wieder ein, die Sven und Mike in den Foren im Darknet gefunden hatten. *Aktionen ...* Nein, das ist zu weit hergeholt, dachte er. Oder? »Du, was ist, wenn es ihnen um ...« Er zögerte, den

Gedanken auszusprechen. »Wenn es ihnen um irgendeine Form der Sabotage geht?«

»*Blue Home*? Was hat das mit dem Tod von Raand zu tun?«

»Vielleicht haben sie irgendwie mit Raand … dass er sie reingelassen hat. Irgendwie bestochen oder so? Und dann ist etwas schiefgegangen. Ich weiß es auch nicht. Ich … ich assoziiere nur.«

»Hm. Okay, ja. Ja, da kann etwas dran sein. Hm.« Iska schien seinen Gedanken nur widerwillig zu folgen. »Wir schauen uns jetzt erst mal an, wo diese unbekannte Frau genau war. Mal sehen, was sie dort hätte tun können.«

»Okay, wir hören uns später.«

»Ja, bis später!«

Nachdenklich sah er aufs Wasser. Frau Hönigsvald und ihre Begleiter. Nein, er glaubte nicht daran, dass es darum ging, eine Affäre zu verheimlichen, wie es sich der Vermieter zurechtgesponnen hatte. Etwas anderes sicherlich schon. Was hatte sie vor? Ein Gespenst und ihre Begleiter auf ihrem Weg, die Nordseeküste entlang.

Stade, Hamburg, Haseldorf, Dornum, Emden in Deutschland sowie in Delfzijl und Eemshaven in den Niederlanden. Gegenüber von Stade und in Eemshaven waren LNG-Terminals. Was hatten die übrigen Orte damit zu tun?

Emden und Dornum. Das lag nicht auf der Route zwischen Stade, Hamburg und Delfzijl. Emden, dort hatte sich Hönigsvald offensichtlich länger aufgehalten, mindestens mehrere Tage. Ob sie dort eine Unterkunft hatte, ähnlich wie in Haseldorf?

Gedankenverloren verfolgte er, wie ein riesiges Containerschiff in der Elbmündung auftauchte und langsam Richtung Nordsee steuerte.

24

Die *Constantine* hatte die letzte der Elbinseln, Rhinplate bei Glücksstadt, schon vor einer ganzen Weile passiert, nun bog Ehrhardt, vorbildlich in der Mitte des Fahrwassers auf der Grenze zwischen Niedersachsen und Schleswig-Holstein fahrend, in eine lang gezogene Linkskurve ein. Da bemerkte Valentin Bobrow, dass etwas nicht stimmte.

Ehrhardt hatte eine ernste Miene aufgesetzt, korrigierte soeben ein weiteres Mal den Kurs und die Geschwindigkeit. Oder meinte, beides korrigieren zu müssen, obwohl er es vorher schon mehrfach getan hatte. Seine Finger glitten nicht mehr ganz so bedächtig über die Schaltkonsole wie bei den vorherigen Kurssetzungen.

Zur linken Seite flaches Land, alles grün, Wiesen und Felder, wenige kleine Ortschaften, an denen sich die *Constantine* vorbeischob. Rechts ähnlich, aber deutlich mehr Windräder, dazu die markante Ruine des ehemaligen Kernkraftwerks Brunsbüttel, das sich noch immer im Rückbau befand. Vor ihnen die sich öffnende Elbmündung, das Tor zur freien Nordsee. Keine anderen großen

Schiffe in der näheren Umgebung oder auf Gegenkurs. Eigentlich kein Grund für ständige Lenkmanöver.

Als Nächstes müssten sie normalerweise in einem großen Bogen auf die riesigen Schleusen des Nord-Ostsee-Kanals zusteuern. Ehrhardt musterte die Anzeigen für Kurs und Geschwindigkeit, sah prüfend aus den Seitenfenstern. Was bewirkten die manipulierten Programme, die er eingespielt hatte? Sicherlich nichts Gutes. Aber wenn es so weit war, dass etwas passierte, musste er Schlimmeres verhindern. Er wartete. Dachte an Elisabeth, an Maya und Kristaps.

Er tat es für sie. Das Schicksal hatte nun einmal ihn ausgesucht. Er war sich sicher, hätte er nicht eingewilligt, hätten seine Auftraggeber jemand anderen gefunden, der den Auftrag ausführte. Aber er selbst hätte es nicht überlebt und seine Familie höchstwahrscheinlich ebenfalls nicht. Und jetzt tat er, was ihm aufgetragen wurde. Es würde nicht zu seinem Schaden sein. Kristaps. Er dachte daran, wie sie beim letzten Mal, als er zu Hause gewesen war, im Hof Fußball gespielt hatten. Wie sie im *Lilleküla staadion* gewesen waren, beim Sieg von Flora Tallinn gegen Paide Linnameeskond, als er sich beim Jubelgeschrei die Ohren zugehalten hatte. An Elisabeth. Daran, wie ihre Mundwinkel so schelmisch zuckten, während sie ihn ins Schlafzimmer gezogen hatte, als die Kinder endlich im Bett gewesen waren. An …

»Hm.« Ehrhardt wirkte unzufrieden. Energisch nahm er neue Eingaben an der Schaltkonsole vor, prüfte die Angaben auf den Bildschirmen vor ihm. Reckte das Kinn, musterte das Ufer.

Ich merke es auch, dachte Valentin. Man entwickelt einen siebten Sinn dafür, wie sich ein Schiff verhält, wenn man lange Zeit seines Lebens auf der Brücke eines Schiffs gestanden hat. An der Art der kaum merkbaren Vibration, die von den Schiffsmotoren stammt, daran, wie das Schiff sich im Wasser bewegt, die empfundene Geschwindigkeit … All das passte vom Gefühl her nicht ganz mit dem zusammen, was auf den Bildschirmen der Instrumente angezeigt wurde. Die Constantine hatte bereits auf einen nördlicheren Kurs nach Brunsbüttel eingeschwenkt, das war deutlich zu sehen. Aber etwas stärker, als sie es sonst getan hatten. Und, so kam es ihm vor, sie wurden auch schneller als bisher. Nein, er war sich sicher. Der Wellenschlag, den sie verursachten, war zu stark.

»Da stimmt etwas nicht!« Ehrhardt betätigte mehrfach die Bugstrahlruder auf der Steuerbordseite. Stierte nach vorne, dann zum linken Ufer, inzwischen war abzusehen, dass sie nach rechts abdrehten. Zu früh. Viel zu früh, erst recht bei der hohen Geschwindigkeit.

»Was ist los?«, fragte Valentin, schaffte es, seiner Stimme sowohl Besorgnis als auch eine gewisse Schärfe mitzugeben. Immerhin war dies sein Schiff.

»Ich weiß nicht. Ich hab das Gefühl, der Kontakt zur Ruderanlage ist defekt.« Er schluckte. »Schiff manövrierunfähig.«

»Wiederholen?«

»Schiff manövrierunfähig.«

»Alle Maschinen still!«, befahl Valentin. »Sofort.«

»Jawohl.«

Sie verfolgten die Angaben auf den Bildschirmen.

Angeblich stand der Antrieb still, doch die minimalen Vibrationen der Motoren konnte er noch immer spüren, der Lotse offensichtlich auch. Entgeistert sah Ehrhardt zu ihm zurück. »Es ist mir ein Rätsel.«

Valentin ging zur Sprechanlage, verband sich mit dem Maschinenraum. »Alle Maschinen still!«, befahl er ein weiteres Mal.

»Bestätige, alle Maschinen still«, antwortete der Chefingenieur. Es dauerte ein paar lange Sekunden. »Kapitän. Negativ. Wir haben hier ein Problem. Die Maschinen reagieren nicht.«

»Not aus!«, befahl Valentin, dann wandte er sich an den Zweiten Offizier, der soeben auf die Brücke geeilt war. »Setzen Sie sofort einen Notruf ab. Schiff manövrierunfähig.«

»Bestätige, Notruf geht raus.«

Valentin Bobrow sah nach vorne, stellte fest, dass sein Schiff bei hoher Fahrt weiter nach Steuerbord abdrehte. Die Seitenruder mussten auf Maximalschub arbeiten. Es würde höchstens noch ein, maximal zwei Minuten dauern, dann hatte das Schiff das Ufer erreicht … Er merkte, wie ihm kalt ums Herz wurde. »Und warnen Sie in Gottes Namen das Terminal!«

Er selbst nahm das Mikrofon an sich, um eine Lautsprecherdurchsage zu machen. »Achtung. Keine Übung. Kollision steht voraus.« Mit heiserer Stimme befahl er die sofortige Evakuierung der vorderen Bereiche seines Schiffs.

Und als der Bug der *Constantine* genau auf die Mitte des riesigen Tankers zuschwenkte, der an dem LNG-Terminal angelegt hatte, begann er zu beten.

25

Das Schiff befand sich bereits schräg außerhalb der Fahrrinne, bei viel zu hoher Geschwindigkeit. Gar nicht gut,
dachte Marten, der den Kurs des Containerriesen mit
dem schwarzen Rumpf und den bestimmt Tausenden
Containern an Bord verfolgt hatte, erst noch in Gedanken versunken, doch inzwischen hellwach. Er zwang sich
hinzuschauen, begleitet von der Gewissheit, dass etwas
Furchtbares passieren würde, und wollte es doch nicht
wahrhaben. Es kann gar nicht mehr ausweichen, selbst
wenn sie es versuchten.

Auf der anderen Seite des Elbufers, weit rechts, aber
aufgrund der Sicht trotzdem gut zu erkennen, befand
sich am Rande der Stadt Brunsbüttel das Industriegebiet
Brunsbüttel Ports. Dort lag direkt am Kai das schwimmende Terminal *Hoegh Gannet*. Oberhalb des blauen
Rumpfs blitzten die weiß gestrichenen Aufbauten hell in
der Sonne, ebenso die vier großen Halbkugeln der Erdgas-
tanks des gerade vor dem Terminal festgemachten Tankschiffs.

Wie ein riesiger schwarzer Pfeil schob sich das Containerschiff unaufhaltsam auf die beiden aneinanderliegenden Schiffe zu. Es traf den Tanker mittig, zwischen dem zweiten und dem dritten Erdgastank, Marten konnte sehen, wie die beiden Schiffe miteinander zu verschmelzen schienen, schob sich weiter, eine Sekunde, eine zweite, und dann ging alles unheimlich schnell.

Ein kleiner, heller Blitz zuckte bei dem Tanker nach oben, ein weißer Lichtstrahl, der kurz darauf in sich zusammenfiel, er war nur der Wegbereiter für eine weißlich-hellgelbe Wolke, die in alle Richtungen schoss, nach oben, nach links, nach rechts und über das Wasser hinweg.

Dann kam der Donner, und es war Marten, als ob er, obwohl mehrere Kilometer entfernt, die Druckwelle über das Land wehen sehen würde. Eine erste Explosion, eine atemlose Stille, ein neuer Feuerball, höher und gewaltiger als der erste, schoss in sich verästelnd nach oben und mit langen Zungen über das Wasser. Eine zweite und dritte folgte.

Dort, wo eben noch die Sonne glitzernd die Anlagen und Aufbauten des Terminals gespiegelt hatte, befand sich nun ein feuriges Inferno, grauer Rauch stieg auf. Hin und wieder drang ein Knall einer weiteren Folgeexplosion zu ihm herüber.

Marten wandte sich kurz von dem Bild ab, das aus einer anderen Realität zu kommen schien, um das Handy hervorzuziehen. Hektisch wählte er die Notrufnummer, berichtete, was er gesehen hatte. Hörte das Unverständnis und die Angst vor der Vorstellung von dem, was er gerade sagte, sowohl in der Stimme der Dame der Leitstelle als auch in seiner eigenen. Ja, er bleibe in der Leitung.

Er verfolgte, wie Blaulichter auf das Unglücksgelände zu-
steuerten. Flammen und Feuer konnte er über die Entfernung nicht mehr ausmachen, nur die undeutliche Dunst-
wolke, die an die gerade geschehene Katastrophe erinnerte.

So muss es beim World Trade Center ausgesehen haben,
dachte er. Ein Anschlag.

Und dann begriff er, dass er Iska anrufen musste. Er
beendete das Gespräch mit der Leitstelle und wählte Iskas
Nummer. Wartete. Es klingelte zweimal, dreimal. Zehn-
mal. Iska ging nicht dran. Er ließ es weiterklingeln, bis der
Anrufbeantworter ansprang. Er legte auf und probierte es
noch einmal. Ließ es klingeln. Er wartete und wartete, aber
Iska nahm das Gespräch nicht an.

26

Zoey trank einen Schluck Wasser auf die erfolgreiche Aktion. Mehr gönnte sie sich erst einmal noch nicht, anders als Janosch und Jacob, die nach Erscheinen der ersten Eilmeldung noch auf der Fahrt mit Champagner angestoßen hatten. Janosch hatte die Hälfte in seinen Bart verschüttet. Brunsbüttel hatte also funktioniert.

Die Eilmeldung war auf tagesschau.de erschienen, *Katastrophales Unglück im LNG-Port.* Unbekannte Ursache, aber offensichtlich eine Art technischer Defekt in der Ruderanlage des Containerschiffs, wurde in dem inzwischen bereits ergänzten Kurzartikel gemutmaßt. Der Kapitän habe die Situation noch frühzeitig erkannt und seine Crew von dem Vorschiff evakuieren sowie eine Warnung an das Terminal absetzen können, sodass die meisten Mitarbeiter dort bereits hatten an Land oder in geschützt liegende Innenräume flüchten können. Bisher wären zwei Menschen als vermisst sowie acht zumeist leicht Verletzte gemeldet worden. Ein Luftbild des Terminals, ein Archivbild aus der Bauphase aus dem Jahr 2023 sowie ein Foto der brennenden Anlage waren dem Artikel beigefügt.

Dunkler Rauch verdeckte den Blick auf Details, aber man konnte erkennen, dass die *Constantine* in einem Winkel von knapp vierzig Grad den am Terminal angelegten Gastanker gerammt haben musste.

Sie aktualisierte die Nachrichtenseite, vergebens, noch gab es keinen weiterführenden Artikel. Sie wechselte auf Spiegel Online, aber dort las sie die gleiche Agenturmeldung. Alle Meldungen in der Newssuche waren identisch. Versuchsweise tippte sie *Eemshaven* ein, aber zu der Suchanfrage wurden keine aktuellen News gemeldet. Noch nicht, gedulde dich.

Während sie von der Autobahn 29 auf die Bundesstraße B210 abbogen, versuchte sie, vom Beifahrersitz einen Blick auf Wilhelmshaven zu erhaschen, aber die Stadt versteckte sich hinter den dichten Büschen der Autobahnausfahrt. Na, dann eben nicht.

Der Standort Wilhelmshaven war ursprünglich ihr Favorit gewesen. Die dortigen LNG-Terminals waren bereits in der Vergangenheit ein Stachel im Fleisch der Umweltschützer gewesen, als die deutsche Regierung wegen des Kriegs in der Ukraine auf der Suche nach neuen Bezugsquellen für Erdgas panisch die Betriebserlaubnis durchgedrückt hatte. Und der relative Anteil an LNG, das über Wilhelmshaven importiert wurde, war unter den deutschen Terminals am größten. Aber sie hatten keinen konkreten Ansatz für eine Aktion gefunden und letztlich nach längerem Zögern den Standort verworfen.

Die Landschaft rauschte an ihr vorbei. Wiesen, Felder, einzelne Bäume, kleine Wälder und immer wieder Windräder und Strommasten. Das würde eines Tages die

Zukunft sein. Frei von importiertem Öl und Gas, unabhängig. Noch war es nicht so weit. Sie dachte an das, was sie nun vorhatten. Es war ein gewagter Plan, aber es sah gut aus.

Sie hatten gute Standorte gefunden. Eemshaven und Brunsbüttel. In Eemshaven müsste auch bald die Konzentration hoch genug sein, das Raumvolumen war schwierig zu berechnen gewesen, die technischen Rahmenbedingungen zu restriktiv, um nicht aufzufliegen. Nun hieß es nur noch abwarten. Es war die deutlich kompliziertere Aktion, doch abgesehen von dem kleinen Zwischenfall mit Luuk Raand war alles nach Plan verlaufen. Sie war zuversichtlich, dass die Behörden zu langsam reagierten und die wahren Hintergründe zu seinem Tod entweder gar nicht oder zu spät aufklärten. Und selbst wenn es ihnen gelingen sollte, würde die Zeit nicht ausreichen, um ihnen auf die Spur zu kommen. Sie hatten stets darauf geachtet, mit maximaler Vorsicht zu agieren.

Sie passierten Jever, erreichten Wittmund, wechselten von der Bundesstraße auf eine Landstraße in Richtung Esens. Kleine Ortschaften zogen an ihnen vorbei, Häuser aus roten Backsteinen.

Ja, dass Brunsbüttel funktionieren würde, damit hatte sie fest gerechnet. Es war die Aktion mit der handfesteren Vorgehensweise. Sie dachte an Bobrow. Sie hatte ausreichend Erfahrung, mit Menschen zu arbeiten, und als Bobrow im Keller in Haseldorf aufgegeben hatte, da wusste sie, dass sie gewonnen hatte. Er hatte sich bereitwillig formen lassen, seine Instruktionen nahezu begierig aufgesogen und sie heute ebenso vorbildlich umgesetzt.

Sie war zuversichtlich, dass er auch danach versuchen würde dichtzuhalten. Auf eine wissenschaftliche Art war sie neugierig, wie lange er diesen Teil der Abmachung einhalten würde. Zwei Tage, vielleicht besser drei, dann würden sie das Land verlassen haben. Nach der letzten Aktion.

27

Marten schwitzte. Mit einer Hand lenkte er den Wagen über die Landstraße, während er mit der anderen den Touchscreen bediente. Iska ging noch immer nicht ans Telefon. Er wischte sich über die Stirn, trat aufs Gaspedal. Schneller! Dann wählte er die Durchwahl von Josef Frigga, seinem Bereichsleiter. Die Assistentin nahm den Anruf an, er ließ sich durchstellen.

»Jaspari. Was gibt es?«

Marten verlangsamte widerwillig die Fahrt, um sich auf das Gespräch zu konzentrieren. Mit wenigen Worten berichtete er, was er beobachtet hatte.

»Mein Gott. Was für Bilder.« Frigga klickte sich offensichtlich nebenher durch die Berichterstattung im Internet. »Aber das ist kein Zufall, dass Sie das Unglück gesehen haben, oder? Was wissen Sie?«

»Nichts Konkretes. Vielleicht ist alles Zufall. Aber ich vermute, dass es eine Querverbindung zu unserem aktuellen Fall in den Niederlanden gibt.« Marten räusperte sich. »Darum – vielleicht ist das weit mehr als ein zufälliges Unglück.«

»Was benötigen Sie?« Frigga hatte einen sachlichen Ton angeschlagen. Das bewunderte Marten an seinem Chef. Die Fähigkeit, kühl zu reagieren.

»Ich brauche Kontakt zum Krisenstab. Und zu der Ermittlungsgruppe. Ich bin auf dem Weg nach Brunsbüttel, ich muss so schnell es geht wissen, was dort genau passiert ist.«

Es dauerte zwanzig Sekunden Bedenkzeit, dann funkte Frigga grünes Licht. »In Ordnung. Ich spreche mit der Staatsanwaltschaft. Verlassen Sie sich auf mich. Ich denke, das BKA wird die Ermittlungen zu dem Unglück eh übernehmen, wegen übergeordnetem nationalen Interesse. Ich stelle Ihnen den Kontakt her.«

»Danke. Ich will weder die Leitung zu dem Unglück noch fester Teil des Teams werden. Ich muss nur gut an die Ermittlungsergebnisse kommen.«

»Sie können sich auf mich verlassen.«

Marten bedankte sich und legte auf. Geschafft. Er schaltete zwischen den Radiosendern umher, auf der Suche nach neuen Informationen zu dem *Unglück*, wie die Explosion des LNG-Terminals noch genannt wurde. Unglück. Ja, das war es wohl.

Als er wieder an der Fähre nach Glücksstadt eintraf, war diese natürlich am genau anderen Ufer. Einfach nur elendiges Warten, das ging jetzt gerade gar nicht. Endlos langsam legte die Fähre ab, fuhr in weitem Bogen zu ihnen hinüber.

Sven und Mike konnten leider noch keine Neuigkeiten vermelden. Nein, bisher gebe es keinen Beleg, dass Wanda Biek identisch mit Jutta Hönigsvald war, und auch keinen

Gegenbeweis. Sie bräuchten mehr Leute und vor allem mehr Zeit.

»Haben wir noch nicht. Ich kümmere mich darum. Macht das so lange bitte mit Priorität, okay?«

»Wir sind dran, Chef!« Sven wirkte gereizt, er konnte es verstehen.

Endlich rollte er auf die Fähre, es dauerte zum Glück nicht lange, dann setzten sie über. Ungeduldig trommelte er auf dem Lenkrad herum. Iska war noch immer nicht zu erreichen. Er sendete ihr eine kurze Nachricht und bat um Rückruf. Machte er sich Sorgen um sie? Übertrieb er damit? Nein, das tat er nicht, und wenn, dann durfte er das.

Als er auf der anderen Seite herunterrollte, begann ein Sonderbeitrag, in dem ein Experte versuchte, die bisher gesicherten Fakten zusammenzufassen. Bei der Kollision hatte der Bug der Constantine wohl nacheinander die äußere Hülle des Tankschiffs, die innere Wand sowie die äußere Tankwand als auch die Membran des mittleren LNG-Tanks durchbrochen. Dieser war erst zur Hälfte entleert, sodass das noch darin vorhandene LNG auf das Wasser der Elbe floss. Dadurch sei, so der Experte, seiner Meinung nach wahrscheinlich ein sogenannter *schneller Phasenübergang* erfolgt. Das Flusswasser habe das eiskalte, noch immer flüssige LNG derart schnell erhitzt, dass es seine thermodynamische Stabilitätsgrenze erreicht habe und schließlich in minimaler Zeitspanne verdampft sei. Dies habe zu einem enormen Überdruck und damit zu der initialen Explosion geführt. Dadurch wiederum sei es zu weiteren Schäden an Tanker und Terminal gekommen, die Sekundärbrände ausgelöst hätten. Ein wahnsinniges

Glück, dass bisher noch keine Toten zu beklagen seien. Dies sei vor allem der hervorragenden Reaktion des Schiffskapitäns zu verdanken, der so schnell die drohende Kollision erkannt und vorausschauend reagiert habe. Die Schäden am Terminal seien allerdings gewaltig. Und natürlich müsse man sich für die Zukunft mehr Gedanken machen, wie sich so etwas verhindern ließe.

Die Fahrt am rechten Elbufer verlief zügig, die kleinen Dörfer, Feld- und Wiesenflächen zogen an ihm vorbei. Nur von Iska hatte er immer noch keine Rückmeldung bekommen. Ob sie noch etwas am Terminal in Eemshaven entdeckt hatte? War das vielleicht auch in akuter Gefahr? Noch hatte er nichts in der Hand, außer der abenteuerlichen Geschichte von Valerie Bakker und einer seltsamen Spur von Handystandorten, die von Eemshaven über Ostfriesland bis nach Stade reichte, gegenüber von Brunsbüttel.

Diese Spur der Standortdaten. Warum eigentlich Ostfriesland? Wenn man den schnellsten Weg von Hamburg in die Niederlande nehmen wollte, fuhr man über Bremen und dann nach Leer. Warum hatte Hönigsvald die Route durch den Norden gewählt? Über Emden?

Er hielt die Luft an, als er von Osten kommend auf die noch immer qualmende Ruine zusteuerte. Die letzte Kreuzung, ein Streifenwagen blockierte die Abzweigung von der Fährstraße in die Zubringerstraße, die bis zum Terminal führte. Eine Reihe Autos hielt auf dem Seitenstreifen, er erkannte die Logos von mehreren TV-Sendern, Kamerateams hatten sich bereits in Stellung gebracht, Reporter sprachen hektisch in Mikrofone.

Ein uniformierter Kollege kam gestikulierend auf ihn zu. In diesem Moment erreichte ihn eine Nachricht der Staatsanwaltschaft Itzehoe, die Frigga an ihn weitergeleitet hatte. Diese hatte die Untersuchungen zu dem Unglück bereits an die Bundesanwaltschaft übertragen. Die Leitung sei an einen gewissen Hauptkommissar Banisch übergeben worden, der schon aus Berlin unterwegs sei und am frühen Abend ankommen werde. Ein Team werde gerade zusammengestellt.

Der Kollege der Schutzpolizei klopfte an die Scheibe. Na dann, dachte Marten, ließ das Fenster hinunter, um ihn zu begrüßen, und zeigte ihm seinen Ausweis.

28

Die Razzia war bereits jetzt ein voller Erfolg. Iska nutzte einen der nicht verwendeten Büroräume an Bord des Terminals, um von dort aus den weiteren Einsatz zu koordinieren.

Die beschlagnahmten Dokumente ließen nach einer ersten Sichtung durch die Experten keine Zweifel zu. Aus den bestellten und in Rechnung gestellten Liefermengen ging hervor, dass *Noordzeegas* einen weit höheren Verbrauch an zum Antifouling eingesetzten Chlor hatte, als nach der Betriebsgenehmigung zulässig gewesen wäre. Das deckte sich auch mit den Wartungsunterlagen zu den eingesetzten Maschinen sowie dem technischen Zustand der Anlage insgesamt. Weitere im gesamten Hafengebiet entnommene Wasserproben bestätigten die Erkenntnisse der Razzia.

Marten rief an. Sie hielt das Handy bereits in der Hand, dann entschied sie sich, den Anruf doch nicht anzunehmen. Gerade kam der Betriebsleiter herein, in Begleitung mit diesem schmierigen Rechtsanwalt. Sie war gespannt darauf, was die beiden zu ihrer Verteidigung zu sagen hatten. Sie setzten sich auf die ihr gegenüberliegenden Bürostühle.

Sigurdson versuchte erst gar nicht, die Ergebnisse anzuzweifeln. Sie hätten sich verkalkuliert, und es sei temporär zu einem zu hohen Antifoulingeinsatz gekommen. Ein menschlicher, kein systematischer Fehler, der bereits vorgestern intern bemerkt und auch für die Zukunft korrigiert worden wäre. Da auch der Rechtsbeistand anwesend war, wirkte es wie eine abgesprochene Verteidigungsstrategie. Gut, ob das jetzt der Wahrheit entsprach oder nicht, konnten andere später ausfechten. Für Iska war wichtig, ob irgendeine Verbindung zu Raands Tod bestand.

»Ich hoffe, um Himmels willen, dass das nicht der Fall ist.« Sigurdson räusperte sich. »Wir versprechen volle Kooperation.«

Iska war bereit, ihm das zu glauben, schon um Sympathiepunkte bei einer möglichen Anklage zu sammeln.

Das Handy vibrierte. Schon wieder Marten. »Einen Moment, entschuldigen Sie, bitte.« Sie drückte den Anruf weg. Eine Textnachricht von ihm erschien, sie erkannte die ersten Worte, ein Link auf eine Nachrichtenseite, die Schlagzeile begann mit der Buchstabenfolge LNG. Ohne weiter nachzudenken, klickte sie darauf.

Die Nachrichtenseite lud. Ihre Augen wollten es nicht glauben. Ein Containerschiff rammt ein LNG-Terminal? *Was ist, wenn es ihnen um irgendeine Form der Sabotage geht,* hallten ihr sofort Martens Worte des letzten Telefonats in den Ohren. Panik kroch in ihr hoch. Sie saß auf einem gewaltigen Sprengsatz, wurde ihr schlagartig bewusst.

»Herr Sigurdson. Wir müssen vorsorglich evakuieren. Sofort!« Sie merkte, dass sie heiser geworden war. Sie räusperte sich, um eine feste Stimme zu haben, bevor sie weitersprach. »Wenigstens, bis wir die Gefahrenlage bewertet haben.«

*

»Auf den ersten Blick scheint alles in Ordnung zu sein«, sagte Sigurdson. Er überprüfte die Mengen des entgegengenommenen und weitergeleiteten Erdgases. Außer ihnen hatten vorsorglich nahezu alle Personen die Anlage verlassen und standen in Grüppchen auf dem Parkplatz, lediglich ein Team der Betriebssicherheit durchstreifte mit mobilen Gas-Sensoren Etage für Etage das Terminal. Sigurdson wirkte angespannt. »Geringe Transportverluste haben wir immer, auch Pipelines sind nicht vollkommen dicht, sodass immer etwas Gas entweicht. Alles im Rahmen, so ... grundsätzlich. Aber ...«

Seine Finger flogen nur so über die Tastatur. Iska sah zu, wie er auf dem Bildschirm verschiedene Menüs nebeneinander öffnete, Zahlen überprüfte, miteinander verglich, einige Menüs wieder schloss, die nächsten öffnete, und das alles in wahnsinnigem Tempo. »Haben Sie etwas Ungewöhnliches festgestellt?«

»Vielleicht. Wenn man die ganze Zeitachse berücksichtigt ...« Er klappte ein Menü auf, zeigte mit dem Finger auf eine Zahlenfolge. »Die Gasverluste innerhalb der Anlage sind seit dem Todestag Raands ... wie gesagt, es gibt Druckänderungen, Temperaturänderungen, und letztlich ist Gas auch ein Naturprodukt, also auch die Zusammensetzung des Gases ändert sich immer wieder, das hat alles Einfluss. Jedenfalls, was ich sagen wollte: Kleinstmengen entweichen immer, wie viel, das schwankt von Tag zu Tag. Aber wenn man die Durchschnittsmengen der Woche vor dem Todestag und die der letzten Woche miteinander vergleicht … Dann verlieren wir meinen Daten zufolge innerhalb der Anlage minimal mehr Gas als vorher. Vielleicht ein neues, minimales Leck. Irgendwo in den Sektionen J und K. In … Moment … in unseren Maschinenräumen.« Seine Stimme war leise geworden.

»Und das heißt?«, hakte Iska nach.

»Explosionsgefahr«, bestätigte Sigurdson ihre Befürchtung mit nur einem Wort.

Iska hob die Hand, suchte nach den richtigen Worten. »Was ich nicht verstehe, müsste das nicht auffallen, wenn innerhalb der Anlage Gas austritt? Also auch ohne ihre Berechnungen jetzt?«

»Ja, natürlich!« Sigurdson sah mit wachsender Verzweiflung auf den Bildschirm, wo er weitere Zahlen nacheinander kontrollierte. »Wie alle Stoffe benötigt Erdgas Kontakt mit Sauerstoff, um zu brennen. Wenn der Erdgasanteil in der Luft innerhalb einer gewissen Spanne ist, also nicht zu viel und nicht zu wenig Erdgas, dann ist das Gemisch hochentzündlich. Deswegen sind nahezu alle Rohrleitungen der Anlage ja auch draußen, damit es für den Fall, dass etwas Gas entweicht, sofort in der Luft diffundiert. Die ganze Anlage ist so konzeptioniert, dass im Normalbetrieb Gas eigentlich nicht durch das Innere der Anlage geleitet wird.«

»Aber die Maschinenräume?«

»Sie sind die Ausnahme. Das Erdgas muss auf einen gewissen Standard kontrolliert werden, eine gewisse Reinheit, da geht es um den Anteil der Inertgase wie Stickstoff und Kohlenstoffdioxid und so, bevor es in die Netze der Energieversorger eingespeist wird. Das geschieht in den Maschinenräumen ...«

»Aber?« Iska erkannte an seiner Hektik, dass da etwas überhaupt nicht in Ordnung war.

»Natürlich haben alle Räume, vor allem die in den gefährdeten Sektionen, Warnsensoren. Gasmelder, wie auch bei Ihnen zu Hause. Die Sektionen J und K sind in der Mittelachse, liegen also innen, die haben keine geregelte Luftzufuhr nach außen. Wenn dort also wirklich Gas entweicht, dann hätten die Sensoren dort längst anspringen müssen!«

»Und das sind sie nicht?«

Sigurdson wechselte auf eine neue Ansicht, die eine Reihe von Ampeln zeigte. Alle waren auf grün geschaltet. »Nein, das sind sie nicht.« Er wählte eine der Ampeln an, eine neue Ansicht öffnete sich. Sigurdson schluckte. Öffnete eine andere, danebenliegende Ampel.

»Konstant null?«, stellte Iska fragend fest.

»Ja.« Sigurdson nickte. »Seit jetzt anderthalb Wochen keine Veränderung.«

»Was heißt das?«, fragte Iska.

»Mit den Warnmeldern könnte etwas nicht stimmen.« Sigurdson drehte sich zu ihr. »Wenn meine vorherigen Berechnungen stimmen, hätte dort mindestens ein sehr geringer Gasaustritt festgestellt werden müssen. Das ist zum Beispiel da passiert, am 16. Mai.« Er zeigte auf einen

Wert mit einer eins und vielen Nullen davor. »Minimal, ungefährlich, weit unterhalb der kritischen Schwellenwerte. Das Erdgas hat sich in der Umgebungsluft verflüchtigt, vielleicht, weil Türen geöffnet wurden und dadurch ein ausreichender Luftaustausch stattfand. Es wurde nicht einmal eine Warnmeldung ausgegeben. Aber so etwas wurde seither nicht mehr festgestellt.«

»Also könnten die Warnmelder defekt sein?«

»Möglich. Ich aktiviere jetzt manuell die Notlüftungen, rein vorsichtshalber. Die schalten sich eigentlich automatisch ein, wenn bestimmte Schwellwerte überschritten werden. Nur für den Fall, dass dort tatsächlich die Sensoren defekt sind.« Sigurdson stand auf und ging zum Schrank, holte ein kleines graues Gerät mit einer einfachen Statusanzeige heraus. »Ich werde es feststellen.«

»Ich komme mit«, entschied Iska.

Eine rote Warnmeldung blinkte beim Verlassen des Büros auf dem Display auf. *Fehlermeldung.*

Notlüftung und Sektionen J und K reagieren nicht.

Sigurdson nickte. »Beeilen wir uns.«

*

Es war gespenstisch, durch die Gänge und Büros des menschenleeren Terminals zu gehen. »Wir sind auf die Sensoren angewiesen«, erklärte Sigurdson. »Man kann das natürliche Erdgas nicht riechen, die Geruchsstoffe werden erst später beigemischt, vor der Verteilung an die Haushalte, damit man dort ein Leck schneller bemerkt. Wir müssen hier konkret den relativen Anteil in der Luft messen, anders ist hier Erdgas nicht festzustellen. Das macht es so gefährlich.«

Nach knapp zwei Minuten hatten sie bereits das Ziel erreicht, Sigurdson öffnete eine schwere Metalltür, im rückwärtigen Raum des Büros, in dem Vink und Koning die unbekannte Frau gesehen hatten. Das Deckenlicht flammte auf, sie befanden sich in der Mitte eines schmalen Gangs, links und rechts gingen weitere Türen ab. Vier riesige kubische Behälter mit Rohren, mechanischen Statusanzeigen und Hebeln, mit denen offenbar einzelne Ventile bedient werden konnten, waren auf der einen Seite auszumachen, mehrere Steharbeitsplätze auf der anderen Seite. Es erinnerte Iska an Bilder aus dem Innenraum von Rechenzentren, nur deutlich kleiner und beengter.

»Das sind die Kontrolltanks«, erklärte Sigurdson. »In ihnen messen wir die genaue Zusammensetzung bei der Regasifizierung von LNG …«

Er kontrollierte den Gas-Sensor in seiner Hand. »Ich kann eine geringe Konzentration in der Raumluft messen. 0,5 Prozent. An sich unbedenklich, aber doch sehr deutlich vorhanden.« Er zeigte Iska die Statusanzeige. »Bei einem Gasanteil zwischen 4,4 und 16,5 Prozent in normaler Raumluft wird es kritisch.«

Er ging zur Wand zu einem eingebauten Bildschirm. »Aber der fest installierte Sensor hier zeigt einen Anteil von null an.« Er zeigte auf einen grauen, blinkenden Kasten an der Decke. »Der da oben ist es. Direkt neben dem Einlass für die Notlüftungsanlage.«

»Warum erkennt er denn nichts?«

»Das ist die Frage. Strom hat er ja, und ein Defekt wurde gemäß der Statusanzeige nicht erkannt …«

Iska stemmte sich an einem der kleinen Tische hoch, stieg auf ihn drauf, sodass sie den installierten Gasmelder erreichen konnte. Sie erschrak und freute sich dennoch. Da war der Beweis.

Sabotage.

»Das ist die Antwort« sagte sie und zog das durchsichtige Klebeband ab, das säuberlich vor den Sensor geklebt worden war. Sie fasste an die Öffnung der Lüftungsanlage. Auch hier war eine Plastikfolie fein säuberlich über die Öffnung geklebt, sodass keine Luft abgesaugt werden konnte.

Sigurdson war der Schreck im Gesicht abzulesen. »Warum … das … das ist ein … ein … das hätte eine Kettenreaktion auslösen können, die … nicht dran zu denken, was hätte passieren können. Eine Katastrophe. Alle Sensoren müssen überprüft werden. Ausnahmslos alle.«

Iska dachte einen Schritt weiter. »Herr Sigurdson, welche Räume wären ihrer Meinung nach am allerkritischsten? Welche müssen wir als Erstes überprüfen?«

»Na ja, eigentlich hier, aber … Moment.« Sigurdson hastete zum linken Ende des Gangs, ging jedoch nicht durch die dortige Tür, sondern öffnete eine graue Tür in der Seitenwand, die Iska vorher nicht bemerkt hatte. Ein kleiner, vielleicht fünf mal fünf Meter großer Raum öffnete sich vor ihnen, in dem nur ein Drucker und vier Aktenschränke standen. Die Arbeitskonsolen neben verschiedenen Rohrleitungen wirkten ungenutzt. »Das ist der kleinste Kontrollraum, hier würde am ehesten der relative Anteil an Erdgas kritisch werden. Wir nutzen den jetzt nicht mehr operativ, nur noch als Lagerraum ...« Das Gerät in seiner Hand piepte schrill. »Scheiße.«

Er lief los, stieg auf den Drucker, um an die Lüftungsanlage an der Zimmerdecke zu kommen. Auch dort befand sich eine Plastikfolie, die er hektisch herunterriss. Mit einem Summen fing die Anlage an zu arbeiten. Sigurdson stieg vorsichtig wieder zu Boden.

Dann gab er Iska den Gas-Sensor. 4,3 Prozent. Sie ließ den Blick darauf verweilen. Nach gefühlten Ewigkeiten sank die Anzeige auf 4,2 Prozent. Müde lehnte sie sich gegen die Wand, die Beine wurden ihr schwer. Langsam ließ sie sich zu Boden sacken.

Sigurdson hatte sich gegen den Drucker gelehnt, sah nachdenklich zu ihr. »Selbst wenn der Wert 4,4 Prozent oder mehr erreicht hätte, hätte sich deswegen nicht direkt das Gas entzündet. Es bräuchte immer noch einen Zündfunken.«

In diesem Moment entdeckte sie ein kleines graues Gerät unter dem Drucker.

29

Marten hörte schweigend zu, während Iska sprach. Über die erfolgreiche Razzia, den Nachweis, dass *Noordzeegas* Umweltauflagen nicht einhielt, über die sabotierten Gasmelder und Lüftungsanlagen.

»Wir haben in jedem der manipulierten Räume einen kleinen Apparat gefunden, der offensichtlich einen Gas-Sensor mit einem elektrischen Zünder kombiniert. Unsere Experten untersuchen sie gerade. Sie tippen darauf, dass diese Dinger eine Zündung auslösen sollten, sobald der Erdgasanteil in der Luft einen bestimmten Schwellenwert erreicht hätte.

Mehr wissen wir dazu noch nicht. Aber wir haben noch mehr herausgefunden.«

»Was?«

»Eine Sabotage an den Ventilen der Kontrolltanks, die durch die Maschinenräume bedient werden. Technisch habe ich das nicht ganz verstanden, es geht ganz grob um die Umwandlung ... Jedenfalls wurden die Ventile derart konfiguriert, dass durch sie Minimalmengen an Erdgas in die Maschinenräume diffundierten. Bei den riesigen Mengen, die in dem Terminal verarbeitet werden, konnten sie überhaupt nicht auffallen.«

»Also wurden die Maschinenräume nach und nach mit Erdgas geflutet?«

»Genau.«

»Unglaublich« sagte Marten. Ihm fiel nicht viel mehr ein. Was für eine Manipulation. Eine Manipulation, für die man ein hohes Maß an technischem Vorwissen mitbringen musste, wurde ihm bewusst. Natürlich, er hatte genau so eine Möglichkeit befürchtet, aber sie doch eher als wilde Spekulation, als Verschwörungstheorie abgetan. So etwas gab es doch nicht in Wirklichkeit. Er dachte an den gewaltigen Feuerball, den er selbst über dem LNG-Terminal hier in Brunsbüttel beobachtet hatte. »Das war ganz schön knapp. Du hättest tot sein können, Iska.«

»Deine Nachricht hat mir vielleicht das Leben gerettet.« Sie machte eine kurze Pause. »Danke.«

Er wollte gerade sagen, dass sie sich gar nicht mehr in dem Terminal hätte aufhalten sollen, dass sie wie die anderen Mitarbeiter evakuiert hätte werden sollen. Dass sie doch Kinder habe … und Verantwortung. *Tu es nicht, Marten! Du hast davon keine Ahnung*, ermahnte er sich. Stattdessen lenkte er den Blick wieder nach vorne. »Also, offensichtliche Theorie: Die beiden Anschläge hängen miteinander zusammen.« Er musste schlucken. »Ich habe das Gefühl, es ist noch nicht vorbei.«

»Was meinst du damit?«

»Wenn diese Gruppe um Hönigsvald wirklich etwas damit zu tun hat … Die Standortdaten des Handys. Ich frage mich, warum sie diese Schleife über Ostfriesland gemacht haben« Und vor allem über Emden. Dort hatte sich Hönigsvald offensichtlich auch längere Zeit aufgehalten. Die Stadt war keine halbe Stunde Autofahrt von seiner Heimat Aurich entfernt, er kannte sich da eigentlich ganz gut aus. Im Hafen von Emden gab es keine LNG-Terminals. Aber was grundsätzlich Erdgas anging ... Dort war doch *NorthEuropeEnergy*. Ein Zusammenhang wäre plausibel. Doch dafür müssten sie mehr in der Hand haben. Er merkte, wie sich seine Gedanken überschlugen.

»Erst einmal Schritt für Schritt«, durchbrach Iska die Stille. »Entscheidend ist, ob die beiden Ereignisse in Eemshaven und Brunsbüttel wirklich miteinander zusammenhängen. Und wenn ja, wie genau.«

»Du hast recht.«

»Luuk Raand hatte eine Verbindung zu Hönigsvald, Bakker hat sie zusammen gesehen, und sie haben auch miteinander telefoniert. Hönigsvald war auch in Hamburg, wo die *Constantine* vor dem Unglück angelegt hatte. Wir brauchen eine Verbindung von Hönigsvald zur *Constantine*. Zum Kapitän, zum Lotsen, zu einem Crewmitglied, Zugang zur Technik wie in Eemshaven. Es muss eine Verbindung geben, wie auch immer die aussehen mag.«

Sie verabschiedete sich. Iska hatte erschöpft geklungen, das passte eigentlich gar nicht zu ihr.

*

Die Zeugen warteten noch immer im *Großen Saal*, wie die Kollegen den Mehrzweckraum im Erdgeschoss getauft hatten. Ein Gemurmel aus verschiedensten Sprachen war zu hören, untereinander redeten die Seeleute Englisch, die übliche Bordsprache auf den Weltmeeren. Insgesamt bestand die Crew der *Constantine* aus zwanzig Personen, die Mannschaften kamen von den Philippinen und aus Sri Lanka, der Kapitän und sein Erster Offizier aus Estland, der Zweite Offizier aus Italien. Eigentlich hätte er die Leute gern vor der Befragung getrennt, um eventuelle Absprachen zu verhindern. Andererseits hatten sie dazu zwischen der Kollision und dem Eintreffen der ersten Polizisten sowieso genug Zeit gehabt.

Banisch, ein Kollege Ende fünfzig mit grauem Haar und dünner Brille, hatte darauf bestanden, dass er die Befragungen der wichtigsten Personen selbst durchführte. Nach kurzer Begrüßung des Teams entschied er, dass sie mit dem Kapitän beginnen sollten. »Ich führe das Gespräch, sie beobachten und übernehmen, wenn Ihnen etwas auffällt.«

Der Raum, in dem sie die Vernehmungen durchführen wollten, war klein, aber zweckmäßig, ein seit längerer Zeit ungenutztes Büro. Neutrale Wände und Schränke, an deren Türen nur einige Werbeposter hingen, die vor Einbrechern warnten, ein großer Schreibtisch, helles Licht aus Leuchtstoffröhren.

Der Kapitän wurde von einem Kollegen hereingeführt. Valentin Bobrow wirkte auf Marten erstaunlich unsicher, obwohl sein noch immer jugendliches Gesicht Erfahrung und seine Statur Respekt ausstrahlten. Es waren die Augen, überlegte Marten. Immer wieder wich Bobrow dem direkten Blick aus.

Banisch startete die Aufnahme, nannte das Datum, die

Uhrzeit und zählte die Anwesenden auf. »Was ist passiert?«, begann er dann ergebnisoffen die Vernehmung.

Bobrow berichtete sauber chronologisch die Fakten, beginnend bei der Lotsenaufnahme nach dem Hamburger Hafen, blieb aber im Allgemeinen. Sein Deutsch war tadellos. Marten bemerkte, dass er sicherer wurde, je länger das Gespräch dauerte. Inzwischen lagen beide Hände übereinandergefaltet auf dem Tisch, nicht wirklich entspannt, aber diese Haltung schien ihm Ruhe zu geben. Seine Ausführungen dagegen hatten etwas seltsam Unbeteiligtes, überlegte Marten. Bobrow berichtete gerade, dass der Lotse die *Constantine* vor Brunsbüttel auf den Kurs Strich West gesteuert habe, während er danebengestanden habe.

»Wie genau kam es zur Kollision?« Banisch musterte den Kapitän aufmerksam.

»Um in die Schleusen des Nord-Ostsee-Kanals zu kommen, ist bei langsamer Fahrt eine Drehung um knapp neunzig Grad nach Norden notwendig. Die Geschwindigkeit war jedoch viel zu hoch und die Drehung deutlich zu früh, dafür aber sehr, wie soll ich sagen … heftig.«

»Wann haben Sie gemerkt, dass die Gefahr einer Kollision bestand?«

»Herr Ehrhardt, der Lotse, wirkte angespannt. Das überträgt sich natürlich.« Bobrow sah nach schräg rechts oben. »Allein aufgrund der schieren Masse der *Constantine* war bereits der Beginn des Manövers zu früh und vor allem zu massiv.«

»Wie haben Sie versucht, die drohende Kollision zu verhindern?«

»Das war aufgrund des Kurses nicht mehr möglich.

Herr Ehrhardt hatte bereits Korrekturmanöver eingeleitet, aber die Eigenbewegung des Schiffs war wohl zu
stark.«

»Haben Sie das Steuer angepackt?«, hakte Marten nach.

»Die befohlenen Korrekturmanöver waren korrekt.«
Bobrow räusperte sich. »Nein. Ich habe nur noch versucht,
den Schaden zu minimieren, und die sofortige Evakuierung des Vorschiffs befohlen sowie die Warnung an das
Terminal senden lassen.«

Banisch stellte noch einige Verständnisfragen, versuchte den Ablauf des Unglücks sauber zu rekonstruieren. Zum Schluss sah er zu Marten. »Haben Sie noch
Fragen, Herr Kollege?«

»Zwei, um genau zu sein.« Marten zog zwei Papierbögen hervor, einmal eine Vergrößerung des eingescann-
ten Ausweisfotos von Hönigsvald sowie eine Kopie eines
aktuellen Fotos von Wanda Biek. Stephanus hatte es von
ihren Eltern bekommen. Wirklich ähnlich sahen sich die
beiden Frauen auf den Fotos nicht, Hönigsvald wirkte
mindestens zehn Jahre älter, aber das konnte auch Tarnung sein. Er wandte sich zu Bobrow, zeigte ihm das Foto
von Hönigsvald. »Kennen Sie diese Frau?«

Der Mann hob eine Augenbraue, dann beugte er sich
nach vorne, zeigte aber keine Regung im Gesicht. »Nein«,
beantwortete er schließlich die Frage.

»Wie ist es mit dieser hier?«

Bobrow warf nur einen kurzen Blick darauf. »Nein.« Es
klang beinahe etwas erleichtert.

Banisch nickte, dann verabschiedete er den Lotsen.
»Bitte halten Sie sich zu unserer Verfügung.«

Als der Mann die Tür hinter sich schloss, drehte Banisch sich zu Marten um. »Hm, was meinen Sie zu ihm?«

Marten überlegte, wie er das Störgefühl, das ihn während des Gesprächs begleitet hatte, am besten formulieren konnte. »Er hat keinen Fehler gemacht.«

»Was meinen Sie damit?«

»Alles, was er sagte, klingt erst einmal plausibel. Und natürlich kann ich verstehen, dass er versucht, jedwede Schuld abzustreiten – oder an, zum Beispiel, den Lotsen weiterzureichen.« Er räusperte sich. »Aber ich frage mich: Wenn ich als Kapitän erkenne, dass mein Schiff zu schnell ist, dazu vom Kurs abkommt, letztlich sogar katastrophal vom Kurs abkommt – hätte ich nicht mehr tun können? War es wirklich zu spät?«

Banisch nickte. »Ja, daran störe ich mich auch. Er sagt, er hat nicht mal versucht, das Steuer zu übernehmen, es wortwörtlich herumzureißen? Also vielleicht war ja wirklich schon alles zu spät, nicht, dass ich die Situation jetzt anders bewerten könnte. Dann wäre allerdings zu klären, weswegen es dazu kam – hat er davor nicht aufgepasst? Aber so rein vom Gefühl her … Es ist schon ein komischer Verlauf des Unglücks.«

»Ja. Hätte er das Schiff nicht wenigstens noch gegen eine andere Stelle des Ufers lenken können? Nein, auf die Idee ist er gar nicht gekommen. Stattdessen trifft das Schiff zufällig genau den Punkt am Ufer, der das größtmögliche Unglück bewirkt.«

»Ja. Und trotzdem hat er die Situation schon so frühzeitig erkannt, dass er seine Mannschaft und die Mannschaft des Terminals retten konnte.« Banisch zog ein

Taschentuch heraus, nahm die Brille ab, putzte sie scheinbar gedankenversunken, lachte dann bitter auf. »Das ist
das, was mich an meinem Beruf so stört, Jaspari. Dass man
fast schon automatisch das Schlechteste im Menschen
vermutet. Es ist furchtbar, oder?«

»Gelebter Sarkasmus«, pflichtete Marten ihm bei. Aber
das machte ihre Schlussfolgerungen nicht weniger falsch.
Und nicht weniger bitter. Das Unglück war tatsächlich ein
Anschlag gewesen. »Es wird schwierig werden, ihm das
nachzuweisen.«

»Wir stehen erst am Anfang der Ermittlungen.« Banischs Blick war schwer zu lesen. »Lassen Sie uns mit dem
Lotsen weitermachen.«

*

Banisch erschien eine Viertelstunde später, ein wichtiger
Anruf, entschuldigte er sich. Dann eröffnete er die Vernehmung.

Der Mann, der ihnen gegenübersaß, tat Marten leid. Er
glaubte ihm, dass er sich einfach nicht erklären konnte,
was passiert war. »Schon vorher war ich mir nicht sicher,
ob das Schiff den von mir vorgegebenen Kurs hielt.« Er
schüttelte den Kopf. »Aber spätestens ab Höhe des alten
Kernkraftwerks hatte ich keine Kontrolle mehr über die
Ruderanlage. Die Manövrierruder haben maximal nach
Steuerbord gelenkt, das Schiff beschleunigt, da bin ich mir
sicher, auch wenn etwas völlig anderes angezeigt wurde.
Ich konnte nichts tun. Es war, als ob jemand anderes das
Schiff übernommen hätte.«

»Sind Sie sicher? Wer sollte das gewesen sein?«, fragte Banisch nach.

Auch Marten war gespannt auf die Antwort. Der Schiffsdatenschreiber, eine Art digitales Logbuch, das sämtliche Daten der Navigationsgeräte, Kommandos an Ruderanlagen und Antrieb sowie Stimmaufnahmen auf der Brücke aufzeichnete, war bereits geborgen worden. Wenn er wirklich bei der Behauptung blieb, konnte die schnell anhand der gespeicherten Daten überprüft werden.

»Ich weiß es nicht.« Ehrhardt wirkte verzweifelt. »Ich war die ganze Zeit am Ruder. Niemand sonst. Ich kann es mir nicht erklären.«

Banisch warf einen kurzen Seitenblick auf Marten. Unverständnis. Ihm war anzusehen, dass er das Gleiche dachte, was auch Marten durch den Kopf ging. Wenn Ehrhardt das Unglück mit Absicht herbeigeführt hätte, dann hätte er sich eine bessere Ausrede einfallen lassen.

Dann führte Banisch das Gespräch hart, aber fair weiter. Ehrhardt Antworten waren zwar etwas unstrukturiert, aber von den Tatsachen her präzise. Zum Schluss zog Marten wieder die Vergrößerungen von Hönigsvald und Biek hervor, wandte sich an Ehrhardt. »Kennen Sie diese Frauen?«

Der Mann beugte sich nach vorne, zeigte keine Regung im Gesicht, doch die Augen fokussierten sich, tasteten sorgfältig das Bild ab. »Nein«, beantwortete er hanseatisch knapp schließlich die Frage.

Das war authentisch, dachte Marten. Weit mehr, als es Bobrow gewesen war.

»Er war derjenige, der das Ruder bedient hat«, sagte

Banisch, als Ehrhardt den Raum verlassen hatte. »Die Fakten sprechen gegen ihn.«

Marten wurde aus dem Kollegen Banisch nicht schlau. Mal schien er ihn zu unterstützen, mal nicht.

*

»Bobrows Schiff hat einen Kollisionskurs gefahren. Ich würde sagen, eindeutig gezielt.« Der Kollege von der Wasserschutzpolizei, Kapitän eines Küstenwachboots, der am Abend zu ihnen gestoßen war, hatte den Ausdruck einer Seekarte der Emsmündung an das Whiteboard gehängt. Eingezogene Linien und verschiedenfarbige Blautöne zeigten die ungefähren Wassertiefen an. Den Kurs der *Constantine* war mit Bleistift anhand der GPS-Daten eingezeichnet, ebenso die Punkte, an denen die Ruderanlagen verwendet wurden.

Eine Technik wie vor vierzig Jahren, dachte Marten. Seekarte und Bleistift. Aber manchmal, wenn es schnell gehen oder improvisiert werden musste, waren die alten Werkzeuge die geeignetsten.

»Also hat doch Ehrhardt den Anschlag verübt?« Banisch rieb sich über die Augen, die fortgeschrittene Uhrzeit machte sich auch bei ihm bemerkbar.

»Wahrscheinlich nicht. Wir haben die Befehle der Brücke mit dem gefahrenen Kurs verglichen. Bis hierher ist alles normal.« Der Kollege tippte mit dem Bleistift auf eine mit einem Kreuz markierte Stelle der Karte. »Aber spätestens ab diesem Punkt hier wurden die Befehle von Ehrhardt nicht mehr umgesetzt. Die Ruderanlage muss stattdessen komplett andere Befehle ausgeführt haben.«

»Eine Fehlfunktion?«, fragte Banisch.

»Theoretisch möglich. Aber ich weiß nicht, was diese Fehlfunktion ausgelöst haben könnte.« Der Kollege räusperte sich. »Die *Constantine* wurde sozusagen regelrecht auf diesen Kurs gezwungen. Ich denke, die Befehle der Brücke wurden übersteuert.«

»Von wem? Vom Maschinenraum?«

»Ich habe keine Ahnung« gab der Mann unumwunden zu. »Wir sind erst am Beginn der Auswertung.«

»Wir brauchen die Maschinisten, und wir brauchen Bobrow«, ordnete Banisch an. »Ich will wissen, wer wann wo war. Wer wann wo was gesehen oder Ungewöhnliches bemerkt hat. So schnell wie möglich.«

»Wir sind dran.« Der Kollege verabschiedete sich.

Banischs Handy klingelte. »Meine Frau«, sagte er entschuldigend, bevor er ebenfalls den Raum verließ, er nahm erst auf dem Flur das Gespräch an.

Marten griff nach seiner Tasse, der Kaffee war schon wieder kalt geworden, er nahm trotzdem einen Schluck. Der Geschmack alter Pappe breitete sich in seinem Mund aus. Egal, der Kaffee sollte nicht schmecken, nur wirken. Wie viele dieser Nächte hatte er schon durchlebt? In stickigen Räumen, die Luft dampfend von Anstrengung, Konzentration und Schweiß? Bei denen er körperlich merkte, wie sehr sie an die eigene Substanz gingen.

Und die trotzdem so erfüllend sein konnten. Gemeinsam das Richtige tun …

Wie würde das sein, wenn er ein Kind hätte? Würde

er weiterhin ein solches Leben führen? Papa hatte das getan. Nicht zuletzt deswegen war er aufgestiegen bis zum Polizeidirektor. Aber das wollte er gar nicht. Nein, dachte Marten. Das nicht.

Weiß ich denn, was ich will? Den Fall lösen. Hönigsvald finden. Schlimmeres verhindern. Ja, keine Frage.

Und darüber hinaus? Darüber konnte er gerade überhaupt nicht nachdenken.

Er setzte die Tasse ein weiteres Mal an den Mund, leerte sie. Er zog das Handy heraus. Inzwischen war ein vorläufiger Bericht der Spurensicherung eingegangen, die den Keller in Haseldorf überprüft hatte. Sie hatte dort nichts Verwertbares feststellen können, der Raum war klinisch rein gewesen. Klinisch rein …

Das Handy vibrierte, Frigga rief an. Es hatte einen Anruf aus dem Ministerium gegeben.

30

Janosch und Jacob waren im sicheren Haus geblieben, sie war allein losgefahren. Die beiden mussten nicht alles wissen. Je weniger, desto besser.

Noch immer keine Erfolgsmeldung aus Eemshaven. Du sollst nicht versagen. Ärger stieg in ihr hoch. Nein, nicht sie hatte versagt, sondern der Plan. Ob es an Raand gelegen hatte? Sie hatte im Rahmen der gegebenen Möglichkeiten eine rationale Entscheidung treffen müssen. Wie auch immer. Es galt, nach vorne zu sehen, Fokus auf das nächste Ziel. Zu erledigen, was zu erledigen war.

Auf der Straße war niemand zu sehen. Sie schaute noch einmal in den Rückspiegel, bevor sie in den schmalen, ungeteerten Waldweg einbog. Ruckelnd bewegte sich der SUV in den Spurrillen, das mittig wachsende Gras raschelte an der Bodenplatte. Sie wartete, bis sie gemäß dem Tageskilometerzähler zweihundert Meter gefahren war. Ja, hier war es, sie erkannte die Stelle wieder. Eine kleine Lichtung, wo sie gut wenden konnte, zwischen zwei hintereinanderliegenden Kurven. Zu beiden Seiten dichtes Buschwerk. Sie schaltete den Motor aus, zog den Zündschlüssel.

Öffnete die Fahrertür, horchte in den Wald, versuchte, ihr laut pumpendes Herz zu ignorieren. Wind zog durch die Blätter, Vögel zwitscherten. Sie wartete. Eine Minute, zwei. Keine Menschenseele zu sehen oder zu hören. Gut, dann keine weitere Zeit verschwenden.

Sie stieg aus, ging zum Kofferraum, entnahm ihm den Klappspaten und einen großen Wanderrucksack, der bis auf die drei Leinenbeutel mit Kaffee, einem Handtuch und eng zusammengelegter Wechselwäsche leer war. Ab jetzt wäre jedem, der von dem Versteck wusste und hier auf sie gewartet hätte, klar gewesen, was sie vorhatte. Aber niemand tauchte auf, kein Motorbrummen sich nähernder Fahrzeuge. Sie erkannte die zwei Rotbuchen zur linken Seite wieder, die mit ihren unteren Ästen ein kleines Tor bildeten. Von hier aus genau nach Norden. Sie zählte zwanzig Schritte ab. Ein idealer Platz, von niedrigen Büschen umgeben, nicht einsehbar von der Straße. Ja, hier war es.

Ungefähr in der Mitte der Büsche, erinnerte sie sich. Mit dem Spaten schob sie herabgefallene Ästen beiseite, dann stach sie in den Waldboden hinein. Sofort wusste sie, dass sie getroffen hatte, der Spaten rutsche auf Metall aus. Nach zwei Minuten hatte sie den gesamten Deckel der Truhe freigelegt.

Behutsam öffnete sie das Erdversteck. Die sechzig mal sechzig Zentimeter große Truhe war zwar wasserdicht, trotzdem war ihr Inhalt zusätzlich sorgfältig in Plastiktüten verpackt, am Boden befand sich ein Sand-Salz-Gemisch, das kondensierende Feuchtigkeit aufnehmen sollte. Sie zählte zehn der kleinen dunkelgrünen Pakete ab, die den C4-Sprengstoff enthielten, entnahm aus dem danebenliegenden durchsichtigen Plastiksäckchen ebenso viele Zünder und verstaute alles in dem Rucksack, ganz unten neben den Kaffeebeuteln, legte schließlich zur Tarnung das Handtuch und die Wechselwäsche wieder obenauf. Ob der Kaffeegeruch wirklich die Nasen darauf trainierter Spürhunde ablenken konnte, bezweifelte sie zwar grundsätzlich, aber vielleicht brachte es ja Glück.

Ein Zweig knackte ganz in ihrer Nähe. Erschrocken wirbelte sie herum. Puls rauschte in ihrem Schädel. War sie doch entdeckt worden. Eine Falle? Nein, niemand zu sehen. Was dann …

Sie entdeckte ein Eichhörnchen, das unter einen der Büsche gehuscht war. Es sah zu ihr zurück, regungslos, bis sie merkte, dass ein Lächeln der Beruhigung über ihr Gesicht huschte. Das Eichhörnchen raste den nächstgelegenen Baumstamm nach oben.

Es wird auch Zeit für mich, zu verschwinden, dachte sie. Mit geübten Handgriffen verschloss sie das Depot wieder und bedeckte es zuerst mit Erde und anschließend mit den zuvor beiscitegelegten Stöcken, Blättern und Steinen, bis es wieder so aussah, wie sie es vorgefunden hatte. Zügig ging sie zurück zum Wagen, legte den Wanderrucksack in den Kofferraum, wendete und verließ das Waldstück auf demselben Weg, auf dem sie gekommen war. Es hatte nicht mal eine halbe Stunde gedauert.

31

Sie hätte den Whisky nicht trinken sollen. Niemals das Klischee werden, erinnerte sie sich.

Du hättest tot sein können. Iska betrachtete ihr fahles Gesicht im Fenster ihres Hotelzimmers. Martens simple Feststellung hatte durch ihren Schutzpanzer, der sie sonst vor zu viel unnützer Melancholie schützte, wie durch Butter hindurchgestochen und einen tief sitzenden Nerv getroffen. Denn da hatte etwas mitgeschwungen, mehr als nur ehrliche Besorgnis – etwas anderes. Eine Frage, die sie dadurch, dass er sie nicht ausgesprochen hatte, eben nicht bedrängt hatte, weit näher an sie herankam. Sie hätte tot sein können. Was wäre dann gewesen ... Maaike, Marc. Daniel. Es gab noch so viel ... Sie hatten sich doch gerade erst wiedergefunden. Oder auch nicht.

Die Gedanken erwischten sie unvermittelt, darauf war sie nicht vorbereitet gewesen. *Es ist alles gut gegangen. Wie immer* hatte sie eben noch ins Telefon zu Maaike gesagt, als Antwort auf eine Frage, wie denn der Tag gewesen sei. War das eine Lüge gewesen? Was, wenn es nicht gut gegangen wäre? Was, wenn eines Tages nicht alles gut geht? Wenn dann einer ihrer Kollegen die Klingel zu ihrer Tür drückt und Maaike schon beim Öffnen ahnt, was er ihr mitzuteilen hat. Bitte setzen Sie sich …

Was denke ich für einen konfusen Blödsinn, versuchte sie ihre Gedanken wieder einzufangen, aber vergeblich. Sie rannte ins Badezimmer, drehte den Wasserhahn auf, eiskalt, sehr gut, und hielt den Kopf unter das fließende Wasser. Jetzt bin ich total irre geworden, stellte Iska fest. Hysterisch. Hör auf! Sie ließ die Schädel gegen das Waschbecken fallen. Der Schmerz zuckte von der Haarspitze durch den ganzen Körper, ihr war, als könne sie ihn bis in die Fußspitze spüren. Weiter brauste das Wasser ihren Schädel entlang, rauschte in ihren Ohren, lief in den Pulli. Nass und schwer klebte er auf ihr. Langsam … atmen … Komm zur Ruhe, Iska. Beruhige dich.

Vielleicht war es so besser für sie. *So wie ich das verstanden habe, möchte sie nicht, dass Papa sich bei dir meldet. Sie hat es ihm verboten. Tut mir leid, Mama.* Maaike hatte es ohne Vorwarnung gesagt.

Daniel. Die Wut war weg, aber das machte es nicht besser. Stattdessen war da jetzt diese Ohnmacht, die sich dunkel in ihr ausbreitete. Es tat weh, sich das einzugestehen. Lass es nicht zu. Hol dich da selbst wieder raus.

Sie stellte den Wasserhahn aus, drückte langsam den Oberkörper hoch, streckte den Kopf. Du bist so dermaßen neben dir, sagte sie zu der komischen Person, die sie aus dem Spiegel heraus anguckte. Aber wenigstens nicht tot, lachte die Frau zurück. Schmerz zuckte beim Lachen durch den Kopf. Ein leicht rötlicher Tropfen rann ihre Stirn herunter. Iska tastete am Haaransatz nach der Wunde, die sie sich gerade zugefügt hatte. Selbst schuld und so etwas von verdient. Sie tränkte das Handtuch und legte es auf die Wunde, es kühlte angenehm.

Jetzt ging es wieder. Sie wusste, sie würde nicht wieder überreagieren. Maaike, Marc, Daniel. Eine schöne Erinnerung an eine schöne Zeit, an ein tolles Wochenende. Besser so, als wenn sie zu viel in all das hineininterpretiert hätte. Sie lächelte ihr Spiegelbild an. Wenigstens hatte sie nicht geheult. Irgendwann würden sich die Wogen schon glätten. Bestimmt, sprach sie sich Mut zu und zwang sich dann, etwas Sinnvolles zu tun.

Abtrocknen, neues T-Shirt anziehen, neuen Pulli überziehen. Leeres Whiskyglas ausspülen, Flasche verschließen. An den Schreibtisch setzen, Notebook anmachen.

Es war ein Anschlag, da wäre er sich sicher, hatte Marten in der letzten Nachricht geschrieben. Wie durch ein Wunder habe es bisher keine Toten gegeben. Aber die Zahl der Verletzten war auf zwölf angestiegen, darunter vier Schwerverletzte.

Diejenigen, die für die Sabotage in Eemshaven verantwortlich waren, hatten offenbar ähnlich wenig Skrupel gehabt. Die ersten Analysen aus der Kriminaltechnik hatten ergeben, dass die im Terminal aufgefundenen Apparate bei einer Sättigung von ungefähr fünf Prozent eine Zündung des Gases herbeigeführt hätten. Durch die Razzia waren die Türen zu den sabotierten Räumen jedoch mehrfach geöffnet worden, sodass ein Luftaustausch stattgefunden hatte, wodurch die Zündung nicht ausgelöst wurde. Mit hoher Wahrscheinlichkeit hätte es Tote und Verletzte gegeben, zumindest unter den Mitarbeitern in den Abteilungen Technik und Operating, hatte die KTU in einem ersten Statement formuliert.

Tote und Verletzte. Ob wirklich Aktivisten von *Blue Home* dazu bereit wären? Können die das wirklich gewollt haben? Umweltschützer, das waren doch eigentlich Weltverbesserer. Sie dachte an die Spuren zu der Gruppe um Hönigsvald, die Marten verfolgt hatte. Identitätsdiebstahl, gefälschte Ausweisdokumente, Handynummern ohne Zuordnung zu Eigentümern. Ihr fiel es schwer zu glauben, dass Umweltschützer sich so sehr radikalisieren sollten. Aber trotzdem schienen sie in die Geschehnisse am Terminal irgendwie involviert zu sein. Und nicht zuletzt am Mord an Luuk Raand. Der Mord und der Anschlag in Eemshaven, die hingen irgendwie miteinander zusammen.

Luuk Raand, mit ihm hatte alles angefangen. Nein, das war kein klassischer Todesfall, kein Eifersuchtsdrama, kein Mord, um an das Geld einer Lebensversicherung zu kommen. Sie dachte an das Geld, über das das Ehepaar verfügte. Über das nun Manou verfügte. Manou Raand. Wie viel wusste sie über ihren Ehemann?

Was für ein Mensch war Luuk Raand gewesen? Zumindest, dass er ebenso wie Manou gelegentlich etwas trickste, wie Frau Bakker es formuliert hatte, schien zu stimmen. Eine logische Kette von Schlussfolgerungen baute sich vor ihr auf. Ja, vielleicht wusste Manou nicht alles über die Tricksereien von Luuk, aber mehr, als sie bisher zugegeben hatte. Geld kommt nicht zufällig angeflogen. Auch nicht über Lotteriegewinne, jedenfalls nicht in der Häufigkeit.

Sie war sich sicher, dass sie ihnen etwas verschwieg.

Damit war nun genug, entschied Iska. Morgen musste sie der Witwe auf den Zahn fühlen.

Das Handy klingelte. Karin rief an.

32

Genau um Mitternacht sortierten sich die Fenster der Videokonferenz ein letztes Mal neu, Staatssekretär Meier trat der vom Ministerium einberufenen Sitzung bei. Marten merkte, dass er schwitzte. Frigga hatte ihn noch vorgewarnt, dass es nun politisch werden würde. Und dass er sich möglichst zurückhalten, aber auch nichts vorenthalten solle. Wasch mich, aber mach mich nicht nass, besten Dank.

Dass er frühzeitig nach oben Bericht erstatten musste, war ihm klar gewesen, aber so schnell? Er hatte gehofft, dass das Bundesinnenministerium ihm nach der formalen Beauftragung wenigstens vierundzwanzig Stunden Zeit lassen würde, bis er die ersten Erkenntnisse präsentieren musste. Tja. Genügte das, was er bisher an Indizien und Anhaltspunkten vorbringen konnte, um seinen Anfangsverdacht zu rechtfertigen? Er hatte sich weit aus dem Fenster gelehnt, als er die Fälle Brunsbüttel und Eemshaven miteinander verknüpft hatte. Paradoxerweise kam es ihm vor, als würde er selbst auf einer Art Anklagebank sitzen.

»Guten Abend, zusammen. Beziehungsweise guten

Morgen«, eröffnete Meier das Meeting von seiner Ecke des Bildschirms, der unter der Decke des Konferenzraums angebracht war. Trotz der späten Uhrzeit trug er Hemd und Jackett. Dem Hintergrund nach zu urteilen, saß er noch in einem Büro im Innenministerium. Routiniert dankte er allen Beteiligten für ihr Engagement und dass sie zu dieser Uhrzeit hier an der Besprechung teilnahmen. In der Bildschirmecke unter ihm war Frigga zu sehen. Auf der anderen Hälfte hatte das Videokonferenzprogramm Iska und der verantwortlichen Staatsanwältin, sie hatte sich nur mit Karin vorgestellt, jeweils eine eigene Kachel zugeordnet. Niederlande und Deutschland, sauber sortiert.

Der Staatssekretär hatte inzwischen die Begrüßungsformalitäten durchlaufen. »Ich brauche Ihnen nicht zu erklären, welche Aufmerksamkeit auf diesem Fall lastet. Ich spreche hier für den Minister, wenn ich Ihnen sage, dass vor allem eins wichtig ist: dass alle Informationen, alle Ermittlungsergebnisse zuallererst diesen Kreis hier erreichen.«

Unwillkürlich nickte Marten, ebenso wie Banisch neben ihm. Der alte Hauptkommissar wirkte wesentlich entspannter. Natürlich. Er hatte ja bisher keine Gelegenheit gehabt, Fehler zu machen. Routiniert präsentierte Banisch die bisher bekannten Fakten.

Der Staatssekretär bedankte sich wieder, nickte. »Ich weiß, das werde ich morgen auch in der Zeitung lesen können. Aber darum geht es mir nicht. Ich möchte den sicheren Informationen einen Schritt voraus sein, verstehen Sie?« Er benetzte seine Zunge. »Es steht der Verdacht im Raum, dass es ein Anschlag war. Was würden Sie sagen?«

»Wir wissen es noch nicht«, versetzte Banisch emotionslos.

»Und wenn Sie bitte eine Vermutung abgeben würden?« Der Staatssekretär ließ nicht locker.

Banisch schwieg. Wandte den Kopf, sah Marten an.

Ja, das war jetzt seine Verantwortung. »Es gibt Anhaltspunkte dafür, aber noch keinen Beweis.«

»Danke.« Der Mann hielt den Kopf nun anders geneigt in die Kamera, anscheinend schaute er nun Marten auf seinem Bildschirm an. »Und wenn es ein Anschlag war: Was ist ihre aktuelle Erkenntnislage? Wer oder was könnte dahinterstecken?«

»Wir sind noch dabei, den Sachstand hier aufzunehmen«, begann Marten ausweichend. Nein, dachte er. Wir wissen doch schon mehr. Konnte er das hier so offen sagen? Musste er es nicht sogar tun?

»Herr Jaspari, richtig?«, unterbrach der Staatssekretär seinen Gedankengang. »Wir wollen hier ganz offen reden. Sie selbst haben eine Verbindung zu dem Anschlagsversuch in Eemshaven hergestellt, richtig? Dann gibt es die Möglichkeit, dass es sich hier nicht um einen verwirrten Einzeltäter handelt, richtig?«

»So ist es.« Mach keine Politik, entschied Marten. Volle Offenheit. »Ich möchte vorausschicken, dass dies nur eine unbestätigte Theorie ist. Wir haben keine konkreten Anhaltspunkte, erst recht keinen Beweis.« Er erzählte von der Gruppe um Hönigsvald. Als er endete, sagte zunächst niemand ein Wort.

»Wenn diese Theorie stimmt, handelt es sich hier um einen massiven Angriff auf die deutsch-niederländische

Gas-Infrastruktur«, sprach die niederländische Staatsanwältin schließlich das Offensichtliche aus. »Gibt es die Möglichkeit, dass von dieser Gruppe weitere Gefahr ausgeht?«

»Wie gesagt, es sind nur minimale Indizien«, begann Marten. Er zwang sich, den bereits aufgenommenen Gedanken weiterzuführen. Berichtete, dass die Gruppe auch in Ostfriesland gewesen war, an Orten, bei denen bisher noch kein direkter Bezug zu den Vorfällen in Eemshaven oder Brunsbüttel hergestellt werden konnte. »Angenommen, es geht um die Erdgasversorgung unserer Länder, dann deuten diese Indizien …« Er holte kurz Luft. »Zum einen könnten sie es natürlich auch auf die LNG-Terminals in Wilhelmshaven abgesehen haben. Auch dort waren sie offensichtlich vor Ort. Und zum anderen, also, wenn man größer … denkt … ich denke an Emden.«

»Wie? Emden, warum?«

»Dort haben sie sich wiederholt und insgesamt deutlich länger aufgehalten. Wenn ich mich richtig erinnere, dann gibt es in Emden eine Verbindung zwischen dem niederländischen und dem deutschen Gasnetz.« Irgendwann in seiner Jugend hatte er mal Nachrichten über eine Verbindungspipeline aufgeschnappt. »Und nicht zuletzt ist dort auch der Hauptsitz von *NorthEuropeEnergy*, einem der zentralen Gasversorger in Deutschland.«

»Gut. Beziehungsweise nicht gut.«Der Staatssekretär fasste sich an die Brille, dann schaute er gerade in die Kamera. »Wir müssen umgehend reagieren. Die Bevölkerung muss geschützt werden.« Er räusperte sich. »Und wir müssen Handlungsfähigkeit demonstrieren. Eine Warnung herausgeben. Haben wir genug Material, um eine öffentliche Fahndung nach dieser Hönigsvald auszuschreiben?«

»Wenn ich etwas anfügen dürfte«, wagte sich Iska hervor. »Wir gehen davon aus, dass der Gruppe um Hönigsvald, so sie denn existiert, nicht bewusst ist, dass wir ihnen in Eemshaven auf die Spur gekommen sind. Und bisher wurde der Vorfall in Brunsbüttel auch allseits nur als Unglück bezeichnet. Wenn sie aber durch eine öffentliche Fahndung erfahren, dass wir auf sie aufmerksam geworden sind, könnte das die Ermittlungen erschweren.«

Ein kurzer Moment der Stille. Schließlich hob Frigga die Hand. »Ich stimme Frau van Loon zu.« Er räusperte sich. »Und ich möchte darum vorschlagen, dass wir erst einmal noch keine öffentliche Warnung geben, sondern die Betreiber der Gas-Infrastruktur, insbesondere die, die mit Flüssiggas arbeiten, gezielt vorwarnen. Sozusagen ein stiller Alarm. Das gibt uns die Möglichkeit, die Ermittlungen diskret voranzutreiben. Sobald sich neue Informationen ergeben, von einer konkreten Gefahr ausgegangen werden kann, ergreifen wir weitere Maßnahmen.«

»So vermeiden wir auch Unruhe in der Bevölkerung«, stimmte die niederländische Staatsanwältin zu.

»Dann machen wir das so. Schutz der Infrastruktur und parallel Fokussierung auf die Ermittlungen.« Meier machte sich mit einem Kugelschreiber eine Notiz, seine Bewegungen waren krakelig. »Ich vertraue vollständig auf Ihre Expertise. Sie bekommen alle Unterstützung, die sie benötigen.«

Es wurde entschieden, dass Banisch die Ermittlungen in Brunsbüttel weiter übernehmen würde und Marten und

Iska sich auf die Verfolgung der Gruppe um Hönigsvald konzentrieren sollten.

»Okay. Viel Erfolg allerseits«, wünschte der Staatssekretär. Er würde jetzt den Minister über den Sachstand informieren. Bevor das Bild schwarz wurde, konnte man hören, dass er laut ausatmete.

Puh. Marten stand auf, ging nach nebenan in die Küche, um Kaffee aufzubrühen. Löffel für Löffel schaufelte er das Pulver in den Papierfilter, füllte die Kanne bis zu Max-Markierung. Es würde noch eine lange Nacht werden.

Jutta Hönigsvald auffinden. Alias Wanda Biek? Er dachte an die junge Frau aus Borkum. Sie hatte so idealistisch und weltoffen gewirkt. Hätte er anders handeln müssen? Ein flaues Ziehen im Magen. Achte nicht darauf, Marten.

33

Sie hatte die frühe Uhrzeit bewusst gewählt, um Manou Raand auf jeden Fall antreffen zu können. Außerdem signalisierte sie damit, dass dies kein Freundschaftsbesuch sein sollte.

Ein schönes Haus, klein, wahrscheinlich etwas älter, aber wirklich sehr gut erhalten. Gute Lage in der Nähe zum Hafen. Im Vorgarten Obstbäume, überhaupt Vorgarten, diesen Luxus gab es doch fast gar nicht mehr. Dass Manou und Luuk Raand dieses Haus besaßen, passte noch nicht. Wie waren die Raands zu diesem Wohlstand gekommen? Sie hatte eine plausible Idee. Entschlossen drückte Iska auf den Klingelknopf.

*

»Ich weiß nicht, was das soll. Das habe ich Ihren Kollegen doch schon alles beantwortet.« Manou Raand, die auf der anderen Seite des großen Esstisches Platz genommen hatte, zeigte offen ihre Verärgerung. Aber vielleicht spielte sie es auch nur. Eigentlich machte sie einen eher unsicheren

Eindruck, überlegte Iska. Mal sehen, wie lange die Maske oben blieb.

Iska ließ ihre Frage weiter im Raum stehen, hob die Kaffeetasse, die Manou ihr angeboten hatte, gemächlich an, probierte in aller Ruhe. Der Kaffee war gut, sogar ausgezeichnet. Kurz erwog sie, nach den Bohnen zu fragen, unterließ es dann aber. Sie hatte mit der Vernehmung bereits begonnen, jetzt nicht den Druck herausnehmen. Langsam setzte sie die Tasse wieder ab, sah Manou in die Augen und wartete weiter.

»Also gut, dann erkläre ich es Ihnen noch mal.« Manou schob sich eine widerspenstige Strähne aus dem Gesicht. »Wir haben beide immer viel und fleißig gearbeitet, haben auch immer etwas zurückgelegt. Das können sie nachverfolgen, jeden Monat ein bisschen, mal fünfhundert, mal sechshundert, mal tausend Euro. Und wir hatten Glück, Luuk hatte einfach ein Händchen bei der Staatsloterij. Einmal neuntausend Euro, einmal sogar fünfzigtausend Euro. Zugegebenermaßen viel Glück, aber das ist ja nicht verboten, oder?« Sie räusperte sich, dann faltete sie die Hände ineinander.

»Nein, das ist nicht verboten. Es ist nur vielleicht etwas komisch, dass sie die Lose in den unterschiedlichsten Annahmestellen gekauft haben. Und nicht einfach hier in Delfzijl.« Sie sah, wie Manou Raand schlucken musste. Schwarzgeld über Lotterien zu waschen war ein uralter Trick. Man kaufte einfach bar jede Menge Lose oder Lottoscheine oder was auch immer. Sicher, im Schnitt verlor man eine Menge Geld, aber man würde auch Treffer haben. Günstige Lose mit hoher Quote, die sehr viel Geld einbrachten, sauberes Geld. Solange man bar bezahlte und bei ausreichend vielen unterschiedlichen Lotterien investierte, würde das System nie von sich aus auffliegen. Ja, Luuk und Manou hatten getrickst.

Iska wusste, dass es jetzt ganz auf Körpersprache ankam. Ruhig legte auch sie die Hände ineinander, spiegelte ihr Gegenüber. »Ganz sicher verboten aber ist Terrorismus oder Beihilfe zum Terrorismus. Verboten ist mehrfacher versuchter Mord, verboten ist Beihilfe zum Mord.«

»Wovon reden Sie?«

»Gestern Abend haben wir in letzter Sekunde einen Anschlag auf das LNG-Terminal in Eemshaven verhindert. Wortwörtlich in letzter Sekunde. Sabotage. Und es weist eine direkte Linie von den Tätern zu Ihrem Mann, Frau Raand. Ihr Mann hat die Täter hineingelassen. Dafür ist er von ihnen bezahlt worden. Und das, Frau Raand, nennt man Beihilfe zum mehrfachen versuchten Mord. Und Sie hängen da jetzt mit drin.«

»Nein, nein, das stimmt nicht«, versuchte Manou Raand, sich zu wehren.

Aber Iska erkannte, dass sie mit ihrer Vermutung ins Schwarze getroffen hatte. »Ich glaube Ihnen, dass Sie niemandem ein Haar krümmen, Manou. Aber darauf kommt es nicht an. Ich erkläre Ihnen, wie man das vor Gericht auslegen kann.« Sie wandte sich ihr zu, verharrte, schaute ihr in die Augen, registrierte die flehentlichen Nuancen in ihrem störrischen Blick. »Das Geld von Ihrem Mann, das ist Geld von Terroristen. Und sie wissen das, Frau Raand. Sie haben es geduldet, sie haben es angenommen, sie haben davon profitiert. Sie tun es noch immer. Wenn Sie nicht alles tun, um den Fall aufzuklären, macht sie das zur Mittäterin.«

»Nein, nein.«

Die Witwe barg das Gesicht in den Händen. Verdrängung, und ja, sie war verzweifelt, und sie tat Iska leid. Aber sie durfte sie jetzt nicht vom Haken lassen.

»Sie haben ihren Mann verloren, Manou, und bitte glauben Sie mir, das tut mir sehr leid.« Sie wechselte bewusst in einen härteren Tonfall. »Wollen sie mitschuldig sein bei einem Anschlag, bei dem Tausende Menschen hätten sterben können?«

»Nein …«

»Dann sagen Sie mir, was Sie wissen. Wer hat Luuk das Geld gegeben? Was sollte er tun? Sie wissen es, oder? Sie wissen es!«

»Ja.« Die Antwort war ganz leise gekommen. Endlich. Jetzt musste sie dranbleiben, Manou ins Reden bekommen.

»Wer war es, Manou?«, wiederholte sie ihre Frage.

»Ich weiß es nicht genau.«

Also gab es tatsächlich jemanden, der Luuk Geld gegeben hatte, stellte Iska zufrieden fest.

»Ich weiß nicht, wie sie hieß. Eine Frau, hatte Luuk gesagt. Eine Ausländerin, jedenfalls habe sie nur englisch mit ihm gesprochen. Vielleicht eine Deutsche, hatte Luuk spekuliert. Aber es waren wohl mehrere. Es ging ihnen … es ging doch nur … Luuk hatte gesagt, dass es sich wohl um Wirtschaftsspionage handelte. Er sollte ihnen Zugang zum Maschinenraum verschaffen. Luuk vermutete, es steckten vielleicht Asiaten dahinter.« Sie blickte zu Boden. »Ich weiß, dass sie vor ein paar Wochen schon mal da waren. Er

216

sagte, dass sie noch ein zweites Mal kommen wollten. Aber ich weiß nicht, wann.« Ihre Stimme brach. Sie sah wieder nach oben. Rote Augen, feucht glänzend. »Die Leute, die Luuk hereinlassen sollte … sind das seine Mörder?«

»Ich weiß es nicht. Wir versuchen, es herauszufinden.« Iska erhob sich, wechselte auf den Stuhl neben Manou Raand. »Die Frau. Wie sah sie aus?«

»Ich weiß es nicht. Ich habe sie nie gesehen. Luuk wollte mich da raushalten. Ich sollte ihm vertrauen, er wisse, was er da tue.« Sie schluchzte. »Luuk … Bitte glauben Sie mir … er hat vielleicht mal … eine Prügelei oder so, aber er würde nicmals jemanden ernsthaft gefährden wollen. Wirklich. Das müssen Sie mir glauben!«

»Bitte, Manou, erzählen sie mir alles, was Sie wissen!« Iska legte ihre Hand auf Manous. »Bitte.«

Manou schluchzte. »Aber mehr weiß ich doch gar nicht.« Sie sah hilflos zu Iska, schüttelte fast verzweifelt den Kopf. »Mehr weiß ich doch nicht.«

34

Wanda Biek … Martens Gehirnwindungen weigerten sich noch zu verstehen. Er las die Nachricht von Sven ein weiteres Mal, rieb sich über die Augen, es waren nur vier Stunden Schlaf gewesen. Sven und Mike zeigten sich bei ihrer Schlussfolgerung sehr sicher. Also doch ein Irrweg. Aber warum hatte sie dann …?

Seine Überlegungen wurden jäh unterbrochen. Das Handy auf dem Schreibtisch vibrierte, eine Millisekunde später startete der Klingelton. Iska. »Passt es gerade?«

»Ich sitze gerade mit dem Kollegen Banisch zusammen«, erklärte Marten und stellte ihr damit indirekt die Frage, ob der Kollege mithören dürfte. Am besten wäre es, wenn er auf laut stellen würde, antwortete Iska. Marten legte das Handy in die Mitte der Schreibtische.

»Es ist nur eine Theorie, aber ich bin mir ziemlich sicher«, schallte ihre Stimme etwas blechern aus dem Lautsprecher. »Luuk Raand wurde von denen, die für den Anschlag hier in Eemshaven verantwortlich sind, bestochen, sie an Bord zu bringen. Wahrscheinlich wusste er nicht genau, wen er auf das Terminal schmuggelte und weswegen diese Gruppe dort war. Seine Frau tippte auf Wirtschaftsspionage, aber das wird wohl vorgeschoben gewesen sein.«

»Er war sozusagen lediglich die Eintrittskarte in das Terminal. Ein Werkzeug. Vielleicht kam es zu einem Streit, als er erkannte, was seine Kunden dort wirklich vorhatten, und er wurde deswegen erschlagen?«, mutmaßte Marten.

»Plausibel wäre es.« Iska räusperte sich. »Vielleicht ist ihm auch das Ausmaß des Vorhabens erst dort klar geworden. Wenn der Anschlag auf Eemshaven erfolgreich gewesen wäre, hätten die Attentäter mit Sicherheit zahlreiche Menschen auf dem Gewissen gehabt, so ganz ohne Vorwarnung oder Evakuierung wäre das Terminal normal besetzt gewesen.«

Was für eine Parallele zu dem Unglück in Brunsbüttel, dachte Marten. Eigentlich wären bei der Kollision und der anschließenden Explosion zahlreiche Menschen gestorben, hätte Bobrow nicht so frühzeitig gewarnt. Bobrows Schiff war das Werkzeug gewesen. Und Bobrow hatte Schlimmeres verhindert.

»Ganz schön eiskalt, wenn wirklich Ihre Umweltaktivisten von *Blue Home* dahinterstecken«, sagte Banisch. Er senkte die Stimme. »Andererseits, wenn sie so etwas vorhatten, dann wäre ihnen auch ein weiterer Mord, der an Luuk Raand, zuzutrauen.«

»Nein.« Marten atmete langsam aus. Dann deutete er auf die Nachricht von Sven und Mike, die er noch auf dem Notebook geöffnet hatte. »Wir wissen jetzt, dass Wanda Biek und Jutta Hönigsvald höchstwahrscheinlich nicht dieselbe Person sind. An dem Tag, als Hönigsvald in Hamburg den SUV gemietet hat, war Wanda Biek nachweislich auf Borkum. *Blue Home* hat dort gegen die neue Ölbohrplattform vor der Insel protestiert. Sven und Mike haben einen Eintrag auf Instagram mit einem Foto gefunden, auf dem Wanda mit zwei Freunden vor dem Neuen Leuchtturm posiert. Es ist sehr unwahrscheinlich, dass sie am selben Tag noch aufs Festland gereist ist, und dann noch weiter bis nach Hamburg.«

»Vielleicht sind Wanda Biek und Jutta Hönigsvald nicht dieselbe Person, aber trotzdem miteinander bekannt?«, überlegte Banisch.

»Oder: *Blue Home* hat überhaupt nichts mit dem Anschlag zu tun.« Iska sprach mit ruhiger Stimme. »Zwei Anschläge in dieser Brutalität. Mit dieser Vorbereitung, falsche Identitäten … Und vorher haben sie lediglich mit Plakaten gegen die Verschmutzung des Wattenmeers protestiert? Nein, das passt nicht.«

Iska hatte recht, dachte Marten. »Und trotzdem ist sie untergetaucht, als sie mit dem Tod von Raand konfrontiert wurde.« Er wollte seine Vermutung nicht einfach so fallen lassen. Weil sie etwas gesehen hatte? Hatte sie Angst gehabt, nicht vor der Polizei, sondern vor den Mördern von Raand? Wusste sie etwas, das für sie gefährlich war? Untergetaucht? War Wanda Biek wirklich untergetaucht? Oder … verschwunden? Was, wenn diejenigen, die Luuk Raand auf dem Gewissen hatten, auch Wanda Biek getötet hatten? Er musste daran denken, wie sie ihn damals auf Borkum so fröhlich und arglos angesprochen hatte. Auf einmal machte er sich Sorgen um die junge Frau, stellte er fest. »Wir sollten die Spur nicht aus den Augen verlieren.«

Im Hintergrund gluckerte die Kaffeemaschine. Für einen Moment hingen alle ihren Gedanken nach.

»Ja. Aber die entscheidende Frage ist ja: Wenn Jutta Hönigsvald nicht Wanda Biek ist, wer ist sie dann?«, fragte Iska schließlich in die Stille hinein. »Wie können wir sie identifizieren? Wir müssen herausfinden, wo Hönigsvald ist.«

»Wir haben heute Morgen eine Flächenfahndung in Ostfriesland gestartet«, sagte Marten. Falls die Gruppe um Hönigsvald sich in Ostfriesland aufhielt, war davon auszugehen, dass sie einen ähnlichen Unterschlupf gewählt hatte wie den in Haseldorf. Alle Polizeidienststellen waren beauftragt worden, innerhalb ihres Zuständigkeitsbereichs sämtliche Hotels, Urlaubs – und Ferienwohnungen zu überprüfen. Marten hatte betont, dass die Streifen nach Möglichkeit direkt mit den jeweiligen Vermietern sprechen sollten, auch um diese mit dem Bild von Hönigsvald zu konfrontieren.

»Welche Möglichkeiten haben wir noch? Was ist mit Brunsbüttel?« Iska machte eine kurze Pause, genau ausreichend lang, um einen Schluck zu trinken. Er meinte, auch ein minimales Schlürfen zu hören. »Welche Gemeinsamkeiten, welche Übereinstimmungen gibt es zu Eemshaven? Was haben wir an Indizien?«

»Ja ...« Wie hatte er eben selbst noch überlegt? Raand war das Werkzeug in Eemshaven gewesen, und Bobrows Schiff war das Werkzeug in Brunsbüttel gewesen. Bobrows Schiff? Oder ... Er erinnerte sich, wie der Kapitän gezuckt hatte, als er das Foto von Hönigsvald gesehen hatte. Sicher, er hatte den Kontakt zu ihr überzeugend verneint, aber ...

»Es ist nur eine Ahnung, kein Indiz.«

»Was ist deine Idee?«

»Vielleicht ist es hier in Brunsbüttel so ähnlich gelaufen wie in Eemshaven.« Marten ließ seinen Gedanken freien Lauf. »Ehrhardt, der Lotse, war noch immer fassungslos über das, was passiert war. Aber Bobrow war so seltsam abgeklärt. Letztlich ja sogar schon während des Unglücks. Er hat mit seinem frühzeitigen Alarm Schlimmeres verhindert. Vielleicht … Ich kann mir gut vorstellen, dass er zumindest eine Ahnung hatte, dass etwas passieren würde. Bei ihm können wir ansetzen.«

»Die *Constantine* hatte mehrere Tage in Hamburg angelegt«, warf Banisch mit ruhiger Stimme ein.

»Ausreichend Zeit, um Hönigsvald zu treffen.« Mit etwas Glück bekamen sie einen neuen Anhaltspunkt.

*

»Erklären Sie mir das!« Banischs Stimme klang schneidend, das hätte Marten dem Mann gar nicht so zugetraut.

Bobrow hatte ihnen für Sonntag, Dienstag, Mittwoch und Donnerstag ausführlich nennen können, wann er jeweils von Bord gegangen war, in welchen Restaurants und Lokalen er gewesen war und wen er wo getroffen hatte. Zum Montag dagegen konnte er nahezu überhaupt keine Angaben machen.

»Ich … ich weiß es nicht.«

»Um 19 Uhr waren Sie am Hauptbahnhof. Und um 20 Uhr wieder auf dem Schiff. Wo waren sie vorher?«, fragte Banisch.

»Ich … ich …«

»Herr Bobrow. Das ist jetzt nicht die Zeit für Spielchen.

222

In Ihrer Situation!« Banisch erhöhte den Druck. »Sagen Sie mir, wo Sie am Montag gewesen sind!«

»Ich …« Wieder brach er ab.

»Es ist nicht gut für Sie, wenn ich das Gefühl haben sollte, dass Sie nicht mit uns kooperieren wollen, Herr Bobrow! Gar nicht gut.«

»Herr Bobrow«, schaltete sich Marten ein. »Es gibt überall Überwachungskameras im Hauptbahnhof. Wir werden rekonstruieren können, ob sie wirklich dort waren. Und wenn ja, wie sie dorthin gekommen sind. Aber es wäre für alle besser, wenn Sie uns das selbst mitteilen.«

»Ich … ich bin mit dem Zug dorthin.«

»Mit welchem Zug?« Banisch klang ungeduldig. »Herr Bobrow!«

»Mit der S1 … Ich … ich war in Wedel. Dort bin ich losgefahren.«

Marten hielt unwillkürlich die Luft an. Er kannte den S-Bahnhof in Wedel, der lag ganz im Westen von Hamburg. Quasi auf halber Strecke zwischen Haseldorf und Hamburg Innenstadt. Haseldorf, die Ferienwohnung mit dem penibel gereinigten Keller. Alle Spuren verwischt … Er ahnte, wofür der Keller verwendet worden sein könnte.

»Ah. Es geht doch« Banisch wirkte zufrieden. »Und warum waren Sie in Wedel, Herr Bobrow?«

»Das kann ich Ihnen nicht sagen«, entgegnete Bobrow.

Aber seine Augen verrieten Marten etwas anderes. Mal betrachtete er die einsame Topfpflanze neben der Tür, mal einen unbestimmten Punkt auf dem Schreibtisch, dann wiederum irrten sie hektisch zwischen Banisch und ihm hin und her. Bobrows Finger klammerten sich um die Tischplatte. »Ich … ich habe keine Erinnerung mehr an den Tag.«

»Wie bitte?«

»Ich kann es nicht erklären. Ich hab es Ihnen ja schon gesagt, ich war am Sonntag auf St. Pauli unterwegs, bin ich auch gar nicht stolz drauf, egal, jedenfalls dann, nach der letzten Bar … mir fehlt einfach alles. Ich weiß nur noch, dass ich am nächsten Tag im Gebüsch neben meinem eigenen Erbrochenen aufgewacht bin. Ich … das ist mir peinlich. Ich war total durchgefroren … Ich bin in die Bahn und dann zurück zum Schiff.«

Erinnerungslücken. Der älteste Trick der Welt, um sich vor einer konkreten Aussage zu drücken. Lieber nichts sagen, als sich in einer Lüge zu verirren, deren Details man später selbst nicht zusammenbekam. Als derjenige, der das Verhör führte, musste man dann versuchen, sein Gegenüber auf irgendetwas festzunageln.

Marten verfolgte, wie Banisch sich die Episode immer und immer wieder aufs Neue erklären ließ. Wie er nach Details fragte. Ob am Montag die Sonne geschienen hatte, als er aufgewacht war, wer mit im Zug gesessen hatte, wie die Bar hieß, in der er am Vorabend gewesen war, wer sonst dort gewesen war, auf der Suche nach Widersprüchen, in die Bobrow sich verstricken könnte.

Tränen schimmerten in Bobrows Augen. Er wollte, konnte aber nicht. Oder andersherum? Bobrow kämpfte, erkannte Marten. Es war, als würde es ihn innerlich zerreißen. Schweiß an seinem Haaransatz. Angst … Hatte er Angst? Ja, nicht nur Vorsicht oder Sorge, es war Angst.

Nicht nur die Angst, einen Fehler vorgeworfen zu bekommen, sondern weit mehr.

Luuk Raand war getötet worden, als Hönigsvald den Anschlag in Eemshaven durchgeführt hatte. Vielleicht … wurde Bobrow unter Druck gesetzt oder erpresst? Wenn ja, dann sehr wirkungsvoll. Ihm war anzusehen, dass er lieber die Zunge verschlucken würde, als auch nur einen Millimeter von seiner Geschichte abzurücken.

Marten las sich noch einmal die Angaben durch, die Bobrow zu seinem Familienstand gemacht hatte. Verheiratet, zwei Kinder. Kinder … Er blickte in die Tränen des Mannes, der einen verzweifelten Kampf führte.

»Herr Bobrow«, sagte er leise, als Banisch dem Mann eine kleine Verschnaufpause gönnte. Zeit für einen Bluff. »Ich weiß, dass Sie etwas getan haben, das mit diesem Unglück zu tun hat. Es vielleicht sogar absichtlich herbeigeführt haben. Aber sie wurden dazu gezwungen, nicht wahr? Sie wollten nicht töten, und das haben sie geschafft. Sie sind kein Mörder. Aber sagen Sie uns, wer dahintersteckt. Bitte.«

Der Mann blickte ihn nur stumm an, dann schüttelte er den Kopf. Das war jemand, der sich selbst bereits aufgegeben hatte.

Hier würden sie so schnell nicht weiterkommen, erkannte Marten. Müde strich er sich über die Augen. Das Verhör rückte in den Hintergrund, nur noch dumpf hörte er die Stimmen von Banisch und Bobrow. Die Zeit, ihnen weiter zuzuhören, hatte er nicht. Was er hier bekommen konnte, hatte er bereits erhalten. Die Tränen des Kapitäns, dazu sein Aufenthalt in Wedel, das waren zwar keine

Beweise, aber Indizien, dass Bobrow wirklich Hönigsvald getroffen hatte. Die beiden Anschläge gehörten irgendwie zusammen. Mehr würde er hier erst einmal nicht herausbekommen.

Was hier weiterhin zu tun war, übernahm Banisch. Marten spürte, dass Hönigsvald bereits weitergezogen war. Er musste ihr hinterher.

35

»Zoey?«, sprach sie jemand von hinten an.

Zoey raste der Schreck durch den Körper, beinahe hätte sie sich am Cappuccino verschluckt. Sie widerstand der Versuchung, hektisch den Kopf zu drehen, zwang sich, in Ruhe die Tasse abzusetzen.

Eine Frau mit dunkler Sonnenbrille und schulterlangen schwarzen Haaren nahm ungefragt auf dem Stuhl neben ihr Platz. Sie trug, ebenso wie Zoey selbst, eine Perücke. Sie erkannte es am versteckten Haaransatz, und die Farbe der Augenbrauen wich zu sehr ab, wenn man genau darauf achtete, aber normalen Passanten würde das nicht auffallen. Marleen, so hatte sich ihre Kontaktperson damals vorgestellt. Offenbar war sie allein, außer ihnen war nur noch die Bedienung im Außenbereich des Cafés anwesend, der junge Mann mit dem fettigen Haar lehnte lässig an der Eingangstür und rauchte filterlose Zigaretten, wahrscheinlich der Sohn der Betreiberin.

»Der Stuhl ist frei, setzen Sie sich doch einfach«, versuchte sie, sich ihren Ärger nicht zu sehr anmerken zu lassen. Warum hatte Marleen ihren Namen genannt? Auch wenn es nicht ihr bürgerlicher Name war, das war unprofessionell. Und vor allem: Was wollte sie hier?

»Schön, dass wir uns noch einmal begegnen, so kurz vor der entscheidenden Aktion. Dachte ich mir doch, dass ich sie hier treffe. Wie geht es Ihnen, wie geht es den Brüdern?«

»Ganz ausgezeichnet.« Sie spielte das Spiel mit. Warum war sie hier? Marleen war die einzige Verbindung zu dem anderen Team, das schon länger vor Ort und für das Sondieren sowie die Informationsbeschaffung zuständig war.

»Lassen Sie mich raten. Eine letzte Observation?« Marleen warf einen Blick zu dem gegenüberliegenden Ingenieurbüro Paulsen.

Zoey nickte. Sie hatte keine Veränderungen an dem Objekt oder dem Tagesablauf der Mitarbeiter gegenüber dem Status vor drei Wochen festgestellt. Alles konnte wie geplant starten. »Weswegen dieses Gespräch? Haben Sie neue Informationen für mich?«

»So ungefähr.« Die Frau nahm die Menükarte auf. Die Bedienung hatte die Zigarette in einem Aschenbecher ausgedrückt und reckte sich, um zu ihnen hinüberzuschlurfen. Die Frau überflog scheinbar interessiert das Angebot, entschied sich dann für ein Getränk, an das sich niemand erinnern würde. »Einen Milchkaffee, bitte. Vielen Dank!«

Zoey wartete mit verschränkten Armen, bis der junge Mann wieder außer Hörweite war. Ihre Frage wiederholte sie nicht, die Blöße wollte sie sich nicht geben.

»Glückwunsch für den erfolgreichen Abschluss von Brunsbüttel. Aber sagen Sie mir, was ist denn in Eemshaven passiert?«

»Sagen Sie es mir?« Sie war nicht gewillt, sich Vorwürfe gefallen zu lassen. »Wir haben genau nach den uns zur Verfügung stehenden Informationen gearbeitet.«

»Offensichtlich nicht«, versetzte Marleen.

»Die Einschätzung zu dem Security-Angestellten hat sich als nicht zuverlässig erwiesen. Das Basisteam hat unsauber gearbeitet.«

»Die Bewertung, ob jemand unsauber gearbeitet hat, obliegt nicht Ihnen. Die Informationen waren offensichtlich korrekt, Sie sind ins Terminal hineingekommen. Aber Sie haben den Job nicht erledigt. Das ist Fakt.« Ihre Stimme war ruhig, aber schneidend. »Und daraus ergeben sich Implikationen zu dem letzten Teil des Gesamtplans.«

Zoey wollte diese Unterstellung eigentlich nicht stehen lassen, beherrschte sich aber, zu widersprechen. Das würde eh nichts bringen. »Dornumersiel wird wie geplant stattfinden. Wir haben heute noch mal die Bestätigung bekommen, dass die Wartung der Anlage morgen nachgeholt wird. Um dreizehn Uhr ist die Übergabe.«

»Ich habe die Befürchtung, dass Eemshaven deswegen nicht funktioniert hat, weil Sie zu viele Spuren hinterlassen haben. Entweder war es der Betreiber selbst, der die Manipulationen entdeckt hat, oder sogar die Polizei. Folglich besteht auch die Gefahr, dass Spuren zu Ihnen führen. Ich möchte, dass das in Dornumersiel keinesfalls passiert.« Marleen hielt inne, weil der Kellner mit dem Milchkaffee ankam. Sie wartete, bis der die Tasse umständlich vom Tablett auf den Tisch gehoben hatte und sich danach wieder in den Innenbereich verzogen hatte. »Führen Sie den Auftrag hart aus. Keine Spur darf zu Ihnen zurückführen, klar? Keine Rücksicht auf Befindlichkeiten. Haben Sie verstanden?«

»Machen Sie sich keine Sorgen.« *Hart ausführen* war schon deutlich genug gewesen. Sie nahm einen Schluck. Der Kaffee war kalt geworden, der Milchschaum bröselig in sich zusammengefallen. Natürlich war sie darauf bedacht, dass keine lebendige Spur zu ihr zurückführte. Marleen offensichtlich auch. »Ich möchte auch noch einmal mit Ihnen zusammenarbeiten.«

Sie hatten eine gemeinsame Mission, das war keine Freundschaft. Zoey spiegelte das falsche Lächeln ihres Gegenübers. Niemand außer ihr selbst würde darauf achten, dass sie mit heiler Haut davonkam. Sie beschloss, auf der Hut zu sein.

36

Eine leere Landschaft, dachte Iska. Sie befand sich westlich von Emden. Feuchtwiesen, einige Büsche, ab und zu ein paar Windkraftanlagen, weiter nördlich war ein FKK-Strand ausgezeichnet. Und dieses Betriebsgelände von *NorthEuropeEnergy*. Der Betriebsleiter hatte sie gebeten, schon einmal in seinem Büro auf sie zu warten, er selbst würde so schnell es ginge zu ihnen kommen.

Durch das Fenster konnte sie über die Landesgrenze hinweg bis zum gegenüberliegenden Ufer der Außenems sehen. Die Stadt, die sich dort hinter dem Deich abzeichnete, musste Delfzijl sein. Luftlinie vielleicht drei oder vier Kilometer entfernt, so nah und doch so fern. Heute hatte sie mit dem Auto anderthalb Stunden benötigt. Dort hatten die Ermittlungen angefangen.

»Eigentlich naheliegend«, sagte Marten mehrdeutig, der neben sie getreten war und wohl ihre Gedanken erraten hatte.

Iska wusste nicht, was sie darauf antworten sollte. Ja, geografisch nahe liegend. Und ja, wie *Noordzeegas* in den Niederlanden betätigte sich auch *NorthEuropeEnergy* in

Deutschland im Erdgasgeschäft. Aber ansonsten führten sie keine handfesten Indizien hierhin, nur Martens unbestimmte Vermutung.

»Sie sagen es«, antwortete eine Stimme an ihrer Stelle.

Iska drehte sich um, ein dürrer Mann hatte den Raum betreten.

»Ludger Bornheim. Schön, dass Sie da sind.« Der Betriebsleiter ging auf sie zu. Kurzes graues Haar umrahmte ein offenes, leicht rötliches Gesicht. »Früher gab es hier auf der Knock ein Dorf, das der Gegend seinen Namen gegeben hat, von dem eine Fähre rüber nach Oterdum auf der anderen Emsseite gefahren ist. Diese Fähre hat einen alten Handelsweg in Ostfriesland, den Radbodsweg von Aurich bis nach Emden, mit einem Handelsweg bis nach Groningen verbunden.«

»Oterdum, nie gehört«, wunderte sich Iska.

»Gibt es auch nicht mehr. Es war über Jahrhunderte eine recht bedeutende Siedlung. Als jedoch in den Siebzigerjahren in den Niederlanden landesweit die Deiche erhöht wurden, wurde Oterdum geräumt und später ganz abgerissen. Die Grabsteine des Friedhofs des alten Dorfs wurden später auf dem neuen Deich wieder angebracht, als Erinnerung an die frühere Siedlung.«

Der Geschäftsführer räusperte sich. »Jedenfalls, darum erzähle ich das so gern, kann man sagen, dass wir diese alte Handelsverbindung wiederhergestellt haben. Dort, wo früher die Fähre fuhr, gibt es heute eine Pipeline, die die Gasnetze unserer beiden Länder verbindet. Hier wird das Gas aus den niederländischen Erdgasfeldern in das deutsche Gasnetz eingespeist. Oder es kann – bisher weit weniger häufig, aber seitdem die Erdgasförderung in Groningen beendet wurde, vielleicht in Zukunft wichtiger – ebenso das norwegische Gas, das über mehrere Pipelines hier in Emden ankommt, in die Niederlande geleitet werden.«

Iska konnte trotz des routinierten Small Talks dem Mann die Besorgnis ansehen. »Also Emden, und vor allem diese Anlage hier, ist ein kritischer Punkt in der europäischen Erdgasversorgung?«

»In erster Linie in der deutsch-niederländischen« bekräftigte Bornheim. »Aber weil die Erdgasnetze in der EU miteinander verbunden sind, letztlich für die gesamte Europäische Union. Norwegisches Gas macht inzwischen gut ein Drittel der Erdgasimporte in die EU aus. Nach dem Ausfall der Lieferungen aus Russland konnte zum Glück Norwegen diese zu großen Teilen kompensieren. Es war eigentlich das einzige Land, das sowohl über die dafür nötigen Förderkapazitäten als auch, mit den Pipelines, über die notwendigen Transportkapazitäten verfügt hatte.«

»Die Warnung, die gestern vom BKA ausgegangen ist, ist in dem Vorfall in dem LNG-Terminal in Brunsbüttel begründet.« Marten hatte das Thema verlagert. »Haben Sie denn hier in irgendeiner Form einen speziellen Bezug zu LNG?«

»Nein.« Der Mann schüttelte den Kopf. »Sehen Sie, LNG ist im Kern das gleiche Erdgas, das auch durch Pipelines transportiert wird. Über die Norpipe, die direkt hier in Emden anlandet, oder vor allem über die Europipe I und II, die über die Zwischenstation in Dornum hierherführen, wird im Moment weit mehr an Gas transportiert als über alle LNG-Terminals zusammen. Die sind insgesamt mehr so eine Art ... ein Backup für den Notfall, sozusagen. Sie sind nicht technisch von einem konkreten Lieferanten abhängig, sondern können theoretisch von der ganzen Welt beliefert werden. Eine Lehre, die damals aus dem Überfall Russlands auf die Ukraine gezogen wurde. Niemals wieder darf man von einer einzelnen Pipeline, einem einzelnen Lieferanten so abhängig sein. Und außerdem ist LNG natürlich eine Investition in die Zukunft.«

»Warum, genau?«

»Die Terminals sollen so gebaut werden, dass sie nicht nur LNG, sondern mit geringen Umbauten auch Wasserstoff aufnehmen können. Denn dem gehört die Zukunft. Alle großen Nationen unternehmen gewaltige Anstrengungen, um Wasserstoff klimaneutral zu erzeugen – also mit regenerativen Energien. Am einfachsten geht das mit Offshore-Windparks: Wenn der Strom, der dort produziert wird, nicht direkt abgenommen wird, kann man damit vor Ort Wasserstoff produzieren. Und den kann man im Prinzip ähnlich wie Erdgas lagern und transportieren. In Zukunft wird über die LNG-Terminals nicht mehr Erdgas, sondern eben Wasserstoff in Europa angelandet werden.«

»Haben sie ... Werden Sie, beziehungsweise *North-EuropeEnergy*, von Umweltaktivisten angefeindet? Gab es in der Vergangenheit Probleme?«

»Kommt daher die vom BKA ausgesprochene Warnung?« Bornheim verzog das Gesicht. »Ja, in der Vergangenheit schon. Fossile Energieträger und Umweltschutz, so viel muss man sagen, das passte nicht zueinander.«

»Also gab es Schwierigkeiten?«, hakte Iska nach. »Was ist passiert?«

»Was? Puh … alles, was Sie sich vorstellen können aus dem kleinen Einmaleins der Protestaktionen. Schon damals, beim Bau der Europipe I und II, Wattenmeerschutz. Das hat Millionen gekostet. Die haben ja auch recht mit ihren Punkten, aber es ist doch eine Frage der Prioritätensetzung. Will man für ein paar Schweinswale im Kalten hocken? Oder im Dunkeln?«

»Das ist jetzt dreißig Jahre her.« Sie ärgerte sich über die Formulierungen Bornheims, beschloss aber, darauf nicht einzugehen. »Wir reden jetzt von den letzten, sagen wir, zwei Jahren. Gab es da Vorfälle?«

»Nein, eigentlich nicht. Ein paar Kundgebungen auf lokaler Ebene, die neue Bohrinsel in der Nähe von Borkum, organisiert von *Blue Home*, so heißt die Gruppe, sie haben vielleicht davon gehört. Ansonsten … nee.« Er schüttelte den Kopf. »Ich hätte nicht gedacht, dass es einmal so weit kommt.«

»Es ist nur eine Theorie, wir gehen allen möglichen Hinweisen nach«, versuchte Iska den im Raum stehenden Verdacht zu entschärfen.

»Es muss nichts mit den Aktivisten von *Blue Home* zu tun haben«, übernahm Marten. »Wie sieht es allgemein mit der Betriebssicherheit aus? Gab es nicht autorisierte Personen auf dem Gelände, Betriebsstörungen, irgendetwas in der Art?«

»Nein, nein, nicht dass ich wüsste. Es war sehr ruhig in den letzten Wochen.«

Iska entschied, die Fragen konkreter zu stellen. »Es

könnte sein, dass eine Gefahr von einem Innentäter ausgeht. Gibt es vielleicht neue Mitarbeiter bei Ihnen? Oder wurden neue Dienstleister eingebunden?«

»Gut, etwas Mitarbeiterfluktuation gibt es natürlich immer ... In diesem speziellen Fall würden wir die natürlich noch einmal überprüfen. Wir reden hier von zehn, zwölf Leuten in der Zentrale im letzten Vierteljahr. Und was unsere Dienstleister angeht, da sind wir seit Jahren stabil. Es ist eine sehr spezialisierte Industrie, da gibt es nicht so viel Konkurrenz. Und wir sind froh über unsere Partner, alles lokale Unternehmen, mit denen wir seit Jahren vertrauensvoll zusammenarbeiten.«

Also spontan keine Anhaltspunkte für ihre Ermittlungen. Iska hielt sich zurück, als Marten die Details des Objektschutzes mit Bornheim besprach. Land und Bund hatten zusätzliche Polizeikräfte zur Verfügung gestellt, mit denen aber auch allgemeine Kontrollpunkte und die verdeckte Fahndung nach Hönigsvald und Biek gestemmt werden musste. *NorthEuropeEnergy* selbst hatte noch einmal das Sicherheitspersonal aufgestockt. Emden ist eine Festung, so drückte sich Bornheim aus. Gut, für eine gewisse Zeit konnte man Sicherheitsvorkehrungen hochfahren. Aber auf Dauer? Wie lange sollte und konnte ein Alarmzustand weitergehen?

Sie sah auf das Wasser hinaus. Stumm und lautlos zogen die Frachtschiffe die Außenems entlang. Die Fahndung nach Biek, das hatte Marten noch auf dem Parkplatz berichtet, war noch immer nicht erfolgreich gewesen, obwohl inzwischen sowohl die Aktivisten von *Blue Home* als auch Freunde und Familie durch Einsatzteams besucht wurden. Sehr ungewöhnlich. Aber ob das wirklich eine konkrete Spur in diesem Fall war? Sicherlich, Marten hatte mit seiner Ahnung, oder wie er es nannte, seinem Bauchgefühl, oft richtiggelegen. Aber harte Indizien hatte er trotz allem Aufwand, den das BKA inzwischen in diesen Fall steckte, nicht herausarbeiten können. Vielleicht mussten sie ihren Ansatz zu Wanda Biek ändern, überlegte Iska.

Sie schaute auf die Uhr. Als Nächstes sollten sie sich einmal konkret anschauen, wo genau Hönigsvald in Emden vor Ort gewesen war. Auf der Landkarte hatten die Standortdaten recht beliebig ausgesehen, eine belebte Gegend mitten in der Innenstadt.

37

Emden, Freitag, 29. Mai

16:00 Uhr

Sie liefen die verkehrsberuhigte Straße in der Nähe des Burgplatzes entlang. Mehrere Restaurants, ein Supermarkt und diverse Einzelhandelsgeschäfte in der unmittelbaren Umgebung, auch einige Banken. Eine kalte Windböe zog durch eine schmale Seitengasse, der Frühsommer der vergangenen Woche hatte bereits wieder eine Pause eingelegt. Iska versteckte die Hände in der Jackentasche.

»Ein Treffpunkt, würde ich sagen«, vermutete Marten neben ihr. »Wahrscheinlich das Café da vorne.«

»Ich brauche sowieso eine Pause«, antwortete Iska. Das Mittagessen hatte sie ausfallen lassen. »Schauen wir uns das mal an.«

Sie nahmen an einem der Außentische Platz, hinter einem durchsichtigen Windschutz. Außer ihnen war nur ein anderes Gästepaar anwesend, und das war weit genug weg; sie konnten ungestört sprechen. Die Straße war hier buchtartig zu einem kleinen Platz verbreitert. Eine ruhige oder gar behagliche Atmosphäre wollte trotz der Parkbänke und der Kinderspielgeräte, die in einem durch halbhohe Büsche abgetrennten Areal aufgestellt worden waren, nicht aufkommen. Gegenüber befanden sich ein Handyladen und eine Reinigung, daneben ein größeres Ingenieursbüro, in dessen offener Hofeinfahrt der Fuhrpark der Firma zu erkennen war.

Den Standortdaten zufolge hatte Hönigsvald, oder zumindest ihr Smartphone, an drei Freitagen und drei Samstagen bis zu fünf Stunden hier verbracht, mal vormittags, mal nachmittags. Leider war das bereits drei Wochen her. Iska schätzte die Wahrscheinlichkeit, dass man sich an die Personen erinnern konnte, als sehr gering ein, während Marten die Bedienung danach fragte. Nein, das wisse sie wirklich nicht mehr, antwortete die junge Dame denn auch. Vielleicht ihr Kollege, aber der sei um zwei gegangen, Schichtwechsel. Morgen um zehn sei er wieder da.

Die Küche hatte bereits geschlossen, es gab nur noch Nachspeisen. Sie entschied sich für ein Klütje, wohl eine ostfriesische Spezialität, ein riesiger Hefekloß, der in Vanillesoße schwamm, dazu eingelegte Birnen. Marten bestellte sich direkt zwei Stücke Schokoladennusstorte. Schon während sie aßen, merkte Iska, dass sie ihre Portion nicht schaffen würde.

»Vielleicht eine Verhandlung, die sich etwas länger hingezogen hat«, nahm Marten seine Vermutungen wieder auf. Das erste Kuchenstück war in Rekordzeit verschwunden.

»Oder sie haben auf jemanden gewartet«, sagte Iska. Sie öffnete eine Meldung in ihrem Smartphone, dankbar für die Ablenkung. Eine Nachricht von Karin. »Die Fraktion von *Blue Home* in den Niederlanden hat eben eine Pressemeldung verschickt. Schau mal, kommt dir das bekannt vor?«

»Zeig mal.«

Sie drehte Marten das Display hin, sodass er es ebenfalls sehen konnte. Ein Bild. Auch Marten erkannte sofort das Verwaltungsgebäude von *Noordzeegas* und das dahinterliegende schwimmende Terminal. Ins Auge fiel aber etwas anderes, eine Gruppe junger Menschen, die gemeinsam ein riesiges Plakat hochhielten.

Chloor is dodelijk.
Sluit de LNG-terminal!

»Sie haben die Ergebnisse ihrer Wasserproben veröffentlicht, gemeinsam mit einer Kanzlei in Groningen, die die Richtigkeit der Angaben von *Blue Home* bestätigt.«

Marten arbeitete an seinem zweiten Kuchenstück. »Eine Kanzlei hat das bestätigt? Dann hat *Blue Home* vermutlich ihr Vorgehen von langer Hand geplant.«

Iska nickte. Jeder Anwalt, der sich zu so einer Aussage hinreißen ließ, würde bestimmt lückenlos die Ereigniskette von der Probenentnahme bis zur Analyse beweissicher dokumentiert haben wollen. Sie scrollte weiter. Dann hielt sie die Luft an. »Das ist aber noch nicht alles.«

»Was?« Marten verlagerte das Gewicht, um wieder mitlesen zu können.

»Die Pressemeldung verweist auf eine weitere Meldung, die jetzt gerade von *Blue Home* Deutschland veröffentlicht wird. Offensichtlich geht es um die Terminals in Wilhelmshaven. Moment.« Sie klickte auf den Link. Es dauerte ein paar Sekunden, bis die Website geladen war, das Datennetz in Deutschland war noch immer löchrig aufgebaut. Auch hier ein Foto, dieses Mal hatten sich die Aktivisten vor einem Firmenschild des Betreibers aufgestellt, wieder mit einem weit aufgestellten Banner. *Chlor ist tödlich. Schließt das LNG-Terminal!* Auch hier verwies *Blue Home* auf eine Kanzlei, die bereits im Namen der Aktivisten Klage gegen den Betreiber wegen zu hoher Chlorkonzentration im Meerwasser eingereicht hatte.

»Eine konzertierte Aktion«, stellte Marten fest.

Aus dem Augenwinkel sah Iska, wie er nachdenklich weiterkaute, während sie gemeinsam den Rest der Meldung lasen. Dann legte Iska das Handy zur Seite. Sortierte die Gedanken zu Ende, suchte nach den richtigen Worten.

»Sag schon«, munterte Marten sie auf.

»Wanda Biek ist unschuldig«, sprach Iska aus, was ihr schon länger durch den Kopf ging. Aber diese Meldung war ein weiteres Indiz dafür. »Wanda Biek ist einer der Köpfe von *Blue Home*. Und *Blue Home* hätte niemals diese Pressemeldung veröffentlicht, wenn sie bei der Entstehung, vielleicht bei der Probenentnahme oder so, etwas mit dem Tod von Luuk Raand zu tun gehabt hätte.«

»Warum haut sie dann vor uns ab?« Marten wischte sich über den Mund. »Sowohl die Aktivisten im Camp als auch ihre Mutter haben ausgesagt, dass sie sich in den Tagen nach dem Tod von Luuk Raand verändert hatte.

Als ob sie etwas beschäftigt hätte. Und nicht zuletzt ist sie untergetaucht, nachdem sie wusste, weswegen ich nach ihr gesucht hatte. Sie ist immer noch verdächtig.«

»Dafür mag es eine Erklärung geben. Aber entscheidend ist doch, dass ein Mord überhaupt nicht zu ihr passt. Sie will die Welt verbessern.« Sie beugte sich vor, senkte die Stimme. »Was, wenn Wanda irgendetwas von dem Mord mitbekommen hat? Vielleicht hat sie einfach Sorge gehabt, damit in Verbindung gebracht zu werden.«

Marten legte die Gabel beiseite, sah dann ernst auf. »Wenn das, was du vermutest, stimmt, dann …« Er stützte den Kopf in die Hände. »Nicht dass sie schon von den Falschen gefunden wurde.«

Und deshalb nicht auffindbar war. Iska nickte. »Aber lass uns diese Möglichkeit ausblenden, das bringt uns nicht weiter. Lass uns davon ausgehen, dass sie lebt und sich irgendwo versteckt.«

»Gut. Du hast recht. Angenommen, es ist so. Und du hast ja gute Argumente …« Er lehnte sich zurück, verschränkte die Arme. »Trotzdem bleibt ja, dass sie wahrscheinlich etwas weiß. Etwas, das sie uns bisher vorenthalten hat. Wie kommen wir an sie heran? Hast du eine Idee?«

»Sie muss wissen, dass wir sie nicht verdächtigen. Und sie muss wissen, dass es wirklich dringend ist. Dass es nicht um sie geht, sondern darum, einen Mord aufzuklären. Und vielleicht auch darum, weitere zu verhindern!« So weit, so allgemein. »Die Frage ist, wie schaffen wir es, dass sie diese Information erhält? Über wen? Woher wissen wir, wo wir sie suchen müssen?«

Marten verzog das Gesicht. »Wir könnten die Fahndungsteams noch einmal losschicken, zu den uns bekannten Kontaktpersonen von Wanda Biek, und so diese Nachricht verbreiten, in der Hoffnung, dass sie Wanda Biek erreicht. Aber das kann dauern.«

»Und es kann sein, dass diese Nachricht verzerrt wird, anders bei ihr ankommt, als wir sie gemeint haben.« Nein, Martens Vorschlag war nicht zielführend genug. Zu unsicher, zu langwierig. Bei Ermittlungen lief die Zeit immer gegen die Polizei, Spuren durften nicht kalt werden. Sie hatte eine andere Idee. »Wir brauchen einen anderen Ansatz.«

»Worauf willst du hinaus?«

»Einen öffentlichen Aufruf.« Sie sah Marten ruhig an. »In den Niederlanden und in Deutschland.«

»Sicher?«, fragte Marten. »Erreichen wir damit nicht das Gegenteil? Das erzeugt vielleicht noch mehr Druck bei ihr?«

»Auf eine andere Art. Wir brauchen etwas Druck, ohne kommt sie nicht. Aber im positiven Sinne. Wir formulieren eine Bitte, die sie nicht abschlagen kann. So, dass für sie klar ist, dass wir sie nicht verdächtigen.«

»Tun wir das denn nicht? Alle Zweifel beseitigt?« Immerhin war Wanda bisher ihre einzige Verdächtige gewesen. Ohne es auszusprechen, verwies Marten darauf, dass sie bei dieser Art der Öffentlichkeitsfahndung klar erkennbar machen mussten, dass Biek keine Beschuldigte war.

»Nein. Aber in ausreichendem Maß«, baute Iska ihm eine goldene Brücke. Sie sah ihm in die Augen. Er hielt ihrem Blick stand.

»Hönigsvald darf nicht herauslesen, dass wir ihr auf der Spur sind.« Sein Tonfall verriet, dass er ihre Idee annahm. »Und wir müssen vermeiden, Unruhe in der Bevölkerung zu verbreiten.«

»Neuartiger Fall, neuartige Wege.«

*

Borkum – vermisste Person
Wanda Biek, 25 Jahre. Die Polizei bittet um dringende Mithilfe auf der Suche nach der Zeugin Wanda Biek im Zusammenhang mit einem ungeklärten Todesfall.

Das war der Text, auf den sie sich geeinigt hatten. Den Mordfall hatten sie mit Absicht nicht genannt, um Hönigsvald keinen Hinweis zu geben, dass sie ihr auf der Spur waren. Dazu platzierten sie ein freundliches Bild von Wanda Biek, Sonnenschein, ein unschuldiges Lächeln im Gesicht. Zwei Stunden später gaben sie die Vermisstenanzeige an die Medien heraus.

38

Marten schluckte. Er hatte Katharina zugesagt, dass sie sich heute treffen würden. Aber das ging nicht. Wieder einmal. Stumm betrachtete er sein Handy, das Display verblasste bereits, gleich würde es schwarz werden, der Stromsparmodus einsetzen und die Tastatursperre aktiviert. Er musste sie anrufen und es ihr in einem Gespräch sagen, das war er ihr schuldig. Ob sie schon wach war? Oder doch lieber schreiben?

»Ruf sie an«, sagte Iska, die am gegenüberliegenden Schreibtisch Platz nahm. Er hatte gar nicht bemerkt, dass sie den Raum betreten hatte.

»Was?« Seit wann konnte sie Gedanken lesen?

»Das ist was Privates, oder? An einer Nachricht würdest du jetzt eine Viertelstande herumschrauben, und nach dem Absenden wäre wahrscheinlich dann doch nichts final geklärt. Und das würde unserem Fall nicht gerecht werden. Der braucht deine volle Aufmerksamkeit.« Sie rollte auf ihrem Stuhl ein wenig zur Seite, sodass sie an den Bildschirmen vorbei und ihn ansehen konnte. »Tut mir leid. Entschuldige, bitte. Das war taktlos.«

»Aber du hast recht«, musste er zugeben. »Alles gut.«

»Nein. Hey ... Du gibst immer hundertzwanzig Prozent. Das war gerade total daneben von mir.« Sie blickte ihn ernst an, dann ließ sie plötzlich die Schultern nach unten sacken. »Ich sehe dir an, dass dich etwas beschäftigt. Wenn ... wenn du magst ... Ich bin gern für dich da, okay?«

»Danke.« Er wusste nicht, was er mit der Wendung des Gesprächs anfangen sollte. Dann, nach zwei Sekunden, sprach er einfach weiter. »Katharina. Wir bekommen ein Kind. Und ich weiß nicht, ob wir ...« Seine Stimme versagte. »Alles gut«, krächzte er beschwichtigend. Das Letzte, was er wollte, war, jetzt als Nervenbündel dazustehen.

»Sie will nicht?«, fragte Iska mit warmem, ehrlichem Interesse.

»Ich jedenfalls schon«, erklärte er das Dilemma. »Wir wollten uns heute deswegen treffen. In Hamburg.« Es tat gut, wieder festen Boden unter die Füße zu bekommen.

»Ich bin die Letzte, die dir da Ratschläge geben kann«, sagte Iska. »Familie kann ich offenbar nicht. Ich wünsche dir, dass es bei dir anders ist.«

Marten wollte nicht schon wieder danke sagen, deswegen nickte er bloß. Dann bemerkte er die Bitterkeit in ihrer Stimme. »Was ist aus deinem Wochenende geworden? Das war doch gut, so hatte ich das verstanden?«

»Mit den Kindern ist auch alles gut.« Sie umklammerte ihre Kaffeetasse. »Das ist ja letztlich das Wichtigste. Das andere ... ist vielleicht nur ein Wunsch.« Sie rang sich ein Lächeln ab.

Marten war überrascht, dass sie so offen über Daniel sprach. »Deine Familie ... bereust du etwas? Wie das alles so gelaufen ist. Darf ich das fragen?«

»Darfst du.« Sie wischte sich über die Augen. »Manchmal ja, manchmal nein. Aber ich will jetzt keine Kalendersprüche wiedergeben. Also in dem Moment, in dem ich mich entschieden habe, wie ich es halt getan habe, da fühlte sich das richtig an. Für mich. Das hilft mir. Meistens zumindest.«

»Ja«, antwortete Marten. Irgendetwas war gerade passiert. Etwas Gutes. »Ich drücke dir die Daumen, für dich und Daniel.«

»Danke«, antwortete sie.

Eine angenehme Stille lag in dem miefigen Büro, nur der Minutenzeiger der Uhr über dem Türrahmen klickte. Beinahe war es schade, als Iska auf dem Bürostuhl zurückrollte und wieder hinter ihrem Bildschirm verschwand.

Dann raffte er sich auf, streckte die Schultern durch und ging ins Nebenzimmer, um Katharina zu sagen, dass er heute doch nicht nach Hamburg kommen könne. Er versprach ihr, sich so schnell, wie es ihm irgendwie möglich sei, die Zeit zu nehmen. Katharina hatte Verständnis. Zum Glück. Entscheidungen taten weh.

Als er das Gespräch beendete, klingelte das Diensthandy. »Jaspari?«

»Wir haben Hönigsvald gefunden.«

»Was? Bitte wiederholen!« Er schaltete den Lautsprecher ein, sodass Iska mithören konnte.

»Eine Ferienwohnung im Norden von Emden, in Suurhusen, ein kleines Häuschen, frei stehend, größeres

Grundstück in einer Nebenstraße in unmittelbarer Nähe zur B210. Es wird privat vermietet, der Eigentümer hat Hönigsvald sofort auf dem Fahndungsbild erkannt.«

»Aktueller Status?«

»Die Wohnung ist noch bis Sonntag vermietet. Ob sich jemand zurzeit dort befindet, ist unklar.« Kurze Stille. »Wie sollen wir vorgehen?«

»Nichts überstürzen«, rief Iska.

»Ein Team in Zivil zur Observation. Sie sollen vorsichtig sein, nicht dass sie bemerkt werden. Die Gruppe ist gefährlich. Wir sind gleich da.«

Er beendete den Anruf und informierte das bereitstehende Sondereinsatzkommando, damit es den Sturm auf die Wohnung vorbereitete.

*

Suurhusen war der erste Ort, der sich nördlich an Emden nach nur wenigen Hundert Meter freier Fläche anschloss. Die Bundesstraße führte in einem geschwungenen Bogen um den Ortskern herum, dessen bemerkenswert schiefer Turm der mittelalterlichen Kirche lugte hinter den Wipfeln einer Baumgruppe hervor. Marten nahm die erste Abfahrt und parkte den Wagen auf dem Parkplatz des örtlichen Sportplatzes. Es dauerte nicht lange, dann hielt ein unauffälliger weißer Transporter direkt neben ihnen. Die mobile Einsatzzentrale des SEK.

Die Schiebetür wurde geöffnet, Marten und Iska traten ein. Die Leiterin des SEK, funktional in blauer Cargohose und T-Shirt gekleidet, begrüßte sie mit Handschlag. »Jana

Kunze, willkommen. Bisher konnte das Observationsteam keinerlei Bewegung in dem Objekt feststellen.«

Zwei Beamte koordinierten per Headset die beiden Einsatzgruppen, die in ähnlichen Transportern in einer Nebenstraße in Emden auf den Einsatzbefehl warteten. Drei Bildschirme hingen in Kopfhöhe über ihnen, der mittlere zeigte ein flaches, in roten Klinkern gebautes Haus, der Bauweise nach wahrscheinlich mindestens vierzig Jahre alt, mitten in einem verwilderten Garten. Die Auffahrt zur angebauten Garage war leer, das Grundstück von einem kniehohen Jägerzaun umgeben. Auf den anderen beiden Bildschirmen wurden die bewegten Livebilder der Kameras gezeigt, die seitlich am Helm der beiden Gruppenführer befestigt waren.

Kunze reichte ihnen Kopfhörer, mit denen sie sich in den verschlüsselten Teamfunk einklinken konnten.

»Wir warten noch eine Viertelstunde«, bestimmte Marten. »Wenn sich bis dahin nichts bewegt, gehen wir rein.« Die übliche Vorgehensweise, um unliebsame Überraschungen möglichst im Vorhinein erkennen zu können.

Er betrachtete das Haus, das so friedlich und unverdächtig wirkte. Über dem Bildschirm sprangen rote Anzeigeelemente einer Digitaluhr um. Noch fünf Minuten. Noch zwei Minuten. Noch immer keine Bewegung innerhalb des Hauses. Wahrscheinlich war Hönigsvald oder ihre Gruppe nicht vor Ort. War Hönigsvald vorgewarnt worden? War sie geflüchtet, oder handelte es sich um eine geplante Abwesenheit? Wo war sie jetzt? So oder so, sie mussten hinein, um mehr Informationen zu erlangen. Die Viertelstunde war zu Ende. Marten hörte, wie sein Herz klopfte. »Zugriff«, bestimmte er.

Die weiteren Details überließ er der Leiterin des SEK. Beide Gruppenführer bestätigten den Einsatzbefehl im Teamfunk. Auf den Livebildern war die Angespanntheit der Polizisten, die in das Blickfeld der Kameras gerieten, trotz Schutzmaske und Kampfanzug greifbar. Es sind die Augen, dachte Marten. Einige blieben starr geradeaus gerichtet, fokussiert. Andere irrten Halt suchend im Raum herum.

Innerhalb einer Minute erreichten die Fahrzeuge das Ziel. Mit einem Seitenblick beobachtete er Kunze. Ruhig und konzentriert leitete sie den Zugriff. Gruppe Blau stürmte frontal zur Haustür, Gruppe Rot sicherte die Rückseite des Gebäudes. Mit einer Ramme wurde das Schloss aufgebrochen. Schnelle, kurze Befehle beherrschten den Teamfunk. Hektisch suchte die Kamera von Gruppe Blau das Innere des Gebäudes ab. Flur. Küche. Bad. Wohnzimmer, gefolgt von der Meldung *Raum gesichert*. Schlafzimmer. Zweites Schlafzimmer. Treppenhaus. Keine Treppe nach oben, nur eine nach unten. Die Kamera jagte im Uhrzeigersinn in das Kellergeschoss. Zwei Türen. Linke Türe. Deckenlicht flammt auf. Kleiner Raum, lediglich eine Heizungsanlage. Zurück, rechte Tür. Deckenlicht flammt auf, flackert, hell-dunkel-hell-dunkel. Hell. Raue, unbehandelte Steine. Leere. Der gesamte Raum war leer. »Das Haus ist gesichert. Keine Personen anwesend«, meldete die Teamleitung von Gruppe Blau mit heiser Stimme.

Voller Unbehagen drückte Marten die gesplitterte Haustür auf. Ging zusammen mit Iska durch die einzelnen Räume, suchte sorgfältig nach Spuren und Hinweisen. Keine Hinweise mehr auf die letzten Bewohner, keine Kleidung an der Garderobe, Kommoden und Schränke waren leer, die Betten waren gemacht, die Decken säuberlich zusammengelegt, Teller und Besteck eingeräumt, die Böden sauber gewischt.

»Ausgeflogen«, kommentierte Iska knapp.

Marten nickte. Er hatte recht behalten mit seiner Vermutung, Hönigsvald war noch in Ostfriesland. Und das bedeutete, dass sie noch nicht fertig war mit dem, was sie vorhatte, was immer es auch war. Im nächsten Moment kam die Bitterkeit der Erkenntnis, dass Hönigsvald ihr Vorhaben wahrscheinlich gerade in die Tat umsetzte.

Dann klingelte das Handy.

39

Zoey genoss es, angespannt zu sein. Wie an den anderen Samstagen, an denen Projekte für das Ingenieurbüro anstanden, waren bis Viertel vor neun der Chef und seine drei Mitarbeiter im Büro angekommen. Nicht mehr lange, dann würde es losgehen.

Ja, sie würden die Operation hart ausführen, effizient ausführen. Sie konnte es sich nicht erlauben, unnötige Risiken einzugehen aufgrund von Nachlässigkeiten oder falscher Humanität. Es galt, jede Entscheidung auf Basis rationaler Argumente zu treffen. Letztlich musste sie sich selbst schützen.

Es war ein Privileg, eine Operation durchführen zu dürfen, die so lange vorbereitet worden war. Sie wusste, dass ein in den westlichen Zielländern eingebettetes Basisteam über Jahre die Informationen gesammelt hatte, auf die sie und ihr Team nun zugreifen konnten, und auf deren Grundlage sie, Zoey, diese Operation hatte planen können. Sie war der Kopf der Operation. Sie war es, die die Entscheidungen getroffen hatte. Über die Zielobjekte. Über die Art der Durchführung. Über die Details eines jeden Operationsplans. Ja, Eemshaven hatte nicht funktioniert. Aber sie hatte es genossen, die Saat in Brunsbüttel aufgehen zu sehen. Und die dritte Operation würde sowieso die ersten beiden bei Weitem in den Schatten stellen.

Und damit würde der Job auch gutes Geld einbringen. Sie hatte, da sie nun sozusagen freiberuflich unterwegs war, das Honorar frei verhandeln können. Ein Vorteil der »Privatisierung«, wie sie und andere Kollegen es damals genannt hatten. Diese war ein Schachzug ihrer ehemaligen Führungsoffiziere gewesen, damit im Falle des Falls die Spuren zum Auftraggeber zumindest verschleiert wurden. Zwar fehlte nun die Rückendeckung der Organisation, dafür war sie niemandem verpflichtet und konnte auch eigene Aufträge annehmen.

Sie hatte öfter überlegt, sich ein kleines Häuschen von ihrem Entgelt zu leisten, da, wo es schön ist. Wo sie sich wohlfühlte, vielleicht an einem der Seen in der Schweiz, da hatte es ihr immer gut gefallen. Vielleicht am Lauerzersee, direkt am Wald, mit genügend Abstand zum Dorf. Ja, Schweiz war gut. Neutral, immer gut in der Branche, tolle Landschaft, im Winter wie im Sommer, gute Objekte, gutes Leben. Geld machte alles möglich.

Gleichzeitig wusste sie, dass sie das nicht tun würde. Sie war nicht der Typ für ein ruhiges Leben. Für Freunde, für Familie. Für Beziehungen. Sie erinnerte sich an Viktor, ausgerechnet in ihren Ausbilder hatte sie sich damals verknallt, mehr in die Affäre interpretiert, die es dann doch nur gewesen war. Das war der Scheideweg gewesen. Er hätte es sein können, mit seinem Selbstbewusstsein, mit seiner tiefen Stimme, die noch immer in ihr widerhallte.

Mit ihm hatte sie Pläne gehabt, die ihr vorher und nachher immer so langweilig und albern vorgekommen waren. Kinder, sie hatte schon über mögliche Namen nachgedacht, Swana, wenn es ein Mädchen sein würde, Boris,
sollte es ein Junge sein. Naiv. Doch dann war der Abend
gekommen, als sie vor seiner Wohnung auf ihn gewartet
hatte, in der Kälte, im Schnee, eine Stunde oder länger.
Eine Überraschung hatte es werden sollen, sie hatte doch
noch einen früheren Flug nach Moskau bekommen. Und
er war schließlich mit der anderen aufgetaucht, Hand in
Hand, knutschend, als wären sie Teenager. Sie hatte nur
gelacht, als sie die beiden in flagranti erwischt hatte, gelacht über sich selbst und über ihn. Der Gedanke an eine
rosarote Zukunft war eine Schwäche, der sie nie wieder
erlegen war.

Einen Altersruhesitz gab es in ihrer Branche nicht. Zur
Ruhe setzen hieß Macht aufgeben. In dem Moment, in
dem sie ausstieg, würde sie ihren Wert verlieren, schlim-
mer sogar, nur noch eine potenzielle Bedrohung darstellen.
Sie wusste zu viel.

Nein, sie musste im Moment leben. Sie würde das Geld
in das Jetzt investieren. Dann durchatmen. Dann einen
neuen Job beginnen. Gern ähnlich spektakulär wie dieser
hier. Sie war gerade dabei, ihre Visitenkarte zu hinterlegen.

Die Ziffern auf dem Display des Handys sprangen auf
09:00 Uhr um. »Es geht los.« Sie öffnete die Beifahrertür,
ging die letzten Meter zur Fronttür, Janosch, der auf dem
Rücksitz gesessen hatte, folgte ihr.

Jacob fuhr an ihr vorbei, sie beobachtete, wie er den
Geländewagen durch die offen stehende Einfahrt in den

Innenhof steuerte, dann betätigte sie den Knopf neben dem Klingelschild des Ingenieurbüros. Hinter sich spürte sie die breite Präsens von Janosch, der im letzten halben Jahr seine Begeisterung für Kraftsport entdeckt hatte. Seitdem hatte er seine Aggressionen deutlich besser in den Griff bekommen. Er war zwar schon immer der Stärkere der beiden gewesen, auf Jacob dagegen konnte sie sich nach wie vor besser verlassen. Kühl, rational, fehlerfrei. Wie er in Hamburg den armen Kapitän zu ihnen geführt hatte, war vorbildlich gewesen. Sie konnte ihm die Sicherung des Hinterausgangs beruhigt anvertrauen.

»Ja?«, knarzte es fragend aus der Gegensprechanlage.

Zoey atmete bewusst tief aus. Jetzt begann die entscheidende Phase. Das, was nun kommen würde, war hochriskant. Oberste Priorität war es, dass sie alle Mitarbeiter erwischten und keiner eine Warnung oder einen Notruf nach außen geben konnte.

»*NorthEuropeEnergy*, Sicherheitsdienst. Es dauert nur fünf Minuten.«

»Kommen Sie rein. Erste Tür rechts.«

»Prima, besten Dank!« Es summte, und Zoey konnte die Tür aufstoßen. Sie wusste, dass der Betrieb über lediglich vier Zimmer verfügte. Hinter dem ersten Raum, der im Wesentlichen für Repräsentationszwecke und Kundengespräche genutzt wurde, kamen zwei kleine Büros und zum Schluss ein Rüstraum, in dem die Werkzeuge und Arbeitskleidung gelagert wurden. Von dort aus gab es auch einen direkten Zugang zum Hof, den Jacob absicherte.

Sie betraten das Empfangszimmer, in dessen Mitte ein großer weißer Tisch stand, um den insgesamt sechs graue

Stühle gestellt waren. Sideboards auf der gegenüberliegenden Seite, darauf bereitgestellte Kaffeetassen und Wasser-
gläser, daneben ein Wasserspender. An den Wänden hingen drei großformatige Nachdrucke von modernen Ge-
mälden, eines der Werke müsste von Gerhard Richter sein,
überlegte sie. Auf der rechten Seite befand sich das leider bodentiefe Fenster zur Straßenseite, das aber zwischen
Knie- und Schulterhöhe satiniert und damit von außen
weitestgehend blickdicht war.

»Paulsen mein Name, wir kennen uns noch nicht,
oder?« Der Inhaber trat aus dem Flur auf sie zu, er trug
bereits die weiße Latzhose seines Schutzanzugs. Aus den
hinteren Zimmern waren mehrere männliche Stimmen
zu hören, offenbar wurde gerade gescherzt. »Sie kommen
in Zivil?«

»Verena Meyer, das ist mein Kollege Herr Schmitz. Es
ist wegen ihres heutigen Einsatzes bei uns. Es gibt eine
aktuelle Sicherheitswarnung wegen der Vorfälle in Brunsbüttel.« Nach den Informationen ihres Kontakts aus dem
Controlling bei *NorthEuropeEnergy* sollte der Außenter-
min wie geplant um dreizehn Uhr stattfinden, hoffentlich
stimmte das weiterhin. Zoey versuchte, möglichst locker
und unverkrampft zu wirken. Es fiel ihr schwer, sie wusste,
dass das nicht ihre Stärke war. »Sind ihre Kollegen auch
da? Hätten Sie kurz Zeit für uns?«

»Sie kommen noch rechtzeitig, wir wollten etwas früher losfahren und uns noch mit ihren Technikern austau-
schen.« Paulsen rief seine Mitarbeiter zu ihnen herüber.
Zwei von ihnen trugen auch bereits Teile ihrer Schutz-
anzüge, einer kam ihnen in Jeans und Hemd entgegen.

»Herr Johann kommt nicht mit, wir sind heute wie besprochen zu dritt. Wie können wir Ihnen helfen?«

»Ah, prima, dass alle da sind. Das trifft sich.« Ein Lächeln umspielte ihre Lippen. Sie wartete, bis sich die Männer bei ihnen eingefunden hatten, dann griff sie in die Innentasche, zog die Makarow mit dem aufgesetzten Schalldämpfer hervor und richtete sie auf Paulsen. »Machen Sie keinen Fehler, dann passiert niemandem etwas.«

Paulsen hob langsam die Hände, irritiert blickt er zwischen ihr und Janosch, der seine Makarow zeitgleich mit ihr hervorgezogen hatte, hin und her. Die anderen Mitarbeiter folgten zögernd seinem Beispiel. »Was, ich verstehe nicht, was soll das?«

Sie mussten so schnell wie möglich das Zimmer verlassen, nicht dass trotz des Sichtschutzes jemand auf der Straße aufmerksam wurde. »Wir gehen einen Raum weiter. Los!«

»Äh … das kann doch alles nicht möglich s…« Der Mann verharrte. Hinter ihm ließ einer seine Mitarbeiter die Arme bereits wieder ein Stück sinken.

»Los!«, wiederholte sie ungeduldig und hob die Pistole ein Stück an, sodass die Mündung nun genau auf Paulsens Stirn zeigte. »Letzte Warnung.«

»Okay … Alles gut … Wir tun, was sie sagen …« Langsam drehte der Mann sich um, die hinter ihm stehenden Mitarbeiter ebenso.

Zoey ließ etwas Abstand zu ihnen, damit niemand auf die Idee kam, ihr die Waffe entwenden zu wollen. Sehr gut, sie gehorchen, stellte sie erleichtert fest. Der Erste, derjenige in Hemd und Jeans, hatte bereits die Tür zum nächsten Raum erreicht. Plötzlich sprang er nach vorne, rannte geduckt in das dort liegende Büro hinein, rollte eines der dort stehenden Flipcharts hinter sich in den Flur, sodass es ihr Blickfeld teilweise versperrte.

»Scheiße.« Sie legte auf ihn an. »Bleiben Sie stehen, Mann!«

Auch Paulsen vor ihr machte einen Schritt zur Seite. Aus dem Augenwinkel sah sie, dass Janosch bereits reagierte, den Inhaber am Kragen zu fassen bekam und hart und brutal zu Boden warf. Er hielt ihm seine Pistole direkt an die Schläfe.

»Bitte tun sie mir nichts«, sagte Paulsen kapitulierend.

Die beiden anderen Mitarbeiter flohen trotzdem ihrem Kollegen hinterher. Der riss die nächste Tür auf, Zoey hörte zweimal ein kurzes Plopp, und der Mann blieb einfach stehen, bis ihm die Beine einknickten und er leblos zusammensackte. Im Fallen kippte der Kopf nach hinten, aus roten Einschusswunden mitten auf der Stirn tropfte es rot. Dahinter kam Jacob zum Vorschein, seine Pistole noch im Anschlag.

Die beiden anderen Mitarbeiter drehten sich, der eine riss die Hände nach oben, der andere fiel dabei um, krabbelte panisch rückwärts vor Jacob weg. Sie mussten die beiden nur noch einsammeln. Vor ihr flüsterte Paulsen, dass er alles tun würde, wenn sie ihn bloß leben ließe.

»Es kann alles gut werden«, log Zoey.

40

Marten hielt das Lenkrad mit beiden Händen umklammert, während er den Wagen über die Landstraßen nach Esens steuerte, über ihnen rotierte das Blaulicht, das er auf das Dach gesetzt hatte. Endlich fanden sie die Puzzlestücke, eins nach dem anderen, erst die Wohnung in Suurhusen, die von Hönigsvald angemietet worden war, jetzt der Anruf aus der Polizeiwache Esens. Eine Frau habe sich dort gestellt, die angab, Wanda Biek zu sein. Zusammen mit Iska hatte er sich sofort auf den Weg gemacht. Die weitere Durchsuchung der Wohnung musste sowieso von der Spurensicherung vorgenommen werden. Er schätzte die Wahrscheinlichkeit recht niedrig ein, dass Hönigsvald ihnen dort wertvolle Spuren hinterlassen hatte.

»Esens … Wir hätten es uns denken können«, murmelte er, als sie die Stadtgrenze erreichten und auf der linken Seite der Schafhauser Wald an ihnen vorbeizog.

»Warum?«

»Das Internat Esens liegt direkt hinter den Bäumen hier.«

Mit knapp achtzig Kilometer pro Stunde raste er die

Bahnhofsstraße entlang. Wie hatte es die Mitbewohnerin in Bremen formuliert? Wanda hätte überall Freundinnen. Und die besten, tiefsten Freundschaften schloss man als Kinder oder Jugendliche. In der Schulzeit.

»Wanda Biek kommt aus Borkum. Auf keiner der Inseln gibt es eine gymnasiale Oberstufe, wenn man das Abitur machen will, geht man auf das Internat nach Esens.«

Die Kleinstadt war für viele Inselkinder ein neues Zuhause geworden, zumindest unter der Woche. Sicher hatte Wanda hier Freunde oder Freundinnen gefunden, bei denen sie für eine Weile bleiben konnte und die keine Fragen nach dem Warum stellten. Er dachte an seine eigene Schulzeit. Ein Internat wäre vielleicht gar nicht so schlecht gewesen, möglicherweise hätte dann die Abnabelung von seinen Eltern besser geklappt. Er wohnte noch immer in Aurich, wie seine Eltern, nur zehn Minuten von ihnen entfernt. Das tat ihm nicht gut.

Ein roter Blitz blendete ihn für eine Millisekunde, riss ihn aus seinen Gedanken. Wenigsten war das Blaulicht an, das würde die Diskussionen mit den Kollegen von der Verkehrsüberwachung vereinfachen.

Es waren eh nur noch wenige Hundert Meter. Er verlangsamte die Fahrt, setzte schließlich den Blinker, um nach rechts in eine Seitenstraße abzubiegen. Die Polizeiwache war in einem ebenerdigen Langbau untergebracht, davor mehrere Parkplätze, nur ein Streifenwagen war vor Ort.

»Wie gehen wir vor?«, fragte Iska mit einem Seitenblick, als sie sich abschnallten.

»Was genau meinst du?«

»Die Frau hat sich gestellt, obwohl sie vorher vor dir

geflohen ist.« Sie drehte sich zu ihm hin. »Du bist gerade emotional.«

Natürlich war er das. »Sie hat mich angelogen.«

»Und das hilft uns jetzt nicht weiter. Versetz dich in ihre Lage.« Sie sah ihn ernst an. »Sie ist eine Zeugin. Mit Anschuldigungen werden wir nicht weiterkommen.«

Er trommelte mit den Fingern auf dem Lenkrad herum. »Was schlägst du vor?«

»Wir müssen ihr zeigen, wie wichtig es für uns ist, dass sie sich überwunden hat«, antwortete sie kryptisch.

Er benötigte einen Moment, bis er begriff, was sie ihm sagen wollte.

»Dass du aus den Niederlanden hierherkommst, um mit ihr zu sprechen.« Er atmete aus. Nickte ihr zu. »Ja, du hast recht. Vielleicht ist es besser, wenn du mit ihr redest. Ich mache nur kurz die Begrüßung, dann übernimmst du, okay?«

»Gern.«

In der Wache empfing sie ein Kollege und führte sie ohne großen Small Talk in das Besprechungszimmer, in dem fünf Schreibtische wie zu einer langen Tafel zusammengeschoben waren. Sofort erkannte er die Frau, die sich zu ihm umdrehte. Jenny Krugmann alias Wanda Biek. Ihr Händedruck war fast nicht wahrnehmbar. Kreide fressen, ermahnte er sich, nicht beleidigt sein. »Vielen Dank, dass Sie gekommen sind. Ich weiß das sehr zu schätzen. Unser Start war ja etwas schwierig.«

»Hallo.«

»Haben Sie wenigstens schon einen Kaffee bekommen?« Er zwang sich ein Lächeln ab. »Der beste Filterkaffee in Ostfriesland, habe ich mir sagen lassen.«

»Zwei Tassen«, antwortete sie knapp. Aber sie erwiderte das Lächeln.

»Ich darf Ihnen Frau van Loon von der niederländischen Polizei vorstellen. Es geht um einen Todesfall, und wir hoffen, dass Sie uns helfen können.«

Er beobachtete, wie Iska sich behutsam in die Situation hineinarbeitete. Sie erzählte vom Tod Luuk Raands, von langwierigen und aufwendigen Ermittlungen und ihrer Sorge, dass die Mörder weiterhin frei herumliefen. Und offenbar weitere Verbrechen planten.

»Wir denken, dass *Blue Home* nichts mit dem Mord zu tun hat. Aber wir hoffen, dass ihr etwas wisst, dass uns weiterhilft, ihn aufzuklären.«

Wanda Biek presste die Lippen aufeinander, schwieg. Es war ihr anzusehen, dass sie etwas sagen wollte, aber nicht die richtigen Worte fand.

»Luuk Raand hat für *Noordzeegas* gearbeitet, *Blue Home* war öfters in Eemshaven«, half ihr Iska. »*Blue Home* hat dort Wasserproben entnommen. Wir wissen inzwischen, dass ihr recht habt – *Noordzeegas* hat zu viel Chlor in die Nordsee eingeleitet. Uns geht es um den Dienstag vorletzte Woche. Wart ihr an dem Abend auch dort? Habt ihr vielleicht irgendetwas gesehen oder gehört, das uns weiterhelfen kann?«

»Ich weiß, dass ich keine Aussage machen muss, wenn ich mich selbst damit belasten würde«, antwortete Wanda Biek.

»Es geht um Menschenleben«, setzte Iska in flehentlichem Ton nach. »Bitte.«

»Mit dem Mord haben wir nichts zu tun, aber …«

Wanda Biek machte eine kurze Pause, nickte sich dann selbst einmal zu. »Wir wussten schon seit Längerem, dass *Noordzeegas* das Wattenmeer mit Chlor verseucht. Nehmen wir an, jetzt mal rein theoretisch, dass wir nach einer spektakuläreren Möglichkeit gesucht haben, die Ergebnisse der Wasserproben zu veröffentlichen, als uns bloß vor den Zaun des Unternehmens zu stellen.«

»Sie … Sie wollten auf das Schiff? Auf das Terminal? Sie waren da, in der Nacht, oder?«, platzte es aus Marten heraus. »Wie? Wie kamen sie dort hinein? Also … rein theoretisch, versteht sich.«

»Wie alles, was ich Ihnen sage.« Ein kurzes Grinsen huschte über Wanda Bieks Gesicht, dann wurde sie wieder ernst. »Es … es gibt eine Art Leiter an der Außenwand des Terminals. Eine Notleiter, eigentlich nur eine lange Reihe stählerner Stiegen. Von außen kaum zu erkennen. Dort sind wir hoch. Wir wollten das Banner oben auf dem Terminal platzieren, so wie Greenpeace an Ölbohrplattformen. Das hätte bessere Bilder gegeben als jetzt … die von gestern.«

Einbruch, Hausfriedensbruch, eventuell Sachbeschädigung, da kam einiges zusammen. Aber das war nichts im Vergleich zu einem Tötungsdelikt. Sofort ging bei ihm der Film im Kopf wieder los. Hatte Luuk Raand *Blue Home* dabei erwischt, und es hatte einen Kampf, einen Unfall oder etwas Ähnliches gegeben? Nein, dann hätte sie sich heute nicht gestellt. Es musste etwas anderes geschehen sein.

»Als Sie auf dem Terminal waren – was ist dann passiert? Es ist etwas passiert, oder?«, fragte Iska. Schließlich hatte *Blue Home* das Transparent dann dort doch nicht aufgehängt.

»Es war … wir waren sehr angespannt. Es war aufwendig, alles nach oben zu bringen, und wir hatten Angst, dass wir zu viel Lärm machen. Auf einmal ging am Deck Licht an, und jemand kam vom Flur her auf unsere Position zu. Wir waren hinter mehreren dieser Röhren, die da überall raus- und reingehen, bei so einem Wartungshaus, da konnte man sich in eine Nische reinhocken, die im Schatten lag.«

»Wie ging es weiter?«

»Wie gesagt, die Verbindungstür zum Innenbereich ging auf. Es kamen mehrere Leute heraus.«

»Können Sie sie beschreiben?«

»Es waren drei. Der Sicherheitsmann, den habe ich wiedererkannt. Dann noch eine Frau und ein Mann. Ich bin zurückgezuckt, als sie sich uns näherten. Aber sie gingen nicht direkt in unsere Richtung, sondern außen am Gang an der Bordwand entlang, nach achtern. Als sich ihre Schritte entfernten, habe ich vorsichtig um die Ecke geschaut. Da waren sie aber nicht mehr zu sehen.« Sie schluckte.

»Und dann?« Iska wirkte ganz ruhig bei ihrer Frage, aber Marten konnte erkennen, dass sie unwillkürlich die Luft angehalten hatte.

»So … so nach ein, zwei Minuten hörten wir, wir hatten uns gerade aus unserem Versteck herausgetraut, wie aus der Richtung, in der die Leute gegangen waren, etwas ins Wasser fiel. Ein ziemlicher Aufprall muss das gewesen sein, richtig laut, sonst hätten wir das von da, wo wir waren, gar nicht hören können.«

»Was könnte das gewesen sein?«

»Das haben wir uns auch gefragt. Wir haben in die Nacht hineingehorcht, aber nichts mehr gehört.«

»Was haben Sie dann gemacht?«

»Ich bin ganz vorsichtig in die Richtung gegangen, ganz eng an der Seite, immer im Schatten, zumindest da, wo es ging. Auf einmal sah ich zwei der Leute da stehen. Die Frau und den unbekannten Mann, sie waren schwer zu erkennen, standen selbst im Halbdunkel. Sie haben sich unterhalten. Der Mann hat noch einmal etwas in hohem Bogen über die Brüstung ins Wasser geworfen, eine Stange oder so.«

»Luuk Raand war nicht dabei?«

»Nein. Deswegen war ich auch beunruhigt. Ich hatte Sorge, dass er auf einmal hinter mir auftaucht. Jetzt, inzwischen … Puh.« Sie schüttelte sich.

»Bitte erzählen Sie weiter. Konnten Sie verstehen, worüber gesprochen wurde?«

»Nein, zuerst fast gar nichts. Sie haben sehr leise geredet, fast geflüstert.«

»Aber dann?«

»Auf einmal sind sie losgegangen, zurück, auf demselben Weg, auf dem sie dort hingekommen waren. Ich habe mich in den Schatten einer Rettungsinsel gedrängt, die sich auf dem Deck befand. Da habe ich ein paar Worte aufgeschnappt, als sie an mir vorbeigingen.«

»Was?«

»Ich habe es nicht genau verstanden und kriege es jetzt auch nicht mehr ganz zusammen.« Sie strich sich über die Stirn. »Irgendetwas von Paulsen und dass immer ein

Risiko besteht. Ich weiß nicht. Tut mir leid, das … ich kann mich nicht genau erinnern.«

Paulsen. Marten fühlte, wie es in ihm kribbelte. Er hatte den Namen erst kürzlich gelesen, wo war das noch gewesen? Gegenüber vom Café, in Emden, so hieß doch dieses Ingenieurbüro. Hatte er sich auch nicht verhört? »Paulsen, sagten Sie? Wie sicher sind Sie?«

»Relativ. Paulsen, ja, ich denke schon.«

»Gut, danke.« Er machte sich eine Notiz, dann nickte er Iska zu, als Zeichen, dass sie das Gespräch wiederaufnehmen konnte.

Wanda Biek erzählte, wie sie sich dann dagegen entschieden hatten, die Aktion weiterzuführen, weil ihnen das alles zu merkwürdig vorgekommen sei, und das Terminal über die Stiegen wieder verlassen hätten. Die Vermutung, dass es sich um Luuk Raand handeln könnte, der ins Wasser gefallen war, hatte sie einfach von sich weggeschoben. »Bis seine Leiche auf einmal auf Borkum angeschwemmt wurde und dann Sie auftauchten, Herr Jaspari. Da sind mir die Sicherungen durchgebrannt. Schließlich muss es auf dem Terminal nur so von unseren Spuren wimmeln, also Fingerabdrücke und so.« Sie habe Angst gehabt, dass der Tod des Sicherheitsmanns mit ihnen in Verbindung gebracht werden könnte, und sei einfach abgehauen, ohne eine Ahnung, was sie genau machen solle. Eine Überreaktion, ihr sei das alles über den Kopf gewachsen.

»Danke. Sie haben uns sehr geholfen.« Iska sprach mit warmer Stimme. »Das ist nicht nur eine Floskel.«

Die junge Frau atmete auf. Ihr war anzusehen, dass es

ihr gutgetan hatte, die Geschichte zu erzählen. »Wie geht es jetzt weiter?«

»Sie haben uns wertvolle Hinweise geliefert, denen wir jetzt nachgehen können«, antwortete Marten. Er wusste natürlich, dass Wanda Biek auch damit meinte, ob sie Konsequenzen aus dem Einbruch bei *Noordzeegas* zu befürchten hätte. Er überging die implizite Frage, mal sehen, ob sie da etwas machen konnten. »Bitte halten Sie sich zu unserer Verfügung, für den Fall, dass wir Rückfragen haben.«

41

»Vielleicht liegt es daran, dass heute Wochenende ist. Bei der Firma Paulsen kriege ich niemanden ans Telefon, ich habe Kunze angewiesen, dass zwei Leute aus ihrem Team dort mal vor Ort vorbeischauen.« Marten war im Türrahmen erschienen. »Aber dafür habe ich bei *NorthEuropeEnergy* jemanden erreicht, den Leiter der Buchhaltung. Eigentlich im Urlaub, aber er geht netterweise trotzdem ans Handy. Aus dem Gedächtnis heraus wusste er noch, dass sie in der Tat eine Geschäftsbeziehung mit Paulsen haben. Er meinte sich zu erinnern, dass die Firma vor allem mit der Zweigstelle in Dornum zusammenarbeitet. Wartungsarbeiten, mehr konnte er mir nicht sagen.«

»Worauf warten wir noch?«

»Ich hab uns schon einen Termin besorgt, halb drei, mit einem gewissen Herrn Peters, dem stellvertretenden Betriebsleiter.« Er blickte auf das Display seines Handys, auf dem die Uhrzeit eingeblendet wurde. »Das sollten wir noch schaffen. Ist gleich um die Ecke.«

Die Fahrt führte sie über Landstraßen geradewegs nach

Westen, links und rechts Ackerland, gelegentlich kleine Ansammlungen von Häusern. Im Radio wurde die Forderung der führenden Oppositionspartei diskutiert, ob man nicht endlich wieder Handel treiben statt Krieg führen solle, so die Formulierung der Vorsitzenden von Gerechtes Deutschland gestern Abend in der Tagesschau. Die rechtsnationale Partei war für ihre russlandfreundliche Außenpolitik in den letzten Jahren stark kritisiert worden. Angesichts des Unglücks von Brunsbüttel und der damit verbundenen offensichtlichen Unsicherheit von LNG sei es besser, Erdgas wieder direkt aus Russland zu importieren. Sauber, umweltfreundlich, sicher und billig. Eine Hörerin erklärte, dieser Krieg müsse beendet werden, man müsse die Realitäten akzeptieren. Dann wurde ein Lied von den Scorpions gespielt.

Nach zwanzig Minuten erreichten sie Dornum. Ein Schild verwies auf den historischen Ortskern, eine Kirche lugte geduckt hinter den Bäumen am Straßenrand hervor. Ohne eine Ampel gesehen zu haben, verließen sie die Stadt auf der anderen Seite. Nach kurzer Fahrt bogen sie in eine gepflasterte Nebenstraße ab, die zu einem versteckt gelegenen, mit Stacheldraht umzäunten Gelände führte. Ein massives Gittertor verriegelte wehrhaft die Einfahrt. Marten bat an der Sprechanlage um Einlass, das Tor rollte zur Seite. Sie hielten auf dem Parkplatz vor einem Verwaltungsgebäude, im hinteren Bereich der Anlage konnten sie riesige metallene, silbern glänzende Rohrsysteme erkennen, die aus der Erde herausragten.

Ein Mann mittleren Alters kam auf sie zu, Jeans, blauer Pullover, eine Brille baumele an einem Band vor seiner

Brust. »Peters.« Er gab erst ihr die Hand, dann Marten. »Kommen Sie doch mit ins Büro.«

Am Wochenende sei nur eine Minimalbelegschaft vor Ort, und der Chef sei zurzeit im Urlaub, sie müssten mit ihm vorliebnehmen. Er führte sie durch ein größeres Büro, in dem zwei schweigende Mitarbeiter vor einer ganzen Batterie Monitore saßen, auf denen unterschiedlichste Diagramme und Zahlen eingeblendet wurden, ging weiter in ein zweites, einfach gehaltenes Einzelbüro. Mit einem Schnaufen verschloss er die Glastür. »Ich müsste mehr Sport machen. Einmal runter, einmal hoch und schon ist man aus der Puste. Wie kann ich Ihnen helfen?«

»Es geht um das Ingenieurbüro Paulsen, das von Ihnen beauftragt wurde«, ergriff Marten das Wort. »Können Sie uns sagen, worum es da geht, also wofür Paulsen tätig ist?«

»Äh ... ja.« Er rieb sich die Stirn. »Puh, wo anfangen? Sie wissen, was wir hier an diesem Standort machen?«

»Irgendetwas mit Erdgas, vermute ich«, versuchte sich Marten an einem Scherz.

Peters drehte sich zu einer riesigen Karte der Nordsee um, die hinter ihm an der Wand hing. »Das sind die Erdgas- und Ölpipelines, die von *NorthEuropeEnergy* betrieben werden.« Quer über die Karten waren verschiedene rote und blaue Striche gezogen; er deutete erst auf eine Linie, die ungefähr in der Mitte der Nordsee begann, dann auf eine zweite, die ihren Start an der Südwestküste Norwegens hatte. Beide endeten in Dornum. »Die beiden hier, das sind die Europipe I und Europipe II. Die beiden zentralen Stützen der deutschen Erdgasversorgung.«

»Ich dachte, die Pipelines führen bis nach Emden? Emden ist doch der Mittelpunkt der Gas-Infrastruktur, oder?«

»Ja, sicherlich. Aber Dornum ist sozusagen der unverzichtbare Außenposten. Die beiden Europipes enden hier in Dornum, deswegen ja diese Betriebsstätte. Wir betreiben hier eine sogenannte Gasempfangsanlage. Im Wesentlichen entspannen wir den Druck vor dem Weitertransport, von 160 bar auf 80 bar. Wegen des Joule-Thomson-Effekts muss das Erdgas dabei erwärmt werden. Von hier aus verteilen wir das Gas dann zum einen über andere Pipelines weiter westlich nach Emden, wo es dann unter anderem auch in die Kundennetze weitergegeben wird, zum anderen nach Südosten in die NETRA-Pipeline, die erst zu den Gasspeichern in Etzel und dann weiter bis nach Salzwedel führt.«

»Okay, verstanden«, antwortete Marten neben ihr. »Aber was hat das mit der Firma Paulsen zu tun?«

»Dazu komme ich jetzt. Sehen Sie hier, den Bereich, in dem die beiden Europipes das Festland erreichen?«

»Die gehen mitten durch das Wattenmeer?«, stellte Iska erstaunt fest. Der Bau der Pipeline musste das Ökosystem dort nachhaltig gestört haben – allein der Baulärm, die Maschinen zur Verlegung, Vernichtung von Flora und Fauna … »In einen Bereich, der trockenfällt? Gab es denn keine Umweltschutzbedenken deswegen?«

»Doch. Genau das ist der Punkt. Sie sehen diesen Abschnitt der Pipelines, der zwischen den Inseln Baltrum und Langeoog bis zum Festland verläuft?« Die beiden Pipelines verliefen zuerst von Norden kommend im deutschen

Küstenbereich parallel, durch das Seegatt zwischen den beiden Inseln Baltrum und Langeoog hindurch, und machten dann einen auffällig scharfen Knick, um für wenige Kilometer schnurgerade auf das Festland zuzulaufen. Nach Erreichen des Festlands verliefen die Pipelines geschwungen bis zur Empfangsanlage. »Tatsächlich wäre auch damals beinahe der Bau der Europipes wegen Umweltschutzbedenken gescheitert. Wattenmeer ist hochsensibel, Sie kennen das. Schließlich hat man sich auf einen Kompromiss geeinigt. In dem Bereich des Watts, der ständig überflutet ist, also bis kurz hinter das Seegatt zwischen Baltrum und Langeoog, wurde die Pipeline herkömmlich gelegt und in den Meeresboden eingegraben. Und diese gerade Strecke hier, die sich daran anschließt, und die bis zum Festland führt – das ist ein Tunnel, in dem die Pipelines liegen.«

»Für die Pipelines wurde extra ein Tunnel gebaut?«

»Das war eine richtige aufsehenerregende Aktion damals. Eine riesige Baustelle direkt hinter dem Deich, der Tunnel führt bis zu einer speziellen Untertagekammer, in der die Rohre innerhalb des Tunnels mit denen der traditionell verlegten Pipeline verbunden wurden.«

»Aber was hat Paulsen …?«

»Einen kleinen Moment noch. Eigentlich hätte es diesen Tunnel gar nicht mehr geben sollen. Es war vorgesehen gewesen, ihn noch vor der Inbetriebnahme der Pipelines zu fluten und die Untertagekammer zurückzubauen. Aber wiederholt auftretende Probleme im Probebetrieb waren zu groß gewesen, sodass man sich für die Beibehaltung der Anlage umentschieden hatte. Außerdem ist in der

Untertagekammer noch immer eine Sperrschaltung integriert, die im Katastrophenfall den einen Teil der Pipeline von dem anderen trennen kann. Jedenfalls, der ursprünglich nur für die Verlegung der Pipelines gedachte Tunnel blieb begehbar. Und hier kommt jetzt Paulsen ins Spiel.«

»Inwiefern?«

»Der Tunnel führt durch relativ instabile Erd- und Gesteinsschichten, wir müssen periodisch sichergehen, dass er noch intakt ist. Das ist immer eine größere Aktion, weil da recht aufwendige Vorbereitungen notwendig sind. Jedenfalls, diese Inspektion, die macht Paulsen für uns, einmal im Jahr. Routine. Wenn sie wollen, können Sie sich das gern ansehen.«

»Ansehen?« Iska stutzte. »Sie meinen – jetzt?«

»Ist Paulsen gerade in dem Tunnel?«, hakte Marten nach.

»Ja, sie haben sich heute Mittag angemeldet und sind dann direkt weitergefahren, nach Dornumersiel, wo sich der Einstiegspunkt befindet. Aus Sicherheitsgründen ist das von außen ein ganz unscheinbareres Häuschen, aber natürlich gesichert auf dem neuesten Stand der Technik.« Peters bemerkte den Blick, den sie mit Marten wechselte. »Ist irgendetwas damit nicht in Ordnung?«

»Das wissen wir noch nicht. Sagen Sie, ist Ihnen heute bei der Anmeldung irgendetwas Besonderes aufgefallen? War irgendetwas anders oder ungewöhnlich als sonst?«

»Nicht direkt … Wir haben uns nur kurz auf dem Parkplatz begrüßt. Der Chef war wieder persönlich dabei, er macht das bereits seit Jahren. Sie sind dann zusammen mit einem meiner Techniker und einem der Kollegen vom

Sicherheitsdienst weitergefahren. Auf Small Talk hatte er leider keine Lust.« Peters überlegte, Iska merkte, wie sie sich bereits wieder entspannte, bis Peters weitersprach. »Er wirkte vielleicht etwas angespannter als sonst. Seine Kollegin und sein Kollege haben kein Wort gesagt, die waren auch neu. Ich hab noch den Scherz gemacht, dass er mal nett zu seinen neuen Mitarbeitern sein sollte, fand er gar nicht lustig.«

»Einen kleinen Moment, bitte.« Marten räusperte sich kurz, zog sein Smartphone hervor und zeigte dem Betriebsleiter das Ausweisfoto von Hönigsvald. »Die neue Mitarbeiterin von Paulsen, könnte die ungefähr so ausgesehen haben?«

»Nein.« Der Mann beugte sich über das Bild. »Nein, die war braunhaarig.«

»Und wenn man von den Haaren absieht?«

»Ich weiß nicht. Nein … Puh, vielleicht, wenn man die Kinnpartie … Na ja, also ich würde das jetzt nicht beantworten können. Hab sie ja auch nur kurz gesehen. Vielleicht …« Er wiegte den Kopf hin und her.

Marten blickte fragend zu ihr hinüber. Er hat es nicht eindeutig verneint, überlegte Iska. Der Tunnel mit den beiden Erdgaspipelines war mit Sicherheit ein mindestens so hochwertiges Ziel wie ein LNG-Terminal. Die Indizien waren nicht gut, aber bessere hatten sie nicht. Und das Risiko war einfach zu hoch, um es sich nicht anzusehen. Sie nickte ihm zu.

»Bitte zeigen Sie uns, wo der Einstiegspunkt ist«, wandte sich Marten wieder an den Betriebsleiter.

42

Das kleine Wartungshäuschen war von außen vollkommen unscheinbar. Direkt hinter dem Deich an einem Feldweg gelegen, Betonbau, quadratischer Durchmesser, grün gestrichen, damit es in der Landschaft möglichst nicht auffiel, keine Fenster, nur eine schwere graue Metalltür an der Frontseite. Hinter dem Häuschen war die Straße geringfügig breiter, sodass sie dort wenden konnten. Der graue Kleintransporter, in dem ihnen die Mitarbeiter von *NorthEuropeEnergy* gefolgt waren, wendete ebenfalls und kam direkt hinter ihnen zum Stehen.

»Bitte sehr.« Zoey lachte dem Mitarbeiter vom Sicherheitsdienst zu. Es war ein älterer Herr, der in dem schwarzen Arbeitsoverall nicht wirklich martialisch, sondern eher etwas verloren wirkte.

Der Mann ging an Paul, dem Techniker von NorthEurope-Energy, Paulsen und Janosch vorbei, Janosch hatte dem Inhaber des Ingenieurbüros bedeutungsschwer die Hand auf die Schulter gelegt. Er wandte sich einem briefkastengroßen Metallkasten zu, der neben der Tür in die Wand eingelassen war, und zog einen kleinen Sicherheitsschlüssel hervor. Der hakte kurz vor dem Einrasten, doch dann öffnete sich der Kasten. Dahinter kam ein Display zum Vorschein, ähnlich einem Geldautomaten. Es leuchte in weißen Ziffern. *Sicherheitscode eingeben.* Ansonsten würde in 01:55 Minuten eine Alarmmeldung über eine nicht autorisierte Öffnung abgegeben werden, das wusste sie. Der Mann tippte sorgfältig auf dem Tastaturfeld. 56 873 292, die letzte Ziffer konnte auch eine 3 gewesen sein, seine Schulter war in ihr Sichtfeld gekommen. *Alarmanlage deaktiviert,* meldete das Display.

Die Tür schwang auf. Der Einstieg zu einem dunklen Treppenhaus öffnete sich ihnen. Über den ersten Stufen schwebte eine Überwachungskamera, filmte direkt auf den Eingang.

»Grüßen wir ruhig einmal ihre Kollegen!« Sie winkte in die Kamera, wartete, bis der Mann vom Sicherheitsdienst es ihr nachtat. »Könnten Sie noch mal kurz zum Auto mitkommen, ich hätte nur noch eine kurze Frage.«

»Sicher.« Er trat aus dem Sichtfeld der Kamera. Sie zählte bis drei, dann zog sie die Makarow hervor. Es war so einfach.

*

Sie blickte zurück zu Janosch, der bei den Geiseln bleiben würde. Sie konnten ihnen noch nützlich sein, für den Fall, dass irgendwelche unerwartete Schwierigkeiten auftauchen sollten. Sie hatte ihnen sowie den Mitarbeitern von Paulsen, die in Emden von Jacob in Schach gehalten wurden, versprochen, dass ihnen kein Schaden zugefügt wurde, wenn sie taten, was von ihnen verlangt wurde.

Sie wusste, dass sie das Versprechen nicht würde einlösen können. Aber das mussten die Geiseln ja nicht wissen. Er legte die Hand an die Stirn, imitierte den militärischen Gruß. Sie konnte sich auf ihn verlassen.

Dann wandte sie sich zum Treppenhaus, ging behutsam die Metallstiegen hinunter, Schritt für Schritt, tiefer in den Schacht. Vor ihr tanzte der Lichtkegel der starken Gruben-lampe, die sie von Paulsen übernommen hatte, über schlichten Beton. Die Riemen des Rucksacks drückten in ihre Schultern. Nach drei Etagen erreichte sie eine Metall-tür, die nach leichtem Druck aufschwang.

Der Tunnel lag direkt vor ihr. Kreisförmig, gut drei Me-ter hoch, drei Meter breit, mit leichtem Gefälle Richtung Meer. Darin nebeneinander die beiden Pipelineröhren, mehr als ein Meter breit, die hintere konnte sie in dem Dämmerlicht gerade noch erahnen. Auf der Betonum-mantelung der Stahlrohre prangten kryptische Zeichen aus der Bauzeit. Eine gleichmäßige, kaum merkbare Vibra-tion erfüllte die Luft. Der Tunnel war nicht elektrifiziert, bis auf die Wartungen war eine Nutzung eigentlich nicht vorgesehen.

Eine Metalleiter führte direkt vor ihr auf die erste Röhre hinauf. Sie musste sich bücken, als sie oben ankam, dann konnte sie auf ein schmales Laufgitter hinabsteigen, das auf halber Höhe zwischen den Pipelines montiert war. Ohne Hast trat sie den Weg zum Zielpunkt an.

Der Tunnel wurde nach und nach weniger abschüssig, verlief schließlich waagerecht. Zoey wusste, knapp zwölf Meter über ihr hatte nun das Watt begonnen. Sie lief wei-ter. Die Luft wurde schlechter, abgestandener. Das Atmen fiel hier schwerer, auch von der Anstrengung von dem Gepäck. Dieser Bau war nicht für einen dauerhaften Aufenthalt gedacht gewesen, ein Luftaustausch nicht vorgesehen. Auch wenn sie wusste, dass der zur Verfügung stehende Sauerstoff für sie hier drin noch für Tage und Wochen reichen würde, verursachte der Gedanke daran, dass mit jedem Atemzug der Sauerstoffgehalt der Luft weniger wurde, ein beklemmendes Gefühl. Schritt für Schritt, du weißt, was du zu tun hast. Die Gedanken verschwanden, machten Platz für die Aufgabe, die vor ihr lag.

Nach zwanzig Minuten erreichte sie das Ziel. Der Tunnel öffnete sich zu der kreisförmigen Untertagekammer, das Licht der Grubenlampe beleuchtete matt die weit über ihr liegende Kuppel. Wie eine Grabkammer, dachte sie mulmig. Alles war so, wie es in den Unterlagen gestanden hatte. Die Bodenplatte aus Beton, auf der rechten Seite das Kontrollterminal für die Verdichterstation und die Sperrschaltung, daneben die von den Ingenieuren »Flickzeug« genannte Werkzeugsammlung und die ehemaligen Sauerstofftanks, auf der linken Seite die Treppe zu den alten Notschleusen.

Unter ihr begannen die Röhren der Pipelines einen geschwungenen Viertelkreis nach oben, wo sie gerade in der Außenwand verschwanden. Von hier aus verliefen sie ohne nennenswerte Krümmungen weiter bis zu den beiden Fördergebieten, zu der Draupner-Plattform inmitten der Nordsee sowie nach Stavanger an der norwegischen Westküste. Diese Kammer war der neuralgische Punkt der Europipes. Hier konnte sie maximalen Schaden anrichten, der zudem auch nur aufwendig zu reparieren sein würde.

Sie stellte den Rucksack auf den Boden, öffnete ihn und entnahm ihm die einzelnen C4-Pakete, verband diese mit den Zeitzündern. Genug Zeit für sie zum Verschwinden, zu wenig, um die Sprengladungen zu entschärfen, sollten sie in der Zwischenzeit entdeckt werden. Sorgfältig platzierte sie die die unscheinbaren grauen Pakete an beiden Röhren. Anders als bei der Unterwassersprengung der NorthStream war hier nicht viel Sprengstoff notwendig. Das C4 würde in einer initialen Explosion die Röhren aufbrechen, das herausströmende Erdgas aus den Pipelines würde sich zusammen mit dem Sauerstoff der Umgebungsluft des Tunnels zu einer weit heftigeren Sekundärexplosion entzünden, die sowohl seewärts als auch vor allem landwärts die Pipeline aus ihrer Verankerung sprengte. Vor ihrem geistigen Auge sah sie bereits, wie das Watt wortwörtlich brannte.

Ein Erinnerungsfoto vom Tatort, Mütterchen konnte stolz auf sie sein. Ein letzter Schluck aus der Wasserflasche. Erleichtert machte sie sich auf den Rückweg. Es wurde Zeit, wieder blauen Himmel zu sehen, statt Tonnen an Erde, Steine und Wattenmeer über sich zu wissen. Gefühlte Ewigkeiten, aber schneller als gedacht erreichte sie die Tür zum Treppenhaus. Auf dem Weg nach oben vibrierte ihr Handy. Sie erstarrte. Die Nummer kannten nur wenige Menschen und war für absolute Notfälle vorgesehen.

Eine Benachrichtigung über einen nicht entgegengenommenen Anruf. Unten in der Anlage hatte sie keinen Empfang gehabt. Der Anruf war von Jacob gewesen, der die Geiseln bei Paulsen bewachte, gefolgt von einer

Nachricht von ihm. Hektisch tippte sie mit dem Finger auf das Briefsymbol, um sie zu öffnen.

»*Wir sind aufgeflogen*«. Die Nachricht war knapp zehn Minuten alt.

Plan C befahl sie kurz. Liquidation der Gefangenen und Flucht. Hoffentlich schaffte er es. Oder, besser noch, die Polizei erwischte ihn, aber nicht lebend. So wenige Spuren wie möglich. Geräusche. Zoey horchte nach oben.

Schüsse. Eindeutig Schüsse. Laute Stimmen, die ihr unbekannt waren.

Was tun? Hart durchziehen … Sie nahm sich einen Moment, um sich zu orientieren. Dann traf sie eine rationale Entscheidung.

43

Es war nur eine Theorie. Aber durchaus möglich, überlegte Iska, während sie auf Dornumersiel, dem Hafenort von Dornum, zufuhren. Die Existenz des Tunnels war zwar nicht mehr im Bewusstsein der Öffentlichkeit, aber auf der anderen Seite auch kein Betriebsgeheimnis. Wenn Hönigsvald davon erfahren hatte, dann wäre der Tunnel ein plausibles Anschlagsziel.

»Es passt zu gut ...«, murmelte auch Marten kaum hörbar in sich hinein. Seine Hände krampften sich um das Lenkrad, als er nach links in einen Feldweg einbog, der direkt zum Deich führte. Über den sich im Wind bewegenden Weizen konnten sie zwei Fahrzeuge erkennen, die am Deichfuß hinter einem geduckten Gebäude standen. Das erste weiß, das zweite in *NorthEuropeEnergy*-Grau, beide von der Form her Lieferwagen, aber sie waren noch viel zu weit entfernt, um die Schriftzüge lesen zu können.

Das Display im Armaturenbrett zeigte den Anruf an, bevor das Handy klingelte. »Jaspari und van Loon?«, nahm Marten neben ihr das Gespräch an und signalisierte damit, dass Iska mithören konnte. Kunze war dran.

»Schießerei. Bei Paulsen. Einer meiner Beamten wurde verletzt.« Die Leiterin des SEK-Teams sprach betont laut, offenbar, um den Verkehrslärm im Hintergrund zu übertönen.

»Was ist passiert?«

»Zwei Kollegen sind zu der von ihnen genannten Adresse in Emden gefahren, Paulsen. Nachdem niemand geöffnet hat, haben sie sich die Umgebung angesehen. In der Einfahrt konnten sie ein verdächtiges Fahrzeug identifizieren. Der SUV, nach dessen Kennzeichen sie fahnden lassen.«

»Gute Arbeit«, lobte Marten.

»Eine verdächtige Person kam aus einem Hinterausgang und entriegelte per Fernsteuerung den Wagen. Als er die Kollegen bemerkte, eröffnete er ohne Vorwarnung das Feuer auf sie. Beinschuss. Der Mistkerl hat sich dann wieder zurückgezogen, wahrscheinlich in das Büro von Paulsen.« Sie machte eine Pause. »Wir sind in fünf Minuten da, dann weiß ich mehr.«

»Passen Sie auf sich und Ihre Leute auf. Aber lassen Sie niemanden entkommen.«

»Darauf können Sie sich verlassen. Kunze Ende.«

Sie rollten weiter auf dem Feldweg, vor ihnen hob sich der grüne Seedeich vor den tiefschwarzen Wolken eines herannahenden Unwetters ab. In nicht mal fünfzig Metern Entfernung warteten die beiden Lieferwagen auf sie. Inzwischen erkannte Iska auf dem vorderen den Schriftzug des Ingenieurbüros wieder. »Vorsicht«, sagte sie.

»Ja«, antwortete Marten nach einer Pause. Er lenkte das Auto auf den Weg unterhalb des Deichs. Sie fuhren nun frontal auf den Lieferwagen zu, der seitlich auf dem Weg kurz hinter dem Wartungshaus stand. In zwanzig Metern Entfernung hielt er schließlich an. Außer einem weit entfernten Radfahrer waren keine Passanten zu sehen.

Iska meinte hinter der Windschutzscheibe des ihnen gegenüberstehenden Fahrzeugs Bewegungen auszumachen. Sie war sich nicht sicher, aber es sah nach einer Person auf dem Fahrersitz aus. Die Sonne spiegelte zu sehr, glitzerte auf dem Glas. »Erkennst du etwas?«

»Nicht viel.« Marten schüttelte den Kopf. »Ich gehe hin.«

»Warte.« Sie nahm ihre Pistole aus dem Holster, überprüfte sie, lud einmal durch. Sicher ist sicher. Sie wartete, bis auch Marten seine Waffe vorbereitet hatte, dann umschloss sie die Waffe fest mit der rechten Hand. »Ich sichere dich.«

»Dann los!«, bestätigte Marten.

Gleichzeitig öffneten sie die Türen. Marten ging vor, angespannt, die rechte Hand hielt die Waffe, den Arm nach unten gestreckt, näherte sich der Fahrerseite. Sie folgte ihm in knapp fünf Metern Abstand, nach rechts versetzt, sodass sie ein ähnliches Blickfeld wie Marten hatte, hielt den Oberkörper so gedreht, dass die Waffe hinter ihrer Hüfte verborgen war. Kalter Wind weht vom Meer zu ihnen heran, zerrte an ihren Haaren.

Ein Mann in Arbeitskleidung, offensichtlich eine Art Overall. Was machte er hier? Sollte er nicht unten in dem Tunnel sein?

»Polizei.« Marten hielt mit der linken Hand den Dienst-ausweis gut sichtbar hoch, die rechte mit der Waffe wei-terhin gesenkt. »Legen Sie beide Hände ans Lenkrad.« Der Mann blieb sitzen, schien zu sprechen, doch es drang kein Ton aus dem geschlossenen Wagen. Groß gewachsen, athletisch.

Marten hatte den Wagen inzwischen erreicht. »Öffnen Sie bitte das Seitenfenster.«

Der Mann nahm die linke Hand vom Lenkrad, die verschwand hinter der Tür, das Fenster fuhr mit leisem Surren nach unten.

»Mein Name ist Meyer. Wie kann ich Ihnen helfen?«

»Ausweis«, antwortete Marten knapp.

»Natürlich.« Er hob die rechte Hand, hielt dann in der Bewegung inne. »Mein Portemonnaie ist in meiner Gesäßtasche.«

»Steigen Sie bitte langsam aus.«

»Ja.« Er griff mit der rechten Hand zur Fahrertür, um diese zu öffnen, sie hörte das mechanische Klicken. Mit der rechten! Dabei hatte er den Kopf so gedreht, dass er sowohl Marten als auch sie ständig im Blick behielt. Sie kannte dieses Verhalten. Er versuchte die Kontrolle über die Situation zu behalten, wartete auf eine Gelegenheit, in der sie nicht aufpassten.

Auf einmal blickte der Mann nach vorne, in Richtung Wartungshäuschen, aber da bewegte sich nichts.

In dem Moment stieß der Mann die Fahrertür auf, die gegen Martens Knie prallte, seine linke Hand schnellte nach oben, mit einem schwarzen Gegenstand in den Fingern.

»Waffe!« Nein, sie war sich nicht sicher, ob sie es richtig gesehen hatte, aber darauf wollte sie es nicht ankommen lassen, drückte entschieden den Abzug durch, ohne Vorwarnung, einmal, zweimal, dreimal.

Ein Lichtblitz aus seiner Hand, ein Schmerz, der durch ihren linken Arm raste. Sie ließ sich fallen.

Noch mehr Schüsse. Marten hatte sich nach hinten geworfen, auch er feuerte nun. Einmal, zweimal, dreimal, viermal. Das Seitenfenster klirrte, splitterte. Rote Blutspritzer verteilten sich in den Innenraum.

Stille. Der Mann sackte in sich zusammen, hässliche Wunden im Hals und im Gesicht.

»Stopp, Marten.« Vorsichtig stemmte sie sich hoch. Ein neuer rasender Schmerz jagte durch ihren linken Oberarm. Sie fasste dorthin, Einschussloch, weich, blutig. Sie sah auf die schwarzrote Flüssigkeit an ihren Fingern. Scheiße. Trotzdem aufstehen. Stolperte zum Lieferwagen. Das Gesicht des Mannes, den sie eben noch hatte festnehmen wollen, war blutig entstellt, ein Einschuss am Jochbein, die Augen bereits glasig. Die linke Hand zuckte auf dem Boden. Neben ihm auf der Straße lag eine Pistole. Sie hatte sich nicht geirrt.

»Alles okay?«, fragte Marten.

Ein Rumpeln, ein Stöhnen kam aus dem Laderaum des Lieferwagens. »Da ist jemand drin!«

»Ob du okay bist?« Marten klang energisch.

»Oberarm. Alles gut.« Der Schmerz war höllisch. Sie spürte kalten Schweiß auf der Stirn. So eine Scheiße …
»Du öffnest die Tür, ich sichere.«

Marten legte die Hand an den Griff, zählte mit den

Fingern der anderen Hand lautlos runter. Drei, zwei, eins. Riss die Hecktür auf. Nervös zielte sie ins Innere.

Im Laderaum lagen drei Männer, Mund, Arme und Beine dick mit Panzerband umwickelt. Einer trug einen Overall der Firma Paulsen, einer die Uniform des Sicherheitsunternehmens, der letzte den grauen Overall von *NorthEuropeEnergy*.

Marten stieg hinein, befreite den ersten Mann von seinem Knebel, bevor er sich um die anderen Fesseln kümmerte. »Was ist passiert?«

»Gott sei Dank!« Der Mann atmete schwer aus, Erleichterung, das Ende einer Panik. Todesangst, die sich langsam zurückzog. Sie hatte keine Zeit dafür.

»Bitte!«, insistierte sie.

Der Mann nickte. Berichtete dann stockend von einem Überfall und dass eine Frau in den Tunnel gegangen sei. Vor ungefähr einer Stunde. Dass sie Sprengstoff mitgeführt habe, so habe er es jedenfalls verstanden.

»Hönigsvald.« Die wenigen Worte hatten Iska gereicht. Alle dunklen Ahnungen waren bestätigt. Sie sah prüfend zum Wartungshäuschen. Wenn Hönigsvald da drin war, saß sie in der Falle.

»Ja ...« Marten hielt inne. Sie erkannte, was er dachte, bevor er es aussprach. »Vielleicht ahnt sie noch nichts.«

»Zu gefährlich«, antwortete sie.

»Das ist unsere Chance, um Schlimmeres zu verhindern.« Er hatte es wie eine Frage ausgesprochen. »Wir können sie noch überraschen.«

»Möglich«, gab sie zu. Dann ging sie in die Knie, weil ihr schlecht wurde. Sie schloss die Augen, zwang sich

286

dann, sie wieder zu öffnen. »Okay. Du hast recht. Es geht um Minuten.«

»Sicher?«

»Alles okay.« Sie nickte ihm zu.

44

Eine dumme Idee? Vielleicht. Marten drückte vorsichtig die Klinke herunter. Zählte bis drei. Hielt die Waffe bereit. Zog langsam die schwere Metalltür auf. Erkannte den Treppenabsatz. Sicherte nach rechts. Sicherte nach links. Niemand anwesend. Keine Geräusche außer dem Wind, der um die Außenwände heulte. Ein Nicken, mit dem er sich von Iska verabschiedete, dann ging er nach unten, Stufe für Stufe.

Das SEK, das ihnen zur Verfügung stand, war noch in Emden, die nächste Polizeiwache, von der Verstärkung kommen konnte, in Dornum. Bis die hier waren, dauerte mindestens noch zehn, wenn nicht fünfzehn Minuten. Er und Iska, sie waren auf sich allein gestellt. Er musste es zumindest probieren. Iska hatte erst mitkommen wollen, aber er hatte sie überzeugt zu bleiben. Nicht mit der Verletzung. Einer von ihnen musste tun, was vernünftig war. Unterstützung holen. Informieren, warnen. Sich medizinisch versorgen lassen. Der Krankenwagen musste in sieben Minuten da sein. Minuten, es ging um Minuten, so hatte es Iska formuliert.

Er versuchte die Zeit zu nutzen, die ihnen noch zur Verfügung stand, bevor Hönigsvald auftauchte. Nein, er wollte nicht Held spielen. Er hoffte auf den Überraschungseffekt. Und darauf, dass Hönigsvald genauso rational gehandelt hatte, wie er es von ihr annahm. Sie würde den Sprengstoff an dem neuralgischen Punkt des Tunnels platzieren, der Untertagekammer, und den Tunnel dann wieder verlassen wollen, ohne selbst getötet zu werden. Hier unten hatte sie keinen Handyempfang, sie konnte noch nicht wissen, dass Iska und er sie aufgespürt hatten. Ein Glück, dass sie noch nicht angekommen war, als Iska und er oben auf ihren Komplizen getroffen waren.

Leise schlich er vorwärts, nutzte die Stablampe, die er aus dem Wagen mitgenommen hatte, nur punktuell, um sich in der Dunkelheit zu orientieren. Der Lichtschein durfte ihn nicht verraten. Hier irgendwo musste er eine Stelle finden, an der er Hönigsvald überrumpeln konnte. Das Ende der Treppe. Direkt davor eine Tür, angelehnt. Er blieb stehen. Hörte, wie der Herzschlag in seinen Ohren dröhnte. Überlaut. Waren das Geräusche auf der anderen Seite? Ja. Ein leises, ständiges Vibrieren. Die Pipelines, wurde ihm klar. Sollte er hier auf sie warten und sie abpassen? Der Ort wäre günstig gewählt. Bald müsste sie eigentlich hier sein.

Aber noch konnte er keinen fremden Lichtschein ausmachen. Inzwischen hatten sich seine Augen an die Dunkelheit gewöhnt. Auch konnte er keine anderen Geräusche als das ständige vibrierende Flirren der Pipelines hören. Sehr wahrscheinlich war Hönigsvald nicht auf der anderen Seite der Tür angelangt und wartete dort womöglich auf ihn. Weswegen auch, sie hatte ja keinen Grund, selbst einen Hinterhalt zu legen. Es sei denn, sie hätte ihn bereits bemerkt oder wäre vorgewarnt worden. Nein, nein, das glaubte er nicht.

Einer inneren Unruhe folgend, bewegte er sich weiter, tastend, in dichter Dunkelheit, um sich nicht doch zu verraten. Trat durch die Tür. Mahnte sich zur Ruhe, horchte noch ein weiteres Mal. Nein, er war allein. Keine eiligen Schritte, kein Lichtschein, der sich näherte. Behutsam ließ er die Lampe aufleuchten, orientierte sich. Stieg die Treppe vor ihm auf, fand den Steg, der zwischen den Rohren der Pipelines verlief, schnurgerade unter das Meer. Niemand war vor ihm zu erkennen.

Was, wenn Hönigsvald gar nicht kommen sollte? Sie hätte doch schon längst wieder zurück sein müssen. Was, wenn sie gar nicht zurückkehren wollte? Wenn sie etwas anderes vorhatte? Er musste ihr nach. Irgendetwas tat Hönigsvald, und er hatte diese Ahnung, dass ihm nicht viel Zeit blieb, sie zu stoppen. Also lief er los. Nach vorne ins Dunkel, den Schein der Stablampe abdeckend, damit sie ihn nicht doch verriet.

Schon bald endete das leichte Gefälle, der Gang wurde eben. Und da sah er es. Ein leichtes Leuchten, weit weg von ihm, undeutlich, doch in dem Schwarz um ihn herum gut zu erkennen. Sie kommt, dachte er. Blieb stehen, überlegte. Sollte er zurück zum Eingang oder ihr irgendwo hier auflauern? Manchmal verschwand der Lichtpunkt für einen Moment, dann erschien er wieder.

Warum? Das war unlogisch …

Nein, war es nicht. Hönigsvald kam nicht auf ihn zu,

sondern lief in die entgegengesetzte Richtung, und ihr Körper verdeckte ab und zu die Lampe, die sie in der Hand halten musste. Sie floh!

Und jetzt ahnte er auch, was sie vorhatte. Nein, sie durfte nicht entkommen. Er schaltete die Lampe ein und lief ebenfalls los, ohne weiter darüber nachzudenken, dem flackernden Lichtpunkt hinterher, dem er doch kaum näher kam. Sie läuft auch, stellte er fest. Er erhöhte sein Tempo. Merkte, wie sein Atem rasselte und keuchte. Minute um Minute vergingen auf der Jagd durch das Dunkel, er verlor das Zeitgefühl. Dann, auf einmal, verschwand der Lichtpunkt in weiter Entfernung. Und kam nicht wieder. Hönigsvald musste die Untertagekammer erreicht haben. Er erhöhte abermals sein Tempo. Seine Schritte prallten in einem unruhigen Takt über die Metallstiegen. Es dauerte zu lange …

Endlich bemerkte er wieder einen matten Lichtfleck am Ende des Tunnels, in vielleicht hundert Metern Entfernung. Indirektes Licht, Wände, die beleuchtet wurden. Hatte sie gemerkt, dass er sie verfolgte, wie nah er ihr bereits gekommen war? Er zwang sich, langsamer zu werden. Sollte er rufen, versuchen, sie zur Aufgabe zu überreden? Oder erst mal näher rücken? Vielleicht ahnte sie noch nichts von seiner Anwesenheit? Unwahrscheinlich. Er leuchtete noch einmal mit der Taschenlampe den Weg vor ihm ab, keine Hindernisse zu erkennen, dann schaltete er sie ab. Vorsichtig schritt er weiter, die Waffe im Anschlag, auf den Lichtschimmer zu.

Auf einmal ein mechanisches Schlagen, ein Hall, der das Sirren der Röhren übertönte, Marten konnte es nicht zuordnen, es kam von vorne, aus der Untertagekammer. Behutsam schlich er an den Rand des Übergangs von Tunnel zu Kammer. Wartete. Der Lichtschimmer, matt-orangenes Licht, kam von schräg oben. Das Licht einer Grubenlampe. Und es erlosch. Die Geräusche änderten sich, ein Rauschen, das erst stärker, dann schwächer wurde, bis es wieder erstarb.

Marten versuchte, den Atem zu kontrollieren, den Puls zu beruhigen. Ein kurzes Knirschen war zu vernehmen, dann wieder tönende Stille. Er wartete. Zählte bis drei. Totale Dunkelheit, weiterhin. So hatte das keinen Sinn. Er nahm die Taschenlampe, hielt sie weit links vom Körper, und schaltete sie an. Der gleißend weiße Lichtschein flutete den Bereich vor ihm, wanderte über Stiegen und Plattformen aus Gitterrost, bis zu den matten schwarzen Wänden. Vorsichtig spähte er in die Kammer hinein.

Der Raum war überraschend kompakt, nach den Schilderungen von Peters hatte Marten ihn sich größer vorgestellt. Fieberhaft suchte er nach einem Anzeichen, wo Hönigsvald sich befinden könnte. Nichts.

Er folgte dem Gittersteg in den Raum hinein, hielt sich an der Wand, tastete sich nach rechts vor. Leer, hier bei den Kontrollterminals war niemand. Weiter. Was waren das eigentlich für dunkle Punkte auf den Pipelineröhren? Er trat näher heran. Kleine Pakete, mit Panzerband fixiert, grünliche Farbe, jeweils Drähte zu kleinen schwarzen Platinen, die auf ihnen befestigt waren.

Die Sprengladungen. Er schluckte. Jeden Moment konnte hier alles in die Luft gehen. Natürlich. Ruhig bleiben. Jetzt war es noch nicht so weit. Hönigsvald war noch in der Nähe, sie würde sich nicht selbst töten.

Er dachte an die Geräusche. Also war sie … Er ging weiter, folgte der Treppe auf der linken Seite. Die Stufen endeten unter der Kuppel, vor einem kompakten Bauelement aus Stahl, ungefähr vier mal zwei Meter groß. Es wies in halber Höhe vier einzelne Metallluken auf, durch die ein erwachsener Mensch so eben hindurchsteigen konnte. Eine war geschlossen, Feuchtigkeit glänzte an ihrem Rand, die anderen Luken geöffnet. Das Licht der Taschenlampe fiel in eine schmale Kammer, auf deren anderer Seite eine weitere, baugleiche Luke zu erkennen war. Vor der zweiten Luke befand sich an der Wand ein Metallrad, darüber ein Zeiger *Auf/Zu*.

Die Spuren legten nahe, wohin Hönigsvald geflohen war. Und ihre Flucht könnte tatsächlich funktionieren. Sie hatte genügend Vorsprung vor den Polizeikräften, die bald in Dornumersiel ankommen mussten.

Viel Zeit blieb ihm nicht. Es war klar, was er versuchen musste. Hönigsvald durfte nicht entkommen.

45

Als ob man sich in seinen eigenen Sarg stellen würde. Er hielt das Paket aus Panzerband und eingesammelten Sprengladungen eng an sich gepresst. Nicht daran denken, dass er gerade eine Bombe umarmte. Wahrscheinlich C4, so hoffte er jedenfalls. Unempfindlich gegenüber Wasser, Feuer und starken Erschütterungen und nicht nur deshalb so beliebt als Sprengmittel. Solange der Zünder nicht betätigt wurde, würde das Zeug nicht explodieren. Und hoffentlich drückte Hönigsvald jetzt nicht auf den Knopf.

Er schloss die hintere Luke. Überprüfte ein letztes Mal, ob die Pistole sicher im Halfter verstaut war. Schickte ein Stoßgebet gen Himmel, dass auch diese Notschleuse noch immer funktionierte. Und drehte dann an dem Ventil, das am Boden Wasser in die Kammer einströmen ließ. Petersen hatte erklärt, dass der über ihnen liegende Teil des Watts in unmittelbarer Nähe der Einfahrt zum Hafen Dornumersiel lag und auch bei Ebbe nicht trockenfiel. Machtvoll strömte das kalte Wasser in die kleine Kammer, verdrängte die Luft nach oben. Die Füße waren beinahe sofort unter Wasser, bald darauf die Beine bis zu den Knien, dann bis zur Hüfte.

Allmählich verlangsamte sich das Tempo, in dem der Pegel in der Kammer anstieg. Als das Wasser die Schulterhöhe erreichte, stieg es nicht weiter an. Der Druckausgleich war beendet, die zwischen Wasseroberfläche und Kammerdecke gestauchte Restluftblase verschaffte ihm etwas Zeit. Marten tauchte kurz unter und zog dann an dem Hebel der Außenluke. Er musste Kraft aufwenden, doch schließlich schwang die Luke nach innen. Noch einmal sog er tief die Luft ein, dann schob er das Paket mit den Sprengkörpern nach draußen, schlängelte hinterher und schwamm los.

Trübes Wasser, es war dunkel um ihn herum, über ihm schimmerte es hell. Tageslicht. Kräftig stieß er mit den Beinen ab, um nach oben zu gelangen. Etwas streifte ihn im Gesicht, eine Alge, ein Fisch? Er konnte es nicht erkennen. Seine Lunge brannte. Vorsichtig pustete er Luft aus. Druckausgleich, er erinnerte sich an einen Tauchkurs vor vier oder fünf Jahren auf den Malediven. Mit Katharina war das gewesen. Ausatmen, Marten, sonst zerreißt es dich.

Erleichtert stieß er durch die Wasseroberfläche, japste nach Luft. Paddelte mit den Händen wie ein Hund, um oben zu bleiben. Es war Ebbe, nicht weit weg, in knapp dreißig Meter Entfernung sah er Möwen auf dem Wattboden stehen. Aber ein kräftiger Sog zog ihn vom Festland weg, auf die nächste Insel und die dahinterliegende freie Nordsee zu, direkt dagegen konnte er nicht anschwimmen. Wellen schwappten über seinen Kopf. Mit aller Macht warf er endlich die Sprengladungen von sich weg, hier sollten sie keinen großen Schaden mehr anrichten.

Eine nächste Welle, die ihn untertauchte. Er merkte, wie sehr die Kleidung an ihm zog. Die Bewegungen wurden unsicher, ihm wurde kalt. Weiter, sieh dich um, Marten. Wo war Hönigsvald? Wellental, Wellenkamm. Zwei Segeljachten hinter ihm, weit weg, in der Nähe des Hafens Dornumersiel. Wellental, Wellenkamm. Eine Segeljacht und ein Motorboot bei der linken Insel, Baltrum müsste es sein, ebenso weit weg. Wellental, Wellenkamm. Eine große Fähre lief gerade weit hinten in den Hafen auf Langeoog, der größeren Insel, ein. Aber davor in seinem Sichtfeld, gar nicht so weit weg, vielleicht fünfzig Meter, eher hundert von ihm entfernt, war eine Gestalt. Gerade stieg sie aus dem Wasser, auf das trockengefallene Watt, sodass der Oberkörper deutlich zu sehen war. Schulterlange Haare, eine Frau. Hönigsvald!

Mit weit ausholenden Schwimmbewegungen kraulte er los. Eine Welle traf ihn unvorbereitet, brach über ihm. Er schluckte Salzwasser, spuckte es aus, hustete. Versuchte, die sich entfernende Gestalt nicht aus den Augen zu verlieren. Kämpfte weiter, bis er endlich Boden unter den Füßen erreichte. Stakte Meter für Meter nach oben. Schnaufte durch, ignorierte die aufkommende Übelkeit der Überanstrengung. Hier ungefähr hatte er sie eben gesehen. Wo war sie jetzt?

Da vorne, zweihundert, dreihundert Meter entfernt. Mit schweren Schritten, aber stetig, schritt sie durch den dunkelbraunen Schlick, nicht weit von ihr schwappten die Wellen. Er holte die Pistole hervor, überprüfte sie kurz,

Patronen waren wasserdicht, alles sollte in Ordnung sein. Natürlich war es viel zu weit für einen gezielten Schuss. Noch einmal stemmte er sich vom Boden hoch und lief los. Alles tat weh. Luft brannte in der Brust, der Atem rasselte. Aber er kam näher. Die Augen brannten. Ein Schwarm Vögel stieg auf, als er unweit an ihnen vorbeirannte. Er kam näher und näher. Aber nicht nah genug, er merkte, wie ihn die Kräfte verließen. Die Muskeln machten einfach zu. Das würde er nicht mehr lange durchhalten. Nein, keine Chance. Erschöpft blieb er stehen, atmete rasselnd. Dann musste er es anders schaffen. Er hob die Pistole hoch in die Luft und drückte ab.

Der Knall des Schusses zerfetzte die Stille. Die Frau vor ihm drehte sich um, jetzt konnte er erkennen, dass auch ihre Kleidung triefend nass und denkbar ungeeignet für einen längeren Aufenthalt im Watt war. Hundert Meter Entfernung. In ihrer Hand blitzte ein Gegenstand auf, auch eine Pistole? Sie hob die Hand nicht an. Sie stand da und überlegte.

Nicht die Initiative verlieren. »Polizei! Bleiben Sie stehen!«

Er beobachtete sie, während er langsam weiter auf sie zuging, die Waffe im Anschlag, so genau wie möglich auf ihren Körper gerichtet. Sie waren die einzigen Menschen inmitten schlammiger Weite, nur Möwen kreisten über ihnen in der Luft oder suchten in den trockengefallenen Bereichen nach Nahrung. Rechts brauner Wattboden, dann in mehreren Kilometern Entfernung der grüne Deich des Festlandes, hinter dem weiße Windräder hervorlugten. Links die Wellen der tiefen Gewässer vor Langeoog, der

Hafen der Insel war grob auszumachen. Eine Windböe zog kalt an seinen Haaren. Noch immer verharrte die Frau an ihrem Standpunkt. Was hatte sie vor? »Heben Sie die Hände über den Kopf!«

Auf einmal eine dumpfe Explosion links hinter ihm. Er drehte sich unwillkürlich um. Sah, wie sich ein Wellenberg auftürmte, auf halben Weg zu den Inseln, Gischt spritze weiß auf, verteilte sich wie Sprühregen in die Umgebung. Schätzungsweise weit genug entfernt von dem Bereich, in dem er ausgestiegen sein müsste. Die Sprengladungen waren in ungefährliche Gewässer weggetrieben worden.

Ich hab einen Fehler gemacht, schoss es ihm durch den Sinn. Ich hätte mich nicht umdrehen dürfen. Bestimmt hatte sie das Überraschungsmoment ausgenutzt. Er wirbelte wieder herum, erwartete Hönigsvald zu sehen, wie sie mit einer Waffe auf ihn zielte, das Geräusch eines Schusses oder dass sie die Flucht angetreten hätte.

Nein. Sie stand dort einfach, schien sich aber eben erst wieder zu ihm zurückgedreht zu haben. Kein glänzender Gegenstand mehr in ihren Händen. Hatte er sich geirrt? Kurz tauchte vor dem Horizont ein kleiner Punkt auf, flog einen kleinen Halbkreis, verschwand erst vor dem Hintergrund der Inseln und dann in den Wellen davor. Was war das? Oder hatte er sich geirrt?

Dann tat sie, was er ihr befohlen hatte. Hob langsam beide Hände neben den Kopf, die Handflächen zu ihm gerichtet. Was, warum? Er trat näher, Schritt um Schritt in dem tiefen Schlamm. »Keine Tricks!«

»Ich weiß nicht, wovon sie reden!«, antwortete sie kühl. »Von mir geht keine Gefahr aus. Was soll das?«

Er trat weiter auf sie zu, vorsichtig, die Mündung der Pistole weiter auf sie gerichtet, sie nicht einen Moment aus den Augen lassend. Blieb stehen, als er auf ungefähr zehn Meter herangekommen war. Ja, Hönigsvald, aber sie war älter, als sie auf dem angeblichen Ausweisfoto gewirkt hatte. Der Arbeitsoverall hing triefend an ihr herunter. Braune Haare, die strähnig an Hals und Wangen klebten, ein scharf geschnittenes Gesicht. Augen, die ihn taxierten, jede seine Bewegungen verfolgten. Nein, er würde ihr nicht die Gelegenheit geben, ihn zu überrumpeln.

»Ich nehme Sie vorläufig fest.« Er löste die Handschellen von Gürtel und warf sie vor sie in den Schlamm. »Anlegen! Aber ganz langsam.«

Sie nickte stumm. Dann bückte sie sich, die Hände noch erhoben, bis sie mit rechts die Handschellen aufnahm. Sie stand wieder auf, sah ihm in die Augen. Öffnete einen der Metallringe und legte ihre linke Hand hinein. Öffnete den anderen, wollte dasselbe mit der rechten Hand tun.

»Nicht so. Auf den Rücken!« Noch immer hielt er die Waffe auf sie gerichtet.

»In Ordnung. Keine Panik«, sagte sie auffallend abgeklärt. Sie drehte sich seitlich, legte beide Hände hinter sich, und tat, was er gefordert hatte. Bestätigend rastete auch die zweite Fessel ein. »Zufrieden?«

Erst jetzt ließ er die Pistole sinken. »Was haben Sie eben ins Wasser geworfen?« Eine Millisekunde blinzelte sie nach oben, oder kam es ihm nur so vor?

»Wie bitte? Nichts. Ich weiß nicht, wovon Sie reden.«

Wie auch immer. Er überprüfte die Handschellen, sie saßen fest, dann verstaute er seine Waffe im Holster.

Sorgfältig durchsuchte er seine Gefangene von Kopf bis Fuß, konnte aber nichts Verdächtiges entdecken. Auch kein Portemonnaie, keinen Ausweis, nichts.

»Nennen Sie mir Ihren Namen!«

»Zoey.« Amüsiert zuckte ihr Mundwinkel nach oben. »Nennen Sie mich Zoey.«

»Warum?«, hörte er sich keuchen. »Warum dieser Anschlag?«

»Jaja.« Sie ging einen Schritt auf ihn zu, ihr Gesicht nahe an seinem. »Ich möchte einen Deal. Ich biete Ihnen strategische Informationen. Dafür verlange ich, dass alles für meine persönliche Sicherheit getan wird.«

»Werden Sie nicht lächerlich.« Er schüttelte irritiert den Kopf. Sekunden vergingen. Was war das für eine Person?

»Lassen Sie uns gehen.« Zoey wandte sich von ihm ab und machte langsam Schritte in Richtung des Ufers, ohne zurückzusehen. Um sie herum Weite, Schlamm und Pfützen, zurückgebliebene Reste des letzten Hochwassers. »Die Flut kommt bald.«

46

Eine andere Welt. Es war das erste Mal, dass Iska Maaike und Marc am Bahnhof abholte, sonst hatte Daniel die beiden immer mit dem Auto gebracht. Ja, die beiden waren jetzt groß, und es wurde Zeit, dass sie sich an ihre Eigenständigkeit gewöhnte.

Schade, dass sie so Daniel nicht treffen würde, sie hätte gern mit ihm gesprochen. Obwohl … eigentlich war sie sauer auf ihn. Ob die Bahnreise der beiden seine Idee gewesen war, damit er ihr ausweichen konnte? Wie auch immer. Seit dem schönen Wochenende war er abweisend gewesen, distanziert. Umso besser, dass wenigstens Maaike und Marc zu ihr hielten.

Sie wollte sich in den Oberarm zwicken, fühlte aber nur den kleinen Verband, der sich dort befand. Deutlich kleiner als die Verbände von letzter Woche.

Den ersten hatte ihr der Notarzt am Fuß des Deichs angelegt, bevor sie in ein deutsches Krankenhaus transportiert worden war. Steckschuss im linken Oberarm, eine Sehne durchtrennt, Teile des Muskelgewebes des Bizeps zerfetzt, aber der Knochen war unversehrt. Sie habe keine bleibenden Schäden zu befürchten, war ihr gesagt worden.

Der Geiselnehmer, der das Feuer auf sie eröffnet hatte, hatte bisher nicht identifiziert werden können. Keine Ausweispapiere, keine auffälligen Merkmale, mit denen er bisher polizeilich aufgefallen wäre, keine Fingerabdrücke in Polizeidatenbanken, keine Vermisstenmeldungen, die auf ihn zutrafen. Ein Phantom. Genau wie der Mann, der sich in dem Ingenieurbüro in Emden verschanzt hatte. Er war bei einem Fluchtversuch von dem inzwischen herbeigeeilten Sondereinsatzkommando tödlich verletzt worden. Zuvor hatte er die beiden Mitarbeiter von Paulsen, die er als Geiseln festgehalten hatte, durch gezielte Kopfschüsse hingerichtet. Die grausamen Bilder hatten sie trotz ihrer Erfahrungen von früher, von den Ermittlungen gegen organisierte Kriminalität, empfindlich berührt. Es waren keine Folterbilder, das kannte sie noch. Es waren Bilder einer kalten, berechnenden und unnachgiebigen Logik. Der Mann hatte getötet, ohne jede Spur von Emotionen.

Die Männer, korrigierte Iska sich in Gedanken, und wahrscheinlich auch die ebenso unbekannte Frau, offensichtlich ihre Anführerin. Marten hatte Iska am Montag von dem ersten Verhör erzählt. Zoey hatte sich demnach als sehr berechnende Person präsentiert.

Es hatte wohl mehr wie der Beginn einer Verhandlung gewirkt. Die Frau hatte angegeben, dass sie über strategisch Informationen verfüge, die sie im Rahmen eines Deals eintauschen würde. Als eine »Geste des guten Willens« hatte sie ein Waffenlager in der Nähe von Emden genannt, das von Mitarbeitern des Sondereinsatzkommandos gehoben worden war. Die dort gelagerten Sprengstoffe hätten noch für mehrere schwere Attentate gereicht. Der Sprengstoff war ersten Untersuchungen zufolge militärischen Ursprungs, größtenteils altes sowjetisches Material. Außerdem waren in dem Waffenlager auch noch mehrere Ausweise für die drei Personen enthalten gewesen, allesamt ausgestellt auf Personen, die erst vor einem Jahr oder später gestorben waren. Wie und woher sie an den Sprengstoff und die Ausweise gekommen waren, dazu hatte Zoey sich bisher ausgeschwiegen, ebenso dazu, was die Ziele und Motivation der Gruppe betraf. Einmal war ihr das Wort Operation herausgerutscht. Aus ihren Andeutungen hatte Marten geschlossen, dass es sich um eine größere, vielleicht sogar staatliche Organisation handeln könnte, die hinter den Anschlägen steckte. Unplausibel war es nicht, vielleicht hatte Zoey aber auch nur genau das bewirken wollen. Eine Geheimdienstoperation? Iska fiel es schwer, daran zu glauben. Aber sie hatte auch keine Informationen mehr aus erster Hand, seitdem sie die Führung der Ermittlungen offiziell hatte abgeben müssen.

Karin hatte das mit ihrem Krankenhausaufenthalt begründet und dass sie sich erst mal auf ihre Genesung konzentrieren solle. Iska wusste aber, dass sich inzwischen auch die Ministerien und die Geheimdienste in den Fall eingeschaltet hatten. Sie war gespannt, wie lange Marten auf deutscher Seite noch offiziell die Ermittlungen führen würde. Erst hatte sie sich über die kalte Entmachtung aufgeregt, inzwischen hatte sie sich damit abgefunden.

Und jetzt wollte sie sich ihre gute Stimmung nicht vermiesen lassen. Sie spähte das Gleis entlang. Der Zug war zwar inzwischen angeschlagen, rollte aber immer noch nicht ein. Sie war viel zu früh da gewesen und hatte schon eine knappe Stunde lang die Zeit totgeschlagen. Oder genutzt, wie man es sehen wollte. Sie war noch eine kleine Runde durch die Umgebung gelaufen, hatte sich die Ruhe gegönnt, wie Touristen die aus rotem Backstein errichtete Fassade des Bahnhofs zu bewundern, und war einmal durch die Läden in seinem Inneren gestreift. Hatte es sich an einem Tisch im Bahnhofscafé gemütlich gemacht, das wie ein Erste-Klasse-Wartesaal aus dem 19. Jahrhundert eingerichtet war, der Espresso dort hatte wirklich hervorragend geschmeckt. Für so etwas hätte sie sich früher keine Zeit genommen.

Der Intercity aus Almere fuhr ein, rollte behäbig weiter, bis er endlich hielt. Die Türen öffneten sich, entließen die dahinter wartenden Menschen. Iska versuchte, über die Köpfe der Leute hinwegzuschauen, konnte aber weder Maaike noch Marc unter ihnen ausmachen. Ungeduldig trat sie von einem auf das andere Bein. Der Bahnsteig leerte sich bereits wieder. Sie hätte den beiden schreiben sollen, wo sie auf sie wartete, ärgerte sie sich. Endlich tauchte der blonde Strubbelkopf von Marc auf, zusammen mit Maaikes bravem Mittelscheitel. Sie stiegen tatsächlich als Letzte aus, ohne ein äußeres Zeichen von Hast. Erleichtert nahm sie die beiden zur Begrüßung in den Arm.

»Ihr habt mehr Gepäck dabei als sonst.« Jeder der beiden führte einen großen Reisekoffer mit sich. Na ja, dem Alter entsprechend. Sie musste an ihre eigene Teenagerzeit denken. Für jedes Wetter und jeden möglichen Anlass eine Alternative. Wie würde das wohl erst im Sommer werden, wenn sie wieder die beiden Wochen gemeinsam auf Schiermonnikoog verbrachten? Seit der Trennung von Daniel war der traditionelle Sommerurlaub auf der Insel, in dem alten Fischerhaus ihres Großvaters, die einzige längere Zeit im Jahr, die sie mit den beiden allein verbrachte. Früher, als Kinder, hatten die beiden kaum mehr als eine Zahnbürste eingepackt.

Jedenfalls, es würde dieses Wochenende eng werden in ihrer kleinen Wohnung. Vielleicht musste sie sich doch mal etwas Größeres suchen, stellte Iska fest. Dabei hing sie eigentlich an diesen vier Wänden. Aber Maaike und Marc waren jetzt so groß, dass Camping bei Mama nicht mehr altersgerecht war. So nannten die beiden manchmal ihre Besuche bei ihr, wegen der selbstaufblasenden Matratzen, die sie immer im Wohnzimmer aufbauten. Die waren sehr gemütlich, Iska hatte preislich ins oberste Regal gegriffen, und es hatte sich gelohnt. Es war ja auch selten gewesen, bis letztes Jahr nur je eine Nacht von Samstag auf Sonntag alle zwei Wochen. Aber inzwischen kamen sie ja auch schon freitags.

»Da ist noch Platz drin, für den Fall, dass ich noch etwas Gutes finde«, antwortete Maaike und lachte. »Wir gehen dieses Wochenende übrigens zusammen shoppen, Mama, nur damit du Bescheid weißt.«

Beide waren fröhlich, aber da war etwas hinter ihren Gesichtern verborgen, sie erkannte das sofort. Irgendetwas lauerte dort, das sie ihr nicht direkt sagen wollten. Dass sie auf einen günstigen Moment warteten. »Alles gut bei euch? Was gibt es Neues?«

Sie traten nach draußen, wandten sich nach links zu der Straßenbahnhaltestelle.

»So einiges«, murmelte Marc in sich hinein.

»Was denn?«

Marc schwieg. Sollte sie nachhaken? Nein, das war ja keine Vernehmung. Er hätte es ihr bereits erzählt, wenn er es gewollt hätte. Sie beschloss, es zu übergehen, aber dann räusperte sich Maaike.

»Papa und Erika haben sich getrennt.«

»Oh.« Irritiert blieb sie stehen. Sie versuchte die Tragweite der Nachricht zu erfassen. Die Kinder blickten sie so seltsam erwartungsvoll an. Sie sollte jetzt irgendetwas sagen. »Das tut mir total leid.«

Und das tat es auch. Ja, sie hatte Daniel immer nur das Beste gewünscht. Es war schade, mehr als schade, dass es mit ihnen damals nicht funktioniert hatte. Aber gern hätte sie ihn glücklich gewusst. Und das Glück schien er mit dieser Erika doch gefunden zu haben. Wie lange waren die beiden zusammen gewesen? Bestimmt ein paar Jahre. Sie wusste es nicht. Sie hatte es sich nie merken wollen. Aber da waren noch ganz viele andere Gedanken, von denen sie sich die eine Hälfte direkt wieder verbot und die andere Hälfte nicht weiterdenken wollte.

»Warum? Warum sind sie denn auseinander?« Ihre Stimme war seltsam hoch, fand Iska, obwohl sie doch ganz normal gesprochen hatte, beinahe beiläufig.

»Mama?« Maaike klang genervt. »Du weißt doch von dem Streit, tu doch nicht so.«

Unwillkürlich blieb sie stehen. »Es tut mir leid. Ich wollte nicht, dass Erika meinetwegen ... dass sie irgendetwas falsch versteht.« Sie sah, wie eine der Straßenbahnen einfuhr, die sie hätten nehmen können. Na gut, in fünf Minuten würde die nächste kommen. »Das müsst ihr mir glauben.«

Marc erzählte, dass nach einem sehr lauten Abend der Streit erst unterschwellig, dann offen weitergegangen sei. Iska wusste, dass Marc Erika sehr gern hatte, auch, weil sie ihm bei seinem Coming-out sehr unterstützt hatte. Vielleicht war Erika in der kurzen Zeit eine bessere Mutter für die beiden gewesen, als sie selbst es je war. Mit traurigen Augen sah er sie an. »Sie hat gesagt, sie oder ich.«

»Wie?«

»Du oder sie«, wiederholte Maaike.

»Aber das war nicht meine …« Iska wusste nicht, was sie sagen sollte.

»Sie hat Papa nicht mehr vertraut«, erklärte Maaike.

Iska hörte es durch einen Schleier aus Emotionen hindurch, ihr war, als würde sie alles um sie herum nur noch gedämpft wahrnehmen. Die Leute, die von links nach rechts oder andersherum um sie herumgingen, das Rattern der Straßenbahnen, die Signalhörner der Ausflugsboote, der Stimmenlärm.

»Sie hat gefordert, dass er den Kontakt zu dir abbrechen sollte. Ganz abbrechen.« Die Kinder seien ja jetzt alt genug und könnten sich um den Kontakt zu ihr selbst kümmern.

»Papa hat ihr erklärt, dass sie ihm bitte vertrauen soll, aber dass du immer Teil seines Lebens sein wirst«, sagte Marc.

Fassungslosigkeit? Trauer, Wut? Glück? Sie wusste nicht, was sie genau empfand. Sie nickte nur. Daniel hatte sich für sie entschieden.

»Das war nicht das, was sie hören wollte«, kommentierte Maaike trocken. »Jedenfalls, wir ziehen jetzt doch nicht zusammen.«

Iska musste lächeln. Der Schwächeanfall verflog, die Farben wurden kräftiger. Die Sonne strahlte von einem sattblauen Himmel herunter, keine Wolken waren zu sehen. Sie fühlte sich leicht. Auch über Marcs und Maaikes Gesichter huschte ein Grinsen. »Sollen wir uns erst mal ein Café suchen?«

»Ja«, antwortete Maaike. »Hier auf der Straße ist es ja eher ungemütlich, Mama.«

»Na, dann los.« Gemeinsam liefen sie in die Stadt. Iska dachte an Schiermonnikoog. Es war zwar lange her, aber sie waren genau einmal auch zu viert dort gewesen, in dem Jahr vor ihrer Trennung. Man konnte das ja noch mal probieren. Sie beschloss, Daniel mal zu fragen, so ganz unverbindlich.

47

Eine Woche später, als er es zugesagt hatte, führten sie nun dieses Gespräch. Wieder einmal war er der Grund für die Verzögerung gewesen. Katharina machte ihm keinen Vorwurf deswegen. Marten hatte ihr mehr verraten über die Geschehnisse in Dornumersiel, als es ihm eigentlich erlaubt war, und sie hatte jegliches Verständnis gezeigt, dass er nicht in Hamburg hatte sein können. Aber er ärgerte sich. Er wäre gern verlässlicher. Seine nackten Füße bohren sich durch den Sand des Elbstrands, als ob er da die richtigen Wörter finden würde, nach denen er gerade suchte.

»Wir haben beide keine Zeit für ein Kind. Das weißt du, das weiß ich.« Katharina saß neben ihm und schaute auf die Wellen, die vor ihnen an den Strand liefen. Youri hatte sich neben sie gelegt, der Hund war eine halbe Stunde lang durch das Wasser getobt und nun sichtlich erschöpft. Dieses Mal hatte Marten an die Leckerli gedacht. Katharinas Stimme klang traurig, aber fest und überzeugt. »Es ist die beste Entscheidung unter all denen, die möglich sind. Fürchte ich.« Sie umfasste mit ihrer rechten seine linke Hand, drückte sie, ließ sie dann wieder los. »Es tut mir leid.«

Keine Zeit für ein Kind, ja. Das hatte auch er sich gedacht. Die letzte Woche hatte er nicht vor zehn Uhr abends Feierabend gemacht. Er war allen Spuren nachgegangen, derer sie habhaft werden konnten. Viel Arbeit, bisher zumeist vergeblich.

Dass Wanda Biek nichts mit dem Tod Luuk Raands zu tun hatte, galt inzwischen als gesichert. Letztlich lag nichts gegen Biek vor, bis auf ihre eigene Aussage, dass sie an Raands Todestag ebenfalls auf dem Terminal gewesen war, verwertbare DNA-Spuren oder Fingerabdrücke hatten sie nicht mehr sicherstellen können. Zudem hatte Biek nachweislich keinerlei Bezug zu den Vorfällen in Brunsbüttel und Dornumersiel, ihr war es wohl wirklich nur um die illegalen Chloreinleitungen gegangen. Inzwischen waren mehrere Eilverfahren bei deutschen und niederländischen Gerichten anhängig, die Betriebserlaubnisse für die LNG-Terminals außer Kraft zu setzen. Die Betreiber haben bereits ohne Schuldeingeständnis zugesagt, technisch nachzurüsten und auf ein neues Antifoulingsystem auf Ultraschallbasis ohne Verwendung von Chlor umzustellen. Biek war einfach zum falschen Zeitpunkt am falschen Ort gewesen.

Alle Hinweise deuteten hingegen darauf hin, dass die Gruppe um Hönigsvald für die Vorfälle in Eemshaven, Brunsbüttel und Dornumersiel verantwortlich war. Ob diese mit Luuk Raand gezielt einen Mitwisser umgebracht hatte oder ob es Streit gegeben hatte, weil Raand erkannt hatte, dass die Gruppe einen Anschlag auf das Terminal vorhatte, konnte bisher nicht eindeutig geklärt werden.

Das Team von Banisch hatte herausgefunden, dass in den IT-Subsystemen der Steuerungsmodule der *Constantine* Änderungen vorgenommen worden waren, die für die fatale Kursänderung des Containerschiffs verantwortlich sein konnten. Wer diese Systemänderungen vorgenommen hatte, war noch offen. Den technischen Zugang hierzu hatten eigentlich nur der Kapitän, der Erste Offizier und der Chefingenieur. Alle drei konnten für die Zeit der Änderung kein Alibi vorweisen, aus plausiblen Gründen: Diese wurden in der Nacht von Dienstag auf Mittwoch vorgenommen, genau zwei Tage vor dem Unglück. Banisch hatte allerdings Bobrow im Verdacht.

In der Zentrale von *NorthEuropeEnergy* in Emden hatte es einen unerwarteten Ermittlungserfolg gegeben. Ein Mitarbeiter im Controlling hatte sich in den letzten Monaten in auffälliger Weise nach dem Wartungstunnel in Dornumersiel erkundigt. Nach längeren Befragungen, in denen er sich in Widersprüche verstrickt hatte, hatte er schlussendlich zugegeben, gegen hohe Bargeldzahlungen Informationen über diesen weiterverkauft zu haben. Die Höhe der Bargeldzahlungen deckte sich mit Abhebungen, die von dem von Hönigsvald verwendeten Konto gemacht wurden.

Die Gelder dieses Kontos, mit denen Hönigsvald auch ihre Unterkünfte bezahlt hatte, waren vorher durch ein Netzwerk unterschiedlicher Konten geschleust worden. Einen Teil hatten die Spezialisten auf Bargeldeinzahlungen in Indien zurückführen können, einen anderen aus Online-Marktplätzen, sie stammten wohl aus Bitcoin-Transaktionen.

Hönigsvald war die von ihm gefasste Zoey, das wurde nicht mehr in Zweifel gezogen, war aber von Zoey noch nicht bestätigt worden.

Aber das würde noch kommen, da war sich Marten sicher. Die Morde an Paulsens Mitarbeitern sowie die Entführung und Geiselnahme der *NorthEuropeEnergy*-Mitarbeiter konnten sie ihr auch ohne die Tatwaffe, die wahrscheinlich irgendwo im Wattenmeer vor Langeoog im Schlamm lag, inzwischen gerichtsfest nachweisen, und dadurch auch ihre Beteiligung an dem Anschlag auf die Europipes. Sie hatten genug Druckmittel, mit der sie Zoey mehr und mehr zum Reden brachten.

Zoey. Es schien so, als betrachtete sie die ganze Angelegenheit als eine Art Geschäft. Sie war inzwischen in den Hochsicherheitstrakt der JVA Celle verlegt worden, aus Wiesbaden angereiste Verhörspezialisten vernahmen sie täglich. Heute Morgen hatte sie über ihren Anwalt ausrichten lassen, dass sie Informationen über eine zweite Gruppe habe, die weitere Anschläge in Deutschland vorbereiten würde. Sie bot an, Kontakt zu ihrer Koordinatorin herzustellen und diese an die Behörden auszuliefern. Aber sie verlangte dafür Straffreiheit und Garantien für ihre Sicherheit.

Auch wenn es sein Gerechtigkeitsempfinden massiv störte, er konnte die Überlegungen in den höheren Etagen von Bundeskriminalamt und Verfassungsschutz nachvollziehen. Letztlich würde dort die Entscheidung getroffen werden, wie mit diesem Angebot umgegangen werden sollte. Er würde damit klarkommen müssen, ebenso wie sein möglicher Nachfolger. Noch wusste niemand von seinem Plan, er wollte zuerst mit Katharina darüber sprechen.

»Ich werde übrigens nicht nach Köln zum Verfassungsschutz wechseln«, sagte er und blickte direkt in die braunen Rehaugen seiner Ex-Freundin.

»Sie haben dir abgesagt?« Sie legte ihm die Hand auf den Oberschenkel, freundschaftlich, vielleicht auch aus Gewohnheit von früher. »Tut mir leid.«

»Ich möchte gern hier im Norden bleiben. Während meiner Auszeit.« Jetzt war es raus. Der Plan, der bisher nur in seinem Kopf existiert hatte. Dann erzählte er ihr alles. Manchmal unzusammenhängend, manchmal wirr, er merkte es selbst. Von seiner Idee, in Ruhe zu entscheiden, welche Karriereschritte die nächsten sein sollen. Ob er weiter nach oben wollte. Oder ob er sich auch andere Positionen, andere Aufgaben vorstellen kann. »Ich werde mir die Zeit nehmen.«

»Wie meinst du das jetzt genau?« Katharina sah ihn prüfend an. »Willst du mir damit etwas sagen?«

Er nickte. »Ich ... ich möchte ...« Er setzte neu an. »Wenn du dich dafür entscheiden solltest, das Kind doch zu bekommen ... Ich werde mich um alles kümmern. Dir den Rücken freihalten, für das Kind da sein. Nicht nur so. Sondern richtig. Wenn ... wenn du das möchtest.« Er sprach von ihren Karriereträumen, die sie nicht aufgeben solle. Davon, dass sie beide, auch wenn sie kein Paar mehr wären, doch immer noch mehr als eine gute Freundschaft verbinden würde. Dass sie sich auf ihn verlassen könne. Dass er gern diese Verantwortung übernehmen würde.

Katharina griff wortlos nach seiner rechten Hand, ein feuchter Schimmer lag in ihren Augen, dann wandte sie den Blick zur Elbe.

Es war Flut, die Wellen schoben sich höher und höher an den Strand. Eine Segeljacht fuhr stromabwärts, die weißen Segel wölbten sich im Wind. Hinter ihnen vernahmen sie Gesprächsfetzen, die bald wieder verklangen. Marten konnte fühlen, wie die Zeit verging, jede Minute. War das der Anfang einer neuen Phase in seinem Leben? Er spürte ihre Unsicherheit.

Katharina lehnte den Kopf an seine Schulter, er legte den Arm um sie. Gemeinsam blickten sie nach vorne.

Nachwort

Im Juli 2024 hatte ich den ersten Manuskriptentwurf fertiggestellt. Manchmal holt die Gegenwart die Romanfiktion schneller ein als gedacht.

Das zweite LNG-Terminal in Wilhelmshaven soll nun von Anfang an mit Ultraschalltechnik ausgerüstet werden, sodass die Rohre ohne Chlor und Biozide gereinigt werden können. Von einer Umrüstung des auch im Roman genannten, in Wilhelmshaven liegenden LNG-Terminals *Höegh Esperanza* wurde allerdings abgesehen. Eine illegale übermäßige Verwendung von Chlor bei LNG-Terminals, wie in diesem Roman den Betreibern unterstellt, konnte meines Wissens nicht festgestellt werden.

Im August berichtete die Tagesschau über angeblich russische Militärdrohnen, die unter anderem das LNG-Terminal in Brunsbüttel ausspioniert hätten, im September über Spionageschiffe, die sowohl Windparks als auch den genauen Verlauf von Pipelines erkundeten. Ich hoffe sehr, dass bei Erscheinen dieses Romans die Gegenwart die Romanfiktion überholt hat, und dass Russland seinen sinnlosen Krieg, den es beim Schreiben dieser Zeilen gegen die Ukraine und den Westen führt, endlich eingestellt hat.

Herzlichen Dank allen, die geholfen haben, diesen Roman besser zu machen, allen voran Meike, Frederike, Jacky, Alex und Catherine.

Herzlichen Dank fürs Lesen
Ihr Christian Kuhn

Langenfeld, November 2024

René Anour

Es duftet nach Lavendel und Intrige

978-3-453-42880-5